GOLDMANNS GELBE TASCHENBÜCHER
Band 2421

Mary Scott · Wann heiraten wir, Freddie?

Zu diesem Buch

Drei Jahre lang hat Freddie ihren Verlobten, den Arzt Jonathan Blake, warten lassen, um Krankenpflege zu lernen und noch vor der Hochzeit ihre Abschlußprüfung zu machen, ein nützliches Vorhaben, wie es sich bald herausstellt. Denn als der Hochzeitstermin endlich in greifbare Nähe rückt, erleidet Freddies Vater einen Herzinfarkt, und die frischgebackene Krankenschwester muß auf der Schaffarm im Busch ihre Fähigkeiten unter Beweis stellen.
Das ist nicht so einfach, denn der Patient ist sehr freiheitsliebend und möchte sich von niemand etwas befehlen lassen, auch nicht, wenn es zu seinem Besten ist. Aber mit Schwung und Humor lassen sich auch unangenehme Situationen überstehen, und das Leben auf einer neuseeländischen Farm bringt allerhand Abwechslung und Abenteuer mit sich.
Dank Freddies aufopfernder Fürsorge erholt sich der Vater, und wieder einmal kann ans Heiraten gedacht werden. So eilt sie auf dem kürzesten Weg ihrem treuen Jonathan entgegen. Doch der kürzeste Weg muß nicht immer der schnellste sein, denn er gibt Gelegenheit zu neuen Abenteuern, die den Gang zum Altar noch unsicher erscheinen lassen ...

Bitte beachten Sie auch die letzten Seiten und die Rückseite dieses Buches!

MARY SCOTT

Wann heiraten wir, Freddie?

Der Roman einer endlosen Verlobung

WILHELM GOLDMANN VERLAG
MÜNCHEN

7021 · Made in Germany · 4. Auflage · Titel der englischen Originalausgabe: Freddie. Ins Deutsche übertragen von Carla Ingrid Hahn-Doberman. Alle deutschen Rechte besitzt der Wilhelm Goldmann Verlag, München. Umschlagentwurf: Ulrik Schramm. Gesetzt aus der Linotype-Garamond-Antiqua. Druck: Presse-Druck Augsburg. Verlagsnummer 2421 · We/St

ISBN 3-442-02421-8

I

Freddie verrenkte sich auf ihrem Stuhl und versuchte ihre Blicke möglichst unauffällig umherschweifen zu lassen. »Ist er da?« fragte sie flüsternd ihre Freundin Pat, die eben zu ihr zurückkehrte, nachdem sie ihre Medaille in Empfang genommen hatte.

»Ja. Fünf Reihen hinter uns«, murmelte Pat, und damit war Freddies Glück vollkommen.

Heute endlich sollte sie den Lohn für drei Jahre harter Arbeit ernten: das sichtbare Zeichen dafür, daß sie nun eine vollausgebildete Krankenschwester war. Und die beiden Menschen, die sie auf der Welt am meisten liebte, waren gekommen, um es mitzuerleben – ihre Schwester Angela und Dr. Jonathan Blake, dessen Frau sie bald werden würde. Der Himmel hing voller Geigen.

Allerdings hätte sie gewünscht, ihr Name würde nicht mit einem S beginnen. Standish kam ganz unten auf der Liste, und allmählich wurde sie zappelig. »Wie war's bei dir? Ich hab' so entsetzliche Angst!« sagte sie leise im Schutz des aufbrandenden Beifalls.

Pat Gresham, ein schmächtiges dunkelhaariges Mädchen, dem es gelungen war, auf Kosten eines enormen Familienkrachs in Freddies Klasse aufgenommen zu werden, und die mit ihr zusammen Krankenpflege gelernt hatte, antwortete: »Es ging ganz gut, nur die zweite Stufe hat's in sich.«

»O je«, jammerte Freddie, »ich werd' bestimmt drüber stolpern. Es ist furchtbar, wenn man so große Füße hat.«

In Wirklichkeit waren sie für Freddies Größe von ein Meter siebzig überhaupt nicht groß. Wie alles an ihr, waren auch ihre Füße hübsch. Als Pat sie mit einem raschen Blick streifte, mußte sie wohl zum hundertsten Mal denken: Sie ist das hübscheste Mädchen, das ich je gesehen hab', und als endlich »Standish« aufgerufen wurde, beobachtete sie voller Zärtlichkeit, wie das große schlanke Mädchen mit den schwarzbewimperten Augen und dem welligen braunen Haar zur Bühne hinaufschritt, um sich die heiß ersehnte Medaille anheften zu lassen.

Freddie stolperte nicht; statt dessen lächelte sie in die Runde und bot einen so strahlenden Anblick, daß der Applaus, der sie begrüßte, vielleicht noch eine Spur geräuschvoller ausfiel als bei den anderen

Mädchen. Jonathan klatschte fast überhaupt nicht. Er beugte sich vor und beobachtete sie sehr aufmerksam. Als sie zu ihrem Platz zurückkehrte, suchten ihre Augen ganz freimütig die fünfte Reihe ab, und sie gab ihm selig ein kleines Zeichen. Jonathans Nebenmann flüsterte: »Ein Prachtweib! Die jungen Herren Doktoren müssen ja schöne Schlafmützen sein!« Und eine Frau murmelte: »Genau wie auf den Anzeigen, die man immer zu sehen bekommt. Wirklich sehr hübsch, aber ich möchte von der nicht gepflegt werden. Von einer, die so aussieht, weiß man doch, daß sie den Kopf mit Jungs voll hat.«

Aber das war ungerecht. Drei Jahre lang hatte Freddie nur Jonathan im Kopf gehabt – und ihre Arbeit natürlich auch.

Heroisch entschlossen hatte sie die Arbeit im Krankenhaus aufgenommen und Jonathan widerstanden, als er in letzter Minute bat: »Heirate mich doch statt dessen.« Sie wollte »sich selbst beweisen«, daß sie »etwas Nützliches leisten« konnte. Jonathan seufzte, als er sich jetzt seiner flehenden Worte erinnerte; es war seine eigene Schuld gewesen; er hatte einfach zu lange gewartet. Und so mußte er eben noch drei Jahre warten. Nur gut, daß er an jenem trübsinnigen grauen Abend, an dem seine Herzallerliebste von ihm fort die Treppen zum Schwesternheim hinaufgerannt war, noch nicht ahnte, daß die Wartezeit so lang sein würde. Er hatte geglaubt, sie würde spätestens nach einem halben Jahr aufgeben und ihn heiraten. Aber Freddie hatte ihr Gewissen entdeckt, und Schwestern waren sehr dünn gesät; außerdem, behauptete sie, da sie einmal in einem kritischen Augenblick versagt habe, dürfe sie jetzt unter gar keinen Umständen wieder davonlaufen. So hatte sie also ihre Ausbildung abgeschlossen, während Jonathan sich grauenhafte Alpträume aus dem Sinn zu schlagen versuchte: von leidenschaftlich verliebten Patienten, von flirtenden Chefärzten, und auch von Brüdern, die ihre kranken Schwestern besuchten, plötzlich auf Schwester Standish stießen und es irgendwie fertigbrachten, sich auf der Schwelle rasch ein Bein zu brechen.

Doch Freddie hatte diese drei Jahre trotz einiger dramatischer Zwischenfälle unversehrt überstanden; morgen schon verließ sie die Klinik, um ihn binnen kurzem zu heiraten.

Weiter hinten im Saal hatten Angela Lorimer und Stephen, ihr

Mann, sehr eifrig geklatscht, als Freddie ihre Medaille überreicht bekam. Wie gänzlich unbefangen sie doch ist, dachte Angela, und wie sehr sie ihre eigene Schönheit genießt. Äußerlich kommt sie ja immer noch schrecklich auf Mutter heraus, aber charakterlich gleicht sie ihr nicht im mindesten. Sie hat es bewiesen. Trotzdem bin ich froh, daß es von jetzt an Jonathans Sorge ist. Angela unterdrückte ein Lächeln, als ihr ein paar der Krisen dieser letzten drei Jahre einfielen, vor allem jene Zeit, als sie von der Farm herbeigeeilt war, um Freddie davon zu überzeugen, daß es ein Riesenfehler wäre, wenn sie sich selbst und Jonathan für einen jungen Franzosen aufopfern würde, der, verzweifelt über die wiederholte Abfuhr auf seine Heiratsanträge, einen Selbstmordversuch in der denkbar ungefährlichsten und auffälligsten Weise unternommen hatte. »Selbstverständlich werde ich Jonathan immer lieben, aber der arme Jean Baptiste hat gesagt, er wird es noch mal machen, wenn ich ihn nicht heirate«, hatte Freddie gejammert. Aber Angela hatte bald schon Jean Baptiste anderweitig unter die Haube gebracht.

Danach fiel es Freddie auf, daß sie so selten zur Pflege in der chirurgischen Männerabteilung eingeteilt wurde, aber sie bekam nie heraus, daß die Oberin eine enge Freundin von Anna Lorimer war und daß Angela durch die Vermittlung ihrer angeheirateten Tante die Oberin besucht und ganz ihrer Meinung gefunden hatte. Damals war das Leben für sie einfacher geworden, obgleich es auch dann immer noch galt, sich gegen die »Jungs von Otago« zu behaupten.

Stephan murmelte: »Sieht sie nicht fabelhaft aus? Und so glücklich. Ich wette, der gute Jonathan platzt noch vor Stolz.«

Dr. Blake indessen ließ in keiner Weise erkennen, daß er etwas derart Würdeloses zu tun beabsichtigte. Er war groß und dunkelhaarig und zehn Jahre älter als Freddie; sein Gesicht war ernst, aber seine Augen blickten voller Humor. Den würde er auch brauchen, überlegte Stephen, wenn er Freddie heiratete. Nicht, daß er etwa kein Glückspilz gewesen wäre. Seit langem schon war sich Stephan darüber klar, daß Freddie nach Angela das netteste und reizvollste Mädchen war, das er kannte. Einmal hatte er das auch in Worte zu fassen versucht, da hatte seine Frau gelacht: »Ich? Vergiß nicht, daß du Mutters häßliches Entlein geheiratet hast.« Und darüber war Stephen richtig böse geworden.

Sobald die Versammlung aufbrach, stürzte Freddie zu ihnen. Ihre Augen glänzten, als sie sagte: »Alle drei ... Einfach toll! Ich hab' nie gedacht, daß es noch soweit kommt. Ich meine, die Medaille, und ihr drei ...«

Eine charmante Stimme dicht an ihrem Ohr sagte: »Darf ich sagen: vier? Oder sind Väter nicht erwünscht?« und Freddie fuhr herum und sah sich einem stattlichen, gutaussehenden älteren Herrn gegenüber, der den Stolz in seinen Augen hinter freundlichem Spott zu verbergen suchte.

»Vater!« rief sie aus, und es kostete sie ziemliche Mühe, sich zu erinnern, daß sie zweiundzwanzig und eine ausgebildete Krankenschwester war und daß Maxwell Standish es nicht ausstehen konnte, in aller Öffentlichkeit umarmt zu werden.

»Max ... Max, du Lieber«, sagte Angela sehr sanft, und die dunklen Augen, die das einzig wirklich Schöne an ihr waren, strahlten vor Freude. »Das macht unser Glück erst vollkommen!«

Wie üblich gab sich Maxwell Standish leutselig und kehrte den Individualisten heraus. Seit es ihm geglückt war, sich von seiner schönen und geistlosen und selbstsüchtigen Frau zu trennen, blieb er dabei, seine Familie als angenehmen Zeitvertreib zu betrachten, dessen er sich erfreuen konnte, wann immer er Lust dazu hatte, für den er aber keinerlei Verantwortung trug. Gelegentlich gab es diese dramatischen Auftritte, aber immer waren sie unangekündigt und kurz.

Er lächelte jetzt und sagte: »War doch eine gute Idee, zu beweisen, daß Freddie letzten Endes auch einen authentischen Vater besitzt. Meine Glückwünsche, Liebes. Du hast den Kursus durchgehalten und bist dafür belohnt worden. Und was noch wichtiger ist: Dein Aussehen hat nicht darunter gelitten. Dein Glück.«

Auch er mußte unweigerlich denken: Wie ähnlich sie ihrer Mutter sieht – aber wie wenig sie ihr, Gott sei Dank, gleicht.

Angela, die sein Gesicht beobachtete, erkannte dies wohl und war dankbar, daß sie ihrerseits wenigstens ohne Bitterkeit an die Mutter denken konnte, die niemals eine wirkliche Mutter gewesen war. Vor drei Jahren hatte sie plötzlich das Dasein ihrer Lieben vulkanisch erschüttert, alle Welt aus dem Gleichgewicht gebracht und einen reichen Vetter in Irland geheiratet, nachdem sie von Vater geschieden worden war. Nun, wahrscheinlich dachte sie jetzt nur noch ab und zu daran, daß sie vor langer Zeit einmal weit weg in Neuseeland vier Kinder in die Welt gesetzt hatte. Freddie hatte Angela einen Brief von Mutter gezeigt, denn hin und wieder schrieb sie an ihre jüngste Tochter, deren großzügiger und kritikloser Zuneigung sie gewiß war. »Seit der liebe alte Vetter Frederick gestorben ist«, hatte sie geschrieben, »und uns sein ganzes Geld hinterlassen hat, ist das Leben hier sehr schön und erträglich.« »Und«, hatte Angela gesagt, »Mutter wird ebenso schön und erträglich sein, denn das ist genau die Art Leben, für die sie bestimmt ist – und auch der Typ Mann: geistlos und einfältig und blindlings vernarrt.« Mutter war schon in Ordnung, und es wäre dumm, irgendwelche bitteren Gedanken an sie zu verschwenden.

Was Freddie betraf, so hatte sie ihre unglückliche Kindheit längst vergessen. Was zählte schon groß, solange sie nur Jonathan hatte? Das sagten ihre Augen deutlich, sooft sie ihn ansah, so daß sich ihre Schwester fragte: Wie hat sie es nur im Krankenhaus ausgehalten, wenn sie ihn so liebt? Und Stephen dachte: Blake ist ein verdammter Glückspilz – aber natürlich kann sie Angela nicht das Wasser reichen.

Und Jonathan? Er sagte lediglich mit sachlicher Stimme: »Für einen Arzt ist es immer gut, eine geschulte Krankenschwester zur Frau zu haben. So praktisch für die Sprechstunde.« Und alle lachten.

An jenem Abend gab es in der Wohnung, die Maxwell Standish als Absteigequartier in der Stadt unterhielt und die Freddies Heim während ihrer Schwesternzeit gewesen war, eine fröhliche, zwanglose Party, um Pats und Freddies Abschluß zu feiern. Maxwell, liebenswürdig und galant wie immer, war da, und seine Lieblingstochter Angela mit ihrem Mann. Zu Pats Unterstützung war ihr Bruder Maurice erschienen: Freddies Verehrer für eine kurze Zeit und die mittelbare Ursache ihres bußfertigen Eintritts in die Laufbahn einer Krankenschwester; mit ihm kam seine bezaubernde Frau, die ihn so rasch getröstet hatte.

Ein bißchen taktloser als gewöhnlich sagte Sybil Marshall: »Wie schade, Pat, daß deine Eltern in England sind. Sie wären bestimmt enorm stolz auf dich als ausgewachsene Krankenpflegerin!«

Ein Augenblick betretenen Schweigens; Maurice grinste. Er wußte nur zu gut, daß nichts auf der Welt seine Mutter bewogen haben würde, an dieser Party teilzunehmen.

Sie hatte die Standishs noch nie leiden können und haßte Freddie von ganzem Herzen dafür, daß sich ihr heißgeliebter Sohn von ihr so hatte verblenden lassen. Die Feindschaft war so erbittert, daß es für Angela eine Erleichterung bedeutete, als die Greshams sich entschlossen, ihre Farm neben der von Stephen zu verkaufen und für ein oder zwei Jahre auf Reisen zu gehen.

Gleichgültig sagte Pat: »Ach, ich glaube nicht einmal, daß sie sich darum gerissen hätten, dabeizusein. Es ist ja nicht der liebe Maurice für irgend was mit einer Medaille dekoriert worden.« Angela wechselte eiligst das Thema. »Und Anna ...«, sagte sie. »Sie müßte wirklich hier sein, um die Party abzurunden und Max Gesellschaft zu leisten.«

Die beliebte Romanschriftstellerin Anna Lorimer war die Tante, die Stephen und seinen Bruder Nick großgezogen hatte und außerdem vielleicht der einzige Mensch, aus dem sich Maxwell Standish etwas machte und den er auch respektierte. Mit echtem Bedauern warf er ein: »Ja. Höchst rücksichtslos von Anna, sich ausgerechnet in einem solchen Moment in England herumzutreiben. Sie hat von dieser Reise so lange geredet, daß sie sie getrost auch noch um ein weiteres Jahr hätte aufschieben können.«

»Was heißen soll, daß du sie sehr vermißt und egoistisch genug bist, zu denken, sie hätte das berücksichtigen müssen«, hänselte Angela.

Jonathan Blake tauchte erst später auf. Er hatte sich am Nachmittag eine Stunde von seiner Praxis gestohlen, um dabeisein zu können, wenn seine zukünftige Frau ihre Medaille bekam. Danach aber hatte er schnell eine Runde bei den dringenden Fällen machen und anschließend die Abendsprechstunde halten müssen. Es war neun Uhr, als er endlich erschien.

»Gerade noch rechtzeitig, um ein Auge auf Freddie und den Champagner zu haben«, unterstellte Maxwell, der eine richtige Feier organisiert hatte.

Gleich setzte Maurice eine Miene tiefgründigen Ernstes auf und ließ eine scharfsinnige, boshafte Bemerkung über die unselige Gelegenheit fallen, bei der sich Freddie, die keinen Alkohol mochte, in einem kritischen Augenblick richtig betrunken hatte. Heute fiel es ihr nicht mehr schwer, in das allgemeine Gelächter mit einzustimmen, denn wenn sich Freddie auch nicht verändert hatte, so war sie mit der Zeit doch etwas gewitzter geworden. Und dann, sagte sie sich, war sie ja jetzt auch auf Nummer Sicher: beschützt von Jonathan, wie sie es war, konnte ihr nichts mehr passieren.

»Was hast du eigentlich getan, um dir soviel hingebungsvolle Liebe zu verdienen?« fragte ihn Angela später unter vier Augen, und auf ihrem Gesicht lag verhaltener Spott. In Wahrheit ließ sie die Zuneigung zu ihrer jüngeren Schwester so manchesmal die Geduld mit diesem ruhigen Mann verlieren, der seinen vorgezeichneten Weg mit, wie sie fand, größerem Selbstvertrauen ging, als es irgendeinem Menschen von Rechts wegen erlaubt sein sollte.

Seine Antwort jedoch entwaffnete sie, denn er sagte ernsthaft: »Ich habe mir diese Frage ziemlich oft selbst vorgelegt und keine Antwort darauf gefunden. Ich hab' überhaupt nichts getan, außer sie zu lieben.«

Angela wurde weich, wie meistens, wenn sie eine ihrer scharfen spöttischen Bemerkungen vom Stapel gelassen hatte. Sehr freundlich lächelte sie zu ihm auf und sagte: »Nun ja, mindestens solltet ihr beide euch über eure eigenen Absichten jetzt klargeworden sein. Mehr als drei Jahre. Das schlägt vielleicht nicht gerade Jakobs Rekord, ist aber für die moderne Zeit ganz beachtlich. Und Freddie ist zweiundzwanzig. Ziemlich alt schon. In diesem Alter habe ich geheiratet – die grünen Jahre waren vorbei.« Der rasche Blick, den sie auf ihren Mann warf, sagte deutlich genug, daß in ihrem Falle alles gut ausgegangen war. Dann lebhaft: »Und jetzt auf zum Hochzeitstag! Ich bin teils gekommen, um Pläne zu schmieden. Stephen und ich möchten Freddie gern bei uns heiraten lassen. Eine stille Landhochzeit zwar, aber immer noch besser als in einer Mietwohnung.«

Ihr Ton besagte: »Wenigstens ein Zuhause«, denn sie wußte, wie verzweifelt sich Freddie jahrelang nach einem Heim gesehnt hatte, nach einer Familie, nach dem ganzen normalen Hintergrund, der den Standishs nie in den Schoß gefallen war. Angela selbst hatte in dieser Wohnung geheiratet und das Beste daraus gemacht, doch sie konnte sich gut daran erinnern, wie sehr Freddie über das Fehlen eines konventionelleren Rahmens geklagt hatte.

Auch Jonathan erinnerte sich daran: »Das wäre das beste«, sagte er verständnisvoll. »Genau das täten wir beide am liebsten.«

»Natürlich hätte sie, wenn die Hochzeit hier vor sich ginge, massenhaft Verehrer und dankbare Patienten um sich herum. Bist du schon mal einem Menschen begegnet, der so viele Freunde hat?«

»Nie.« Sein Ton war ein bißchen trocken. »Ich rechne darauf, daß die Praxis enorm anziehen wird.«

»Worüber redet ihr beiden denn?« erkundigte sich Freddie und hakte sich bei Angela ein.

Jonathan antwortete leichthin:

»Ich erkläre nur gerade, weshalb ich dich heirate – um mehr Patienten anzulocken.«

»Als ob du noch nicht genug hättest.« Jetzt, da sie Jonathan fest am Bändel hatte, konnte sie leicht darüber lachen. Als die Gesellschaft sich später in alle Winde verteilt hatte, saßen Angela und sie noch am Kamin und unterhielten sich. Taktvollerweise hatte Stephen behauptet, schläfrig zu sein, und die beiden allein gelassen. Nach einer kurzen Weile sagte Angela: »Wann endlich wirst du Jonathan von seiner Qual befreien? Warum nicht jetzt gleich an Ort und Stelle das Datum festlegen?«

Freddie zögerte. »Kannst du das begreifen? Ich hab' einen ziemlichen Bammel davor.«

»Bammel, wieso? Erzähl mir jetzt bloß nicht, nach all den Jahren hätte er noch einen Nebenbuhler bekommen.« Angela sagte das jedoch leichten Herzens, denn Freddie war von Natur aus treu, und Gott wußte, daß es während der letzten Jahre zahlreiche günstige Gelegenheiten gegeben hatte, abtrünnig zu werden.

»Natürlich nicht. Spotte nicht, Angela. Du weißt sehr gut, daß das nie in Frage käme.«

»Warum dann dieses mädchenhafte Zaudern?«

»Irgendein Gefühl, daß irgendwas dazwischen kommen könnte, wenn wir sagen nächsten Monat oder ein bestimmtes Datum festlegen. Wäre es nicht vielleicht besser, eines Morgens einfach in eine Kirche zu gehen und sich trauen zu lassen und niemand ist dabei, außer dir und Stephen.«

»Was für eine plötzliche Sinnesänderung! Weißt du noch, wie du auf dem ganzen Drum und Dran bestanden hast, als ich dran war? Nein, schlag dir eine heimliche Hochzeit nur aus dem Kopf. Ich wär' zu Tode betrübt, weil ich alles schon fix und fertig geplant hab'. Es wird in der kleinen Kapelle nahe bei der Farm vor sich gehen, Pat ist Brautjungfer und irgendwer – vielleicht Nick? – Brautführer, und hinterher feiern wir alle zusammen in unserem großen Wohnzimmer. Ich hab' auch schon mit Max darüber gesprochen.«

»Oh, meinst du wirklich, Vater würde kommen?«

»Freilich wird er kommen und dich stilgerecht weggeben. Er liebt dich sehr, Freddie.«

»Ist das wahr? Ich denke immer, er macht sich aus keinem von uns viel, außer aus dir, aber ich würd' ihn rasend gern dabei haben, und ein richtiges Brautkleid und einen riesigen Hochzeitskuchen, von dem man hinterher allen ein Stück in den süßen kleinen Schächtelchen schicken kann.« Ihre Augen glänzten; plötzlich jedoch fragte sie: »Aber was wird aus der Praxis? Jonathan hat schrecklich viel zu tun. Ich hab' ihm grad erst gesagt, daß wir warten müssen, bis Dr. Thompson aus den Ferien zurück ist. Die beiden haben über ein Jahr schon keinen Urlaub mehr gemacht.«

Angela erwiderte trocken: »Schon, aber üblicherweise wird's als notwendig vorausgesetzt, daß der Bräutigam anwesend ist, und selbst ein erfolgreicher Arzt wird sich doch wohl ein paar Tage freimachen können, um zu heiraten. Außerdem gibt's da noch einen anderen Grund, warum ich die ganze Sache bei mir machen will.« Sie schwieg, saß da und starrte in die verglimmenden Kohlen. Ihr schmales Gesicht war ernst.

»Ein anderer Grund?« Freddie stockte. Während ihrer Kindheit hatte sie sich oft genug ›in die Nesseln gesetzt‹, wie ihr Bruder Bill das zu nennen beliebte, und auch jetzt fand sie es nötig, ihre Begeisterung zu zügeln. Was meinte Angela nur mit ›einem Grund‹? Liebe Zeit, wie sehr Freddie doch hoffte, es möge jener spezielle sein, über den sie im Laufe der vergangenen Jahre sooft nachgegrübelt hatte. »Ja«, sagte ihre Schwester lächelnd, »genau der, den du im Sinn hast. Endlich doch – ein Baby!«

Freddie konnte ihre Freude nicht bezähmen. Sie sprang auf, warf dabei ihren Stuhl um und fiel Angela um den Hals. »Oh, du Liebe, wie herrlich! Ich bin total aus dem Häuschen. Ich habe ... ich habe...«, sie stockte und besann sich eines besseren, aber Angela sagte: »Nur zu verständlich, daß du gespannt darauf gewartet hast. Wie alle vermutlich. Dreieinhalb Jahre. Eine ganz schön lange Zeit.«

Freddie begann sich sofort zu verteidigen. »Aber nein. Ich finde es abscheulich von den Leuten, sozusagen ... nun ja, sozusagen eine verheiratete Frau dauernd unter die Lupe zu nehmen und Vermutungen anzustellen. Das hab' ich nie getan, Angela, wirklich nicht. Weißt du, ich dachte an Shelagh. Sie hat ebenfalls lange dafür gebraucht, stimmt's?« Denn auch ihre ältere Schwester, die inzwischen völlig in Ehestand und Mutterschaft aufgegangen war und sehr glücklich im Süden lebte, hatte damals, als sie soweit war, die ganzen Ängste über eine unerklärliche Verzögerung durchgemacht.

»Ganz so war es nicht«, gab Angela ruhig zurück. »Wir hatten Pech. Ich hab' dir nichts davon erzählt, weil du gerade in deinem ersten Staatsexamen gesessen hast, und ich wollte dich nicht aufregen. Ich hatte in der Halbzeit eine Fehlgeburt. Ein besonderer Grund lag dafür nicht vor, und wir waren maßlos enttäuscht.«

»Ach, du Liebste, wie schrecklich! Wie hast du mir das bloß verheimlichen können? Ich hätte die Klinik auf der Stelle sausen lassen und wär' zu dir gekommen, um dich zu pflegen.«

»Und hättest dir deine Laufbahn verpatzt? Ich habe dir ja eben nichts davon gesagt, damit du das nicht tust. Stell dir doch nur einmal vor, wie Jonathan aus der Haut gefahren wäre, wenn du die Krankenpflege für mich aufgegeben hättest, während du es für ihn nicht tatest.«

»Aber er bekam doch auch kein Baby ... Ich meine ... O ja, natürlich hätte ich dasselbe für Jonathan getan, wenn er krank geworden wäre. Aber egal. Hauptsache, diesmal passiert nichts«, und damit wurde Freddie sehr berufsmäßig und sachlich und erkundigte sich haargenau nach allem, was Angelas Arzt gesagt hatte.

»O Gott, den ganzen langweiligen Kram, daß ich sehr vorsichtig sein soll und eine Menge Ruhe in der ›gefährlichen Zeit‹ haben müsse, wie er sich ausdrückte«, sagte ihre Schwester heftig. »Tatsache ist, daß dies mein letzter größerer Ausflug sein wird. Darum möchte ich dich ja auch so gern in Winslow getraut sehen. Stephen hat so schon genug Theater gemacht, daß wir jetzt hergefahren sind und mir die verschiedensten Ultimaten gestellt. Du weißt ja, wie gern sich Männer als Herr des Hauses aufspielen.«

Insgeheim wußte Freddie sehr gut, daß sich Angela von Stephen gern bevormunden ließ, aber das behielt sie lieber für sich; statt dessen erklärte sie, dann müsse es auf jeden Fall eine ganz stille Hochzeit werden, damit Angela nur ja keine Arbeit hätte, »und wird es dir nicht sowieso zu viel werden?«

»Nicht im geringsten, so lange es nicht zu knapp an der Gefahrenzone liegt. Jedes Datum innerhalb der nächsten sieben oder acht Wochen. Aber setz es Jonathan zuliebe so bald wie möglich fest. Morgen früh sehe ich Maxwell noch, bevor er zur Farm zurückfährt, dann werd' ich ihm sagen, daß er sich in erhöhter Alarmbereitschaft halten soll.«

»Ich bin gespannt, ob er das tut. Es wäre wunderbar, dich und Stephen und Pat und Vater dabei zu haben. Nick auch, wenn er es einrichten kann, denn ich habe ihn richtig gern.«

Nick war Stephens Bruder. Ein Pilot von unbekümmerter Wesensart, der vor vier Jahren mit den Standishs einen fröhlichen Urlaub auf Tainui verlebt hatte. Auf einmal sagte Freddie nachdenklich: »Komisch, daß Shelagh und Bill nie als richtige Familienmitglieder dazugerechnet werden. Ich wünschte, wir könnten sie öfter einmal sehen.«

Angela zuckte die Achseln. Sie besaß weniger Illusionen als Freddie und wußte, daß ihre ältere Schwester und der einzige Bruder sich fast ebenso sehr von ihnen abgesondert hatten wie ihre Mutter. Shelagh hatte nur ihren Mann und ihre Kinder im Kopf; seit jenen Ferien auf Tainui hatten sie sie nicht mehr getroffen. Bill hatte als erfolgreicher Buchprüfer die Tochter seines Seniorpartners geheiratet, nachdem er zu seiner größten Überraschung lange und mit allerlei Schwierigkeiten kämpfend auf Freiersfüßen gewandelt war, und fungierte nun als Leiter der Firma, von der sich sein Schwiegervater zurückgezogen hatte. Er hatte sich aufgerafft und war zu Angelas Hochzeit erschienen, aber zu seiner eigenen hatte keine der drei Schwestern kommen können, und seither hatten sie auch ihn nicht wiedergesehen.

»Na ja«, sagte Angela, »es ist nur natürlich, daß sie von ihrem eigenen Trott voll und ganz in Anspruch genommen sind. Du wirst dich wohl oder übel mit Max und mir bescheiden müssen.«

»Bescheiden müssen? Du bist überhaupt die einzige, die ich wirklich dabei haben will, und ich werde schrecklich stolz sein, wenn Vater tatsächlich kommt. Angela, hast du dir eigentlich je darüber Gedanken gemacht, was er die ganze Zeit so treibt? Ich weiß lediglich, daß er im Sommer immer noch auf seiner ›Engel‹ herumkreuzt und sich zu einem guten Teil auf Tainui in Annas Nähe aufhält, um dann im Winter auf seine Farm zurückzugehen, aber manchmal wünschte ich, ich wüßte mehr über ihn. Er taucht immer einfach nur auf und macht jeden Spaß mit, und dann verschwindet er wieder in der Versenkung. Ist er glücklich? Will er sich nicht mehr binden?«

»Ich glaube nicht«, sagte Angela leichthin. Max war ein Thema, das sie nicht einmal mit Freddie zu diskutieren gewillt war. »Du hast dein Möglichstes getan, um ihn mit Anna zu verkuppeln.«

Freddie wurde rot. Die Erinnerung an diesen unglückseligen Versuch hatte immer noch etwas Bestürzendes, obgleich die Sache Anna Lorimer höchlichst amüsiert und Standish nur sehr vorübergehend in die Klemme gebracht hatte. Hastig fiel sie ein: »Natürlich war ich damals noch sehr jung, aber sie machen ja auch immer einen so schrecklich verliebten Eindruck.«

»Schon, aber nicht auf diese Art. Nichts könnte Anna bewegen, Max zu nehmen, obgleich er einen großen Teil seiner Zeit mit ihr verbringt, wenn er in seinem Haus in Tainui ist. Er mag sie lieber als alle anderen Frauen, aber er gehört nun mal nicht zu den Heiratswütigen. Gebranntes Kind, und so weiter.«

»Ich glaube auch. Die Ehe mit Mutter muß ja einfach gräßlich gewesen sein, obwohl sie in ihrer Art sehr nett ist.«

»Aber nicht in Maxens Augen. Er haßt Szenen. Weißt du noch den dauernden Krach? Manchmal frage ich mich wirklich, wieso wir überhaupt normal geraten sind.«

»Ich kann mich dunkel daran erinnern, aber lange nicht so gut wie du. Du warst älter. Außerdem hattest du Vater schrecklich lieb. Ich – na ja, ich war nur ein dickes albernes kleines Gör«, und beide mußten in Erinnerung an das unglückliche Kind lachen, das sich jede Woche einmal auf die Waage gestellt und das Ergebnis mit lautem Schmerzgebrüll beweint hatte.

»Ja, du warst wirklich ein kleines Scheusal. Jetzt kannst du es dir ja leisten, darüber zu lachen«, sagte Angela, und Freddie spreizte ihr Gefieder. Sie versuchte gar nicht, die Freude an ihrer eigenen Schönheit zu verbergen. Es machte Spaß zu wissen, daß die Menschen sie gerne anschauten; sie liebte es, bewundernde Bemerkungen aufzuschnappen, wenn sie ein Zimmer betrat, und selbst wenn einer auf der Straße hinter ihr herpfiff, errötete sie nicht, wie es sich für junge Mädchen gehört. Sie blieb jedoch hartnäckig dabei: »Jedenfalls frage ich mich, warum Vater nicht hier in der Wohnung lebt oder auf Tainui oder irgendwo sonst. Es muß doch gräßlich langweilig auf einer Hinterlandfarm hoch oben in den Bergen sein.«

»Er liebt sie geradezu. Er war immer schon versessen auf das Land, und ich glaube, sie haben inzwischen einen herrlichen Fleck daraus gemacht.«

»Ich wünschte, er würde uns mal dorthin einladen.«

»Ach, daran ist doch nichts Mysteriöses. Max hat uns damals ja gebeten, zu ihm zu kommen, als ich gerade krank war. In der Zeit, als Mutter sich so schauderhaft aufführte, wollte er es, glaube ich, als eine Art heimlichen Zufluchtsort haben, wo er ganz für sich allein sein konnte, aber jetzt macht er schon längst kein Geheimnis mehr daraus. Er spricht oft von der Farm und den Leuten dort. Stephen und ich wollen bald einmal hinfahren.«

»Die Leute? Wer wohnt denn da eigentlich alles?«

»Ein paar Arbeitskräfte. Die Farm ist ziemlich groß, wie du weißt. Er hat einen Verwalter, einen Traktorfahrer und einen Schäfer – falls sie einen kriegen können.«

»Wer versorgt Vater? Ich meine, wer kocht für ihn und erledigt die Hausarbeit? Die Frau des Verwalters?«

»Nein, er hat keine. Sie ist vor Jahren gestorben, bald nachdem er die Stelle bei Vater angetreten hatte. Ein junges Mädchen ist auch da, in das Vater ganz vernarrt ist, aber ich glaube, sie geht noch zur Schule. Er hat mir einmal erzählt, daß ihm die Frau des Traktorfahrers langen würde – und er sagte, das sei genau das richtige Wort dafür.«

»Komisch, daß er so gern da oben ist. Er scheint gar nicht der Mensch für solch einen stillen Fleck.«

»Allzugroße Dosen schluckt er davon ja auch nicht auf einmal.

Er hat seine Yacht und das alte Haus in Tainui und dann auch die Wohnung, wenn er zur Stadt kommt. Eine ganz hübsche Abwechslung.«

Sie unterließ es hinzuzufügen, daß die Abwechslung gegenwärtig hoffentlich nicht mehr durch Zufallsbekanntschaften, wie er sie früher auf seiner Yacht so gern gepflegt hatte, vergrößert würde. Sie dachte, damit wäre es längst aus und vorbei, und war froh darüber, denn das ungeregelte Leben ihres Vaters hatte sie damals zutiefst bedrückt. Niemals jedoch wurde dieses Thema angeschnitten, nicht einmal Stephen gegenüber, und so sagte sie bald darauf: »Es war wirklich ein großartiger Tag, aber Stephen wird Krach schlagen, wenn ich jetzt nicht ins Bett gehe. Freddie, morgen mußt du unbedingt mit Jonathan einen endgültigen Plan machen und den Tag festlegen, weil wir ja wieder heimfahren müssen.«

Den Tag festlegen. Das waren zauberhafte Worte, die noch durch Freddies Träume nachhallten. Wie oft hatte Jonathan sie darum gebeten und wie sehr hatte sie es sich selbst gewünscht – und nun war dieser Tag schließlich und endlich gekommen. Sie schlief schon fast, als Angela zu ihr hereinschaute, um ihr gute Nacht zu wünschen. Auf dem Nachttisch an ihrem Bett stand eine Fotografie von Jonathan, und neben ihr lag auf dem Kopfkissen die Schwesternmedaille.

2

»Aber sollte Dr. Thompson seinen Urlaub nicht lieber zuerst nehmen?« fragte Freddie. Sie sah sehr edelmütig drein und gab sich wie immer große Mühe, vollkommen gerecht zu sein.

Jonathan seufzte vor Belustigung und Wut. »Meine liebe kleine Heldin, wir werden uns nicht für Gerald Thompson opfern. Freilich hat er lange Zeit keinen Urlaub mehr gehabt. Ich ja auch nicht. Wenn er zu heiraten beschließt – und noch kann ich dafür nicht die geringsten Anzeichen entdecken –, ist er an der Reihe, sich für die Flitterwochen freizunehmen. Im Augenblick bin zufällig ich dran.«

»Aber ...«, begann Freddie wiederum und sah dabei so ernsthaft aus, daß Jonathan ihr einen kleinen Klaps versetzte und rasch unterbrach: »Nur Mut! Uns steht keine größere Operation bevor, sondern nur eine Hochzeit.« Dann jedoch bewogen ihn die schrecklich albernen Gedanken, die ihn insgeheim so lange gequält hatten, zu der sehr ruhig gestellten Frage: »Was ist los, Freddie? Haben wir zu lange gewartet? So lange, daß du's jetzt leid geworden bist?«

Statt zu antworten, sah sie ihn an. Dann sagte sie schnell: »Gut. In genau vier Wochen. Das wird Angela großartig passen und auch weit genug von der gefährlichen Zeit weg sein.«

Nur zu verständlich, daß diese versteckte Anspielung Jonathan verwirrte; geduldig fragte er, welche besondere Gefahr Angela im Augenblick denn bedränge. Als Freddie es ihm auseinandersetzte, pflichtete er bei: »Dann je schneller, desto besser. Warum einen ganzen Monat warten?«

»Oh, aber ich muß«, rief Freddie aufgeregt. »Ich muß Besorgungen machen. Ich werd' mir wie im siebten Himmel vorkommen. Bevor Angela wegfuhr, haben wir eine unheimlich lange Liste ausgeknobelt, und Vater hat mir einen wirklich märchenhaften Scheck gegeben. Habe ich nicht einen wunderbaren Vater, Jonathan?«

Dr. Blake versuchte Begeisterung zu heucheln, aber ohne großen Erfolg. Einfach genug, dachte er, ein wunderbarer Vater zu sein, wenn das bedeutete, in den psychologisch genau richtig gewählten Augenblicken aufzukreuzen, aller Welt mit Champagner zuzuprosten, vollendet charmant und amüsant zu sein und dann gnädig von der Bühne abzugehen, nachdem man einen riesigen Scheck als Geschenk dagelassen hat. Nicht im geringsten schwierig, wenn man zufällig ein reicher, attraktiver Mann war.

Aber Jonathan konnte sich sehr gut an alles, was er von Stephen über die unglückliche Kindheit der Standishs aufgeschnappt hatte, erinnern: über den entzweiten Haushalt; über den Vater, der gerade nur so lange abwartete, bis sich seine finanzielle Lage zufriedenstellend glättete und dann die erste Gelegenheit ergriffen hatte, der Armee beizutreten. Er verließ Frau und Kinder wohlversorgt, sagte sich aber endgültig von ihnen los und verzichtete auf jede Verantwortung, außer in finanzieller Hinsicht. Er war sehr gut dabei gefahren. Und die unverdiente Folge war, daß eine Tochter, die niemals Familienbande oder Elternliebe kennengelernt hatte, nun mit leuchtenden Augen fragte: »Habe ich nicht einen wunderbaren Vater?«

Weder Stephen noch Jonathan beurteilten die Situation ganz unparteiisch, denn Maxwell Standish hatte eine Menge erdulden müssen, ehe der Tag kam, auf den er so lange gewartet hatte. Er heiratete die schöne Alicia, als sie achtzehn war, und zwar im guten Glauben, mit seiner Hilfe würde sie langsam erwachsen werden. Zu seiner Bestürzung mußte er jedoch erfahren, daß sie dazu gar nicht imstande war. Mit Dreißig war sie noch genauso schön, so eitel und egoistisch wie zu der Zeit, als er sie liebevoll seine Kindsbraut genannt hatte. Mit ungeheurer Erleichterung zog er schließlich den Schlußstrich unter das Ganze.

Freddie zeigte Jonathan den Scheck. »Nie hätte ich mir soviel träumen lassen. Den ganzen Tag einkaufen und am Abend heimkehren, und du kommst und . . . Aber nein, ich darf dir meine Einkäufe ja nicht zeigen. Das soll eine großartige Überraschung für dich werden, wenn wir erst verheiratet sind. Eine märchenhafte Zeit wird das werden – lang im Bett bleiben, keine Pflichten, keine Hetze und . . .«

In diesem Augenblick läutete das Telefon. Jonathan hob ungeduldig den Hörer ab. Da ihm ohnehin nur so wenig Zeit für seine Liebste blieb, verdroß ihn jede Unterbrechung. Er reichte ihr den Hörer. »Ein Ferngespräch. Ziemlich schwer zu verstehen. Miss Standish wird am Apparat verlangt.«

»Das wird das Telefonfräulein in Winslow sein. Angela ruft sicher an, um mir zu sagen, daß sie gut heimgekommen ist«, sagte Freddie, und dann mit verwirrter Stimme: »Wer ist am Apparat? Sagten Sie Baker? Ah, der gute alte Mr. Baker, den ich gepflegt habe . . . Wie geht's Ihnen denn jetzt? . . . Oh, ich bedaure. Nicht Mr. Baker. Ich kann kaum etwas verstehen.«

Die Stimme am anderen Ende versuchte zu erklären. »Hier spricht Jock Baker, Miss Standish. Ich rufe von Rimunui an . . .«

»Rimunui?« Plötzlich ging ihr ein Licht auf, und Freddie sagte: »Aha, die Farm. Vaters Farm. Tut mir leid, daß ich mich so dumm angestellt habe, aber die Verbindung ist entsetzlich schlecht. Wollten Sie Vater sprechen? Er ist schon vor zwei Tagen weg. Ich dachte, er wollte gleich zur Farm zurückfahren.«

Die Stimme des Teilnehmers am anderen Ende der Strippe klang unglücklich. »Nein, Mr. Standish wollte ich nicht sprechen. Er ist tatsächlich hier. Kam letzte Nacht zurück. Ich wollte Mrs. Lorimer haben. Bei ihr habe ich schon durchgeläutet, aber ich kann sie nicht erreichen. Könnten Sie mir vielleicht sagen, wo sie ist? Verstehen Sie, Mr. Standish – nun, er ist krank.«

»Krank? Vater krank?« Das schien unmöglich. Ihres Wissens war Maxwell Standish nie auch nur einen Tag lang krank gewesen; vor kurzem erst war er doch noch bei ihnen, stark und fröhlich und unverwüstlich. Ihre Stimme bebte, als sie fragte: »Hatte er – hatte er einen Unfall? Die Straße ist sehr schlecht, nicht wahr?«

»Nein, nichts dergleichen. Tut mir leid, es sagen zu müssen: Es ist ein Herzanfall. Ein sehr heftiger.«

»Vater? Aber er hat doch überhaupt kein Herz.« (Hier konnte Jonathan trotz seiner Besorgnis ein Lächeln kaum unterdrücken. Er persönlich konnte dem nur zustimmen.) »Ich meine – er hat nie darüber geklagt.« Sie sah sich hilflos nach Jonathan um, der ihr den Hörer aus der Hand nahm und sagte: »Blake am Apparat. Ich bin Arzt und mit Miss Standish verlobt. Können Sie mir etwas über diese Attacke berichten?«

Die ferne Stimme klang erleichtert. »Nur, daß es eine sehr schlimme war. Es kam ganz plötzlich. Ich ging heut morgen zu ihm 'rein, fand ihn in einem erbärmlichen Zustand und rief gleich den Arzt an. Gab ihm einen Schnaps und so in der Zwischenzeit. Als der Arzt kam, sagte er, es wär' ein Herzinfarkt, und ich soll die Familie benachrichtigen. Heut abend tut er sich ein bißchen leichter, und ich hab' versucht, Mrs. Lorimer zu erreichen. Er hat nach ihr gefragt, aber sie muß unterwegs sein. Ich dachte, sie könnte vielleicht 'raufkommen und uns ein bißchen helfen.«

»Sie ist fort«, sagte Jonathan. »Vor morgen wird sie nicht daheim sein«, und daraufhin nahm ihm Freddie wieder den Hörer ab und sagte eindringlich in die Muschel: »Mr. . . . Mr. . . . Baker, Sie dürfen meine Schwester nicht anrufen. Es geht ihr nicht gut, und es würde sie schrecklich aufregen. Aber ich werde sofort kommen. Sehen Sie, ich bin ausgebildete Krankenschwester.« Trotz ihres Schrekkens konnte sie sich den Stolz in ihrer Stimme nicht verkneifen bei dieser Verkündigung. »Aber wie kommen Sie inzwischen zurecht?«

»Es ist ein bißchen schwierig. Mrs. Wells, das ist die Frau vom Traktorfahrer, bleibt bei ihm unten. Augenblicklich schmeißt sie es allein, aber der Arzt sagt, es wär' besser, wenn wir ihn nicht auf der schlechten Straße ins Krankenhaus zu transportieren versuchten. Jedenfalls nicht, solange sich einer hier um ihn kümmern kann. Er sagt, er müsse zwei oder drei Wochen fest im Bett bleiben und danach noch eine Weile sehr leise treten, Sie sehen also . . .«

Freddie sah und war sehr unglücklich. Sah die Aussicht auf die Hochzeit in vier Wochen entschwinden, sah den Ausdruck auf Jonathans Gesicht, als sie antwortete: »Selbstverständlich. Schön, ich komme sofort, werde den Nachtzug nehmen. Wann kommt er da an? Gibt's einen Bus, den ich nehmen kann?«

»Nein, wir haben hier keinen Bus. Es sind vierzig Meilen, und der Zug läuft um drei Uhr früh ein. Aber ich werde da sein, Miss Standish. Darauf können Sie sich verlassen . . . Und Sie sagen, ich soll Mrs. Lorimer nicht verständigen? Ich – ich glaube, Mr. Standish rechnet fest mit ihrem Herkommen.«

Natürlich rechnet er damit, dachte Jonathan gereizt. Standish würde einfach von seiner Familie erwarten, daß sie für ihn sprang, wann immer er sie brauchte, trotz der üblichen Vernachlässigung, die mit diesen flüchtigen Augenblicken der Verbrüderung abwechselte. Das hatte ja immer schon seinen Vorstellungen von den Pflichten eines Vaters entsprochen. Und Freddie. Wiederum stand sie im Begriff, ihm zu entgleiten, einfach zu diesem verwilderten Landsitz davonzustürmen, wo es von Männern ohne Anhang natürlich nur so wimmelte, wie das in diesen hinterwäldlerischen Gegenden bekanntlich der Fall war; und wieder einmal beschränkte sich seine Rolle ausschließlich darauf, den passiven, auf später vertrösteten Freier zu spielen, der überhaupt nichts zu sagen hat. Es ist zu befürchten, daß Jonathans Gedanken in diesem kritischen Moment hauptsächlich um Jonathan kreisten.

Als Freddie jedoch auflegte, sich zu ihm umdrehte und er den niedergeschlagenen Ausdruck auf ihrem Gesicht sah, vergaß er rasch seine eigene Person. »Mein Liebes«, sagte er und nahm sie in die Arme. »Kein Grund, so schrecklich verzagt zu sein. Herzkranzverstopfungen können sehr unangenehm sein, aber bei Männern im Alter deines Vaters sind sie nichts Außergewöhnliches. Vorausgesetzt, er verhält sich eine Zeitlang vorsichtig, wird er schon darüber hinwegkommen. Er ist sehr kräftig.«

Freddie versuchte tapfer, nicht loszuheulen. Tränen waren immer schon ihr schwacher Punkt gewesen, und sie hatte immer wieder konsequent dagegen angekämpft. »Es ist ja nicht nur das«, sagte sie. »Vater tut mir schrecklich leid. Schauderhafter Gedanke, ihn da oben so gefährlich krank zu wissen, und keiner da, der ihn richtig pflegen könnte, aber – aber es geht um *uns,* Jonathan.«

»Ich weiß«, sagte er und hielt sie fest an sich gepreßt, »es geht wieder einmal um uns ... O Freddie, wie um alle Welt ist es nur möglich, daß du soviel Pflichtgefühl mitbekommen hast?«

»Das weiß ich auch nicht«, antwortete sie ein bißchen selbstgefällig, »denn Vater und Mutter besitzen davon nicht das geringste, weder im Hinblick auf uns noch auf sonst jemanden. Ich muß wohl ein Kuckucksei gewesen sein.« Dann riß sie sich zusammen und sagte mit ihrer gewohnten Aufrichtigkeit: »Aber ganz so ist es doch nicht. Es war nur Zufall. Ich meine, ehe ich nicht richtig mit der Krankenpflege angefangen hatte, hast du mich nicht gefragt, ob ich dich heiraten wollte, stimmt's?«

»Reib mir das jetzt nicht hin. Dafür hab' ich mich selbst oft genug während der letzten drei Jahre zum Teufel gewünscht.«

»Oh, aber ich begreife das sehr gut. Ich war so jung und ein solches Kamel, und du dachtest, ich würde vielleicht niemals erwachsen werden, genau wie Mutter. Ich bin ja auch jetzt noch blöd genug, aber doch nicht mehr ganz so blöd. Für einen Arzt ist es doch nur ganz natürlich, wenn er so eine wie mich nicht heiraten wollte, und darum hast du eben gewartet. Und als du mich dann schließlich doch gefragt hast, hatte ich schon fest versprochen, im Krankenhaus anzufangen.«

»Immerhin hättest du ja nicht drei Jahre dabei zu bleiben brauchen. Viele junge Krankenschwestern tun das nicht.«

»Ich weiß schon, aber sie waren so schrecklich knapp an Pflegerinnen, und die Oberin lag uns dauernd in den Ohren, sie wären gezwungen, Krankenabteilungen zu schließen und die Kranken wieder wegzuschicken. Sie erweckte in uns das Gefühl, so etwas Ähnliches wie Missionarinnen zu sein, und einmal, als ich ihr sagte, ich ginge gern weg, um zu heiraten, hielt sie mir vor: ›Schwester, haben Sie je daran gedacht, daß vielleicht Menschenleben auf dem Spiel stehen, wenn wir wieder eine Abteilung schließen müssen?‹ Wie hätte ich danach noch weggehen können? Praktisch wäre ich ja dann zur Mörderin geworden!«

»Zum Teufel mit dieser Frau ... O ja, natürlich hatte sie recht, und ich bin ein egoistisches Scheusal. Nimm dir das jetzt nicht zu Herzen. Das gegenwärtige Problem quält mich. Freddie, laß uns versuchen, eine Pflegerin für deinen Vater zu finden, gerade so lange, bis er mit dem Krankenwagen in eine gute Privatklinik transportiert werden kann. Geh nicht fort von mir, dorthin, verschieb unsere Hochzeit nicht noch einmal.«

»Aber wir werden doch nie eine Pflegerin finden, die bereit wäre, vierzig Meilen von der nächsten Zugstation in den Busch zu pilgern, um einen Mann wie Vater zu pflegen, zu kochen und sich um alles und jedes zu kümmern. Und auch wenn wir eine fänden, würde es ihm höchst zuwider sein. Du weißt doch, wie er ist – er würde sich freundlich und charmant geben nach außen hin, aber innerlich würde er sich hundsmiserabel elend fühlen, und das würde seinen Zustand nur verschlimmern, und dann würde Angela verrückt vor Sorge ... Ach, Jonathan, kannst du denn nicht verstehen, daß es nicht nur um Vater geht. Es geht auch um Angela, und wir müssen vor allem an sie denken. Sie darf dieses Baby einfach nicht wieder wie das letzte verlieren, und wenn sonst niemand richtig für Vater sorgen kann, wird sie eben gehen und über diese gräßliche holprige Straße fahren und sich zu Tode schuften und alles damit verderben. Kannst du das wirklich nicht begreifen?«

»Doch, ich begreife sehr wohl«, mußte Jonathan widerwillig zugeben. »Ich begreife sehr wohl, daß Angela beschützt werden muß.« In Gedanken aber fügte er sehr unlogisch hinzu: »Warum zum Teufel sie allerdings auch ausgerechnet jetzt schwanger werden mußte ...« Er war jedoch klug genug, das nicht zu Freddie zu sagen. Laut fuhr er fort: »Aber laß mich wenigstens probieren, jemanden zu finden. Keine vollausgebildete Krankenschwester. Ich gebe ja zu, daß das bei diesem Angebot an Stellen unmöglich wäre. Aber sobald er nur einmal über das Schlimmste hinweg ist – und vermutlich ist er das bereits – bedarf es gar keiner großen pflegerischen Fähigkeit mehr. Eine gute vernünftige Frau mit einiger Erfahrung in der Behandlung von Kranken und einer guten Portion Herzenstakt. Das wäre die Lösung, Freddie.«

»Vielleicht«, antwortete Freddie langsam, »aber du weißt, wie kritisch Vater ist . . . Oh, ich kann ihn mir einfach nicht krank vorstellen. Er ist immer so – so erhaben über jede Art von Schwäche gewesen. Er wird es gräßlich finden und sich innerlich furchtbar elend fühlen und dadurch so unumgänglich sein . . .«

Trocken gab Jonathan zurück: »Ich bin ganz deiner Meinung, daß er wahrscheinlich ein schwieriger Patient ist, aber trotzdem . . .«

»Ach Jonathan«, fiel Freddie ihm ins Wort und brach zu ihrer Beschämung nun doch in Tränen aus. Es war einfach zuviel. Die Angst um ihren Vater, der Schreck über die Nachricht, die furchtbare Enttäuschung über die Vereitelung all ihrer Pläne, es war einfach zuviel. Freddie wurde wieder zu dem Kind, als das er sie kennengelernt hatte, und Jonathan hatte das deutliche Gefühl, daß der Anblick ihrer Tränenflut auch bei ihm das Maß des Erträglichen zum Überschwappen brachte. Er hielt sie fest in seinen Armen, und sie schluchzte ihren ganzen Kummer an seiner Schulter aus, bis sie sich plötzlich aufrichtete, ihre Augen abwischte und zu lächeln versuchte.

»O Gott, du denkst jetzt bestimmt, ich wär' immer noch nicht erwachsen und ehrlich, ich heule neuerdings nicht mehr oft, und weißt du noch, wie du einmal gesagt hast, das wär' nur eine Sache der Tränengänge? Ich wünschte, du könntest sie kurieren.«

»Das werde ich nicht tun. Ich ziehe sie – und dich – so vor, wie ihr seid.«

Darüber mußte sie strahlend lächeln, aber plötzlich sah sie auf die Uhr und sprang erschrocken auf. »Liebe Güte, ich muß packen und mich um einen Platz im Zug kümmern und . . . O bitte, Jonathan, behalt du an meiner Stelle wenigstens einen klaren Kopf und sag mir, was ich zuerst tun soll.«

»Du meinst, du willst heute abend noch zu der Farm hinauffahren?«

»Ich muß. Du siehst doch, daß ich muß. Da ist keiner, der Vater versorgen könnte außer jemand, der einen Traktor fährt oder wenigstens, ich meine, jemand, der mit einem verheiratet ist«, rief sie unzusammenhängend. »Der Verwalter klang entsetzlich besorgt.«

»Ja«, sagte Jonathan langsam, »ich glaube, du mußt wohl fahren, aber es ist überflüssig, daß du noch dort bleibst, sobald es deinem Vater ein bißchen besser geht und ich jemanden zu fassen kriege. Ich sehe ja ein, daß einer von euch fahren muß, und Angela ist aus dem Spiel. Warum, verflucht noch mal«, sagte er plötzlich zornig, »können Shelagh oder Bill nicht einspringen? Er ist auch ihr Vater!«

»Schon, aber ich glaube nicht, daß sie darüber so denken. Shelagh ist viel zu sehr mit ihrem Robert und ihren Kindern beschäftigt und außerdem, wie könnte sie in dieser Eile auch den ganzen weiten Weg von Dunedin heraufkommen? Und Bill würde überhaupt nichts taugen. Er hat sich mit Vater nie verstanden und ist völlig von Beruf und Dinah mit Beschlag belegt. Du mußt mir schon recht geben, Jonathan, daß es außer mir niemanden gibt.«

Er gab ihr recht, aber er tat es brummig und mit Widerstreben. Was für eine Familie, dachte er, und warum konnte Maxwell Standish nicht in ein Krankenhaus gehen? Natürlich war die Straße mies, und einige Tage lang wäre es bestimmt nicht ratsam, ihn zu bewegen, aber sobald es möglich war, sollte er doch lieber eine gute Privatklinik aufsuchen. Er konnte es sich doch leisten. Manches davon teilte er Freddie mit, aber er konnte deutlich merken, daß es ihr kaum Eindruck machte. Die Dringlichkeit der Krise und das Bedürfnis, Angela auf gar keinen Fall zu erschrecken, quälten sie. »Mein Herz hängt nun mal an diesem Baby«, erklärte sie ihm, »und ich will einfach nichts dazwischenkommen lassen. Das leuchtet dir doch ein, Jonathan?«

Natürlich leuchtete es ihm ein, aber auch im umgekehrten Fall hätte er nicht widerstehen können, wenn sie ihn so ansah und seinen Namen so zärtlich aussprach. Dennoch versuchte er darauf zu bestehen, daß es nur für ein paar Tage sein solle und daß er in der Zwischenzeit jemanden auftreiben würde, der ihren Platz einnehmen könnte. Wenn es ihrem Vater erst einmal besser ging, konnte er entweder ein Krankenhaus aufsuchen oder in der Obhut einer netten Frau, einer teilweise ausgebildeten Pflegerin, zurückgelassen werden. Jonathan glaubte mit optimistischer Zuversicht, daß er eine solche Frau mühelos finden könnte. Freddie mußte ihm nur versprechen, daß sie die Hochzeit nicht wieder zu verschieben gedachte. Hatte er nicht lang genug gewartet?

An diesem Punkt machte sie Anstalten, noch einmal wie ein Schloßhund loszuheulen, sagte dann jedoch nur: »Und ich doch auch. So sehr, sehr lang ... Aber ich kann nichts versprechen, Jonathan. Ich muß erst hinfahren und mich mit eigenen Augen überzeugen. Ach, mach's mir doch nicht noch schwerer. Du hast früher doch immer Verständnis bewiesen.«

Danach brachte er es nicht mehr über sich, noch weitere Einwände zu erheben. Als sie sich an ihn klammerte, erkannte er, daß es ihm gar nicht zustand, eine schwere Aufgabe noch schwerer zu machen.

Und deshalb lief er schnellstens hinunter zum Bahnhof und mußte sich mit einem Platz in einem Abteil erster Klasse zufriedengeben, nachdem er keinen Schlafwagen mehr für sie ergattern konnte. Er ertappte sich bei dem ungemütlichen Gedanken, wer ihre Mitreisenden wohl sein mochten, als er sie sich schlafend vorstellte: vertrauensselig, schön und unendlich begehrenswert; dann riß er sich heftig zusammen. Er begann ja allmählich unter Zwangsvorstellungen zu leiden, hatte Ideen wie ein eifersüchtiger Esel, überängstlich, wie er nun einmal war. Natürlich war das alles Unsinn. Auch nur einen Augenblick an Freddie zu zweifeln, war schon abscheulich. War sie ihm nicht vollkommen treu, ganz und gar ergeben geblieben während all dieser Jahre mit ihren vielen Zerstreuungen? Wenn sie doch bloß nicht so freundlich wäre! Wie oft hatte er nicht schon gewünscht, sie würde nicht jedermann ihr reizendes Lächeln schenken, und wenn es sich auch nur um den Fremden im Restaurant handelte, der ihr den Senf reichte.

Freddie war in der Wohnung schrecklich beschäftigt. Sie sortierte ihre stets ungeordneten Besitztümer, versuchte, das notwendige Minimum in einen offensichtlich viel zu kleinen Koffer zu quetschen, schrieb einen behutsamen, taktvollen Brief an Angela, für den Fall, daß ihr von Maxwells Erkrankung doch etwas zu Ohren kommen sollte, rief Pat in der Klinik an und kehrte das Unterste zuoberst, um die Strom- und Telefonrechnungen zu finden, die wie gewöhnlich auf unerklärliche Weise verschwunden waren. Jonathan holte sie eine halbe Stunde, bevor sie fortgehen mußten, ab. Es war ein Glück, daß Dr. Thompson Sprechstunde hatte, aber auch sonst hätte er sie ihm, wie er sich rücksichtslos sagte, für diesmal überlassen, um Freddie zum Zug bringen zu können.

Sie blickte auf, als er hereinkam, und sagte verzweifelt: »Der Koffer will einfach nicht zugehn. Ich weiß nicht, was mit dem andern passiert ist. Ich muß ihn verliehen haben.«

»Darauf bin ich vorbereitet«, antwortete er ruhig und zauberte einen zweiten Koffer, der ihm gehörte, hervor. »Willst du dich jetzt bitte fertigmachen, ich werde deine Sachen umpacken, damit dein Gepäck doch noch einigermaßen manierlich aussieht.«

Wie meistens entlockte ihr sein sanfter Vorwurf auch diesmal ein Lachen, und sie sagte: »Wie sehr du dir doch wünschen mußt, ich wär' ein ordentlicher, methodischer Mensch. Ich geb' mir alle Mühe, und in der Klinik mußte ich es ja notgedrungen auch sein, aber gerade darum finde ich es so herrlich, daß ich hier alles einfach nur hinzuknallen brauche und mich gehenlassen kann. Aber wenn wir erst verheiratet sind, werde ich mich wirklich bessern.«

»Das wage ich zu bezweifeln«, sagte er und wickelte geduldig ein paar Schuhe aus einem Kittel aus. »Wie oft habe ich dir schon gesagt, daß es ganz verkehrt ist, die Sachen, die leicht zerknautschen, zuunterst zu packen und hinterher sich glücklich dran zu erinnern, daß man auch Schuhe und Bücher mitnehmen möchte ... Nein, laß es liegen. Ich gewöhne mich besser jetzt schon daran, das Packen für dich zu erledigen. Das wird uns in unseren Flitterwochen gut zustatten kommen.«

»Ach, und würdest du bitte so lieb sein, und irgendwie die Rechnungen für Strom und Telefon aufstöbern und bezahlen. Ich kann mir absolut nicht vorstellen, wo sie sich verkrochen haben könnten. In dem Krug da drüben ist das Geld, und Jonathan, bitte suche sie nur ja, es wäre schrecklich, wenn sie uns sperren würden. Es macht dir doch nichts aus, oder?«

»Nicht im geringsten. Es bedeutet lediglich, daß ich die ganze Wohnung auf den Kopf stellen muß, um sie dann schließlich im Schuhputzkasten zu finden. Sonst noch was?«

»Sei nicht so langmütig, Liebster ... Ach ja, ganz unbedingt muß ein Zettel für Brot und Milch draußen hinterlegt werden. Und alles andere, was dir so einfällt, denn du bist immer so gescheit und denkst an alles.«

Beide bemühten sich, sehr lustig zu sein, aber plötzlich, als Freddie kopflos den Wohnungsschlüssel zu suchen begann, der ganz bestimmt in ihrem Portemonnaie gewesen war, entfuhr ihr ein erstickter Schluchzer.

»Was ist denn nun schon wieder los?« fragte er, während er den Kofferdeckel zuklappte und einen wie gestochen beschrifteten Anhänger zum Vorschein brachte. »Was stehst du da herum mit den Papieren in der Hand und im Begriff, dich jeden Augenblick in Tränen aufzulösen?«

»Die – die Liste«, würgte Freddie hervor. »Die schöne Liste!«

»Welche schöne Liste? Mein liebes Kind, wir müssen hier in fünf Minuten weg. Du hast jetzt zum Weinen einfach keine Zeit mehr.«

»Die Liste von all den Kleidern, die ich mir kaufen wollte. Ich hab' sie doch mit Angela zusammen aufgestellt und Vaters Scheck darangeklammert, damit ich ihn nicht verliere ... Jonathan, ich hab' mir diesen himmlischen Einkaufsbummel mit jeder Faser meines Herzens gewünscht. Ich hab' doch noch nie einen gemacht.«

Er suchte gerade im Kohleneimer nach dem Schlüssel, hielt aber inne, um ihr aufmunternd auf die Schulter zu klopfen und in nüchternem Ton zu sagen: »Tröste dich, du wirst im Handumdrehen wieder da sein und deinen Einkaufsbummel machen können ... Aha, da ist der Schlüssel ja, hinter der Uhr, zusammen mit einem Haufen unbeantworteter Briefe . . . Ich sagte eben, daß du den Scheck unbedingt an dich nehmen mußt. Es ist nicht sehr schlau, ihn in der Wohnung herumliegen zu lassen.«

O nein. Ich könnte ihn ausgeben, und auf jeden Fall würde ich ihn totsicher verlieren. Behalte du ihn, Jonathan, und die Liste auch. Dann sind sie wenigstens gut aufgehoben.«

Er lächelte, als er beides sorgsam in seiner Brieftasche verstaute. Für einen Bräutigam in spe war es gewiß nicht das Übliche, das Geld für die Aussteuer seiner zukünftigen Frau aufzubewahren. Laut sagte er jedoch nur: »Wenn du in ein bis zwei Wochen wieder da bist, wirst du sie hier drinnen vorfinden.«

Im Flur aber blieb sie auf einmal stehen und sagte kläglich: »Ach, Jonathan, ich habe so ein Gefühl, als könnte es viel länger dauern. Ich kann es mir noch gar nicht vorstellen, wie ich in ein oder zwei Wochen da wieder wegkommen soll, solange es Vater nicht erheblich viel besser geht, und der Arzt hat von etwa einem Monat gesprochen, entsinnst du dich?«

»Der Arzt hat gesagt, es würde sich schon jemand finden, der für dich einspringen kann und auch, daß du in kürzester Zeit wieder hier sein wirst und wahrscheinlich dann längst vergessen hast, daß du mir den Scheck gabst, und dich wie verrückt aufführst, weil du ihn nirgends finden kannst ... Nein, Liebling, ich bin keineswegs darauf eingestellt, einen ganzen Monat lang oder auch sechs Wochen auf dich zu verzichten. Ich werde mich gleich morgen auf die Suche nach einer guten zuverlässigen Frau machen.«

Als sie in den Wagen stiegen, sagte Freddie: »Vater ist so stolz auf seine Bärengesundheit. Ich kann ihn mir einfach nicht so am Boden zerstört vorstellen.«

»Jeder muß sich in Krankheiten schicken. Mit einem Herzinfarkt bleibt einem schon gar nichts anderes übrig.«

»Nein, aber sich in eine nette verständige Frau schicken zu müssen ... Ach, wenn doch bloß Anna da wäre.«

Jonathan stimmte dem aus vollem Herzen zu. Wäre Miss Lorimer in ihrem Häuschen in Tainui gewesen, wäre das die Lösung gewesen, denn sie hätte sich unverzüglich auf den Weg zu dieser verdammten Farm im Hinterland gemacht und Maxwell mit großer Entschlossenheit anzupacken gewußt. Und was mehr war, sie hätte ihn bei guter Laune gehalten. Warum nur, dachte Jonathan wiederum vollkommen unlogisch, mußte diese Frau ausgerechnet jetzt auch nach England abdampfen?

Sie erreichten den Bahnhof, und es blieben ihnen noch fünf Minuten Zeit, so daß Jonathan sein Herzblatt auf dem reservierten Platz gemütlich einrichten konnte. Der Zug war an diesem Tag nicht überfüllt, aber er entdeckte zu seinem Kummer, daß in dem Wagen vorwiegend Männer saßen. Ehrbare Männer mittleren Alters, gewiß, aber Jonathan befand sich genau in der Stimmung, sogar die älteren hassenswert zu finden. Und als ein junger Mann aufsprang und sich erbot, ihm mit den Koffern zu helfen, wurde Jonathan richtig wütend. Seine Ablehnung war barsch genug, wurde aber unglücklicherweise von Freddies liebenswürdigem Lächeln und einem fröhlichen »Tausend Dank!« abgeschwächt. Er hätte ihr allzu gerne gesagt, daß es unklug war, sich mit Fremden auf einer Nachtfahrt in ein Gespräch einzulassen, begnügte sich aber statt dessen mit der ziemlich lauten Ermahnung: »Paß auf deinen Ring auf. Laß ihn ja nicht auf dem Waschbecken liegen, wie im Krankenhaus«, und beobachtete erfreut, wie die Augen des jungen Mannes den Diamantverlobungsring, auf den Freddie so stolz war, bemerkten und darauf verweilten.

»Natürlich nicht«, sagte sie sehr sanft, »ich weiß doch, wie unachtsam ich bin, deshalb habe ich mich ja auch entschlossen, daß ich ihn am besten überhaupt nicht während meines Wegseins trage. Ich werde ihn mir um den Hals hängen. Schau, ich hab' mir extra dafür diese kleine Kette hier gekauft.«

Eine außerordentlich vernünftige Vorsichtsmaßnahme, die sich Jonathan am allerletzten gewünscht hätte.

Wieder einmal warf er sich vor, daß er sich wie ein eifersüchtiger Halbwüchsiger benahm. Wie konnte er sich nur einen Augenblick Gedanken machen, wenn er in Freddies Augen sah und sie sagen hörte: »Ach Gott, ist es nicht furchtbar?« Und doch, als sie zusammen auf der Plattform standen und das Klingelzeichen jeden Augenblick zu erwarten stand, benutzte er allen Ernstes die letzte Minute dazu, mit einem Anflug von Leichtfertigkeit an sie die Frage zu richten: »Ich hoffe, du fühlst dich nicht zu einsam. Dieser Bursche von Verwalter, nun – hat er eigentlich eine Frau?« Und gleichzeitig schämte er sich darüber.

»Nein, Angela sagt, sie wär' gestorben, und er klang auch gar nicht verheiratet.«

»Klang nicht verheiratet?« fragte Jonathan ziemlich scharf. »Was willst du damit sagen?«

»Ich meine«, erklärte Freddie ganz logisch, »daß seine Frau, wenn er eine hätte, doch bei Vater gewesen wäre, nicht? An Stelle dieser andern Frau, deren Mann scheint's einen Traktor fährt ... Ach, Jonathan, der Zug fährt ab.«

Jonathan sprang rasch ab, aber nicht die Tatsache, daß er sich den Knöchel leicht verknackste, ließ ihn wie wild fluchen. Zum Glück tat er es so leise, daß Freddie ihn nicht hören konnte.

3

Man konnte unmöglich von ihr verlangen, dachte Freddie, daß sie schon um sieben Uhr schlafen ging; deshalb begann sie sich bald schon nach Gesellschaft zu sehnen, obgleich ihr *Der Muskatnußbaum,* ein Taschenbuch, das Jonathan ihr geschenkt hatte, großen Spaß machte. In ihrem Wagen saßen nur ein Dutzend Leute, und es dauerte gar nicht lange, da fanden sich schon drei oder vier der Nächstsitzenden zu einer redelustigen kleinen Gruppe zusammen.

Natürlich befand sich außer zwei älteren Herren auch der junge Mann mit den hilfreichen Absichten darunter, den Jonathan hatte abblitzen lassen. Anscheinend aber war er nicht nachtragend. »Gerade vier für eine Partie Bridge«, bestimmte einer von den dreien; Freddie jedoch sagte hastig: »Ach, wollen wir uns doch lieber etwas unterhalten. Ich stelle mich beim Kartenspielen immer so dumm an, und meine Partner werden dann ganz böse.«

Das entlockte einem der beiden Älteren, einem Mann mit der wohlwollenden Miene eines Bischofs auf Urlaub, aber mit elastischeren Grundsätzen in puncto Benimm, ein höfliches Kompliment. Er versteckte eiligst *Lolita* hinter seinem Sitz und schien sehr interessiert, als er erfuhr, daß Freddie eine vollausgebildete Krankenpflegerin war. Von da war es nur noch ein Schritt zu einem Bericht über ihren Auftrag – »aus Barmherzigkeit«, wie der andere ältere Mann galant feststellte – und zu einer langatmigen Geschichte über den einzigen Enkel des alten Herrn und sein außerordentlich altkluges Betragen. Alles in allem wurde dem jungen Mann nicht gestattet, »mitzumischen«, wie er sich grollend ausdrückte, aber den anderen verflog die Zeit auf höchst angenehme Weise.

Sie wiesen Freddie darauf hin, daß der D-Zug nur ein paar Minuten an ihrer Station halten würde; eine Tatsache, die sie sehr beunruhigte. »Was, wenn ich nicht aufwache? Bestimmt schlafe ich ganz fest, wenn wir ankommen.« Sie beeilten sich, ihr einstimmig zu versichern, daß sie sie selbstverständlich wecken würden, denn, wie der Großvater bemerkte: »Wir schlafen ja nicht mehr so fest wie ihr Jungen« – eine Verallgemeinerung, die der Lolitaleser in die falsche Kehle bekam.

Dieser Herr begann auf einmal einen Hang zur Galanterie an den Tag zu legen, der Freddie anödete, und plötzlich kam ihr der Gedanke, daß Jonathan diese Art »Leute aufzugabeln, wo sie ging und stand« – wie er das nannte – keinesfalls billigen würde. So sagte sie höflich, sie wäre jetzt schrecklich müde und ob sie ihr bitte versprechen würden, sie zeitig zu wecken.

Das erste, was danach in ihr Bewußtsein drang, war das Knirschen der Zugbremsen und ein leichter Tumult im Wagen. Überall um sie herum lagen ihre Habseligkeiten verstreut, und sie selbst war noch wie betäubt vom Schlaf, aber irgendwie gelang es den Männern, sie zur Tür zu bugsieren, und, die Arme vollgepackt bis obenhin mit ihrem Mantel, den Handschuhen, der Handtasche, dem Reisekissen und den Schuhen, die sie ausgezogen hatte, sprang der junge Mann mit Todesverachtung hinter ihr ab. Freddie war vor lauter Dankbarkeit und Schlaftrunkenheit so benommen, daß sie von dem Kuß, den er ihr auf die Wange hauchte, kaum Notiz nahm, noch seine Worte hörte: »Sie sind richtig süß«, als er tollkühn auf den abfahrenden Zug aufsprang.

Im letzten Augenblick warf ihr der ältere Herr, den sie bei sich den »Bischof auf Abwegen« getauft hatte, noch zusammen mit einem Abschiedsgruß ein Buch nach, und erst sehr viel später entdeckte Freddie, daß sie *Lolita* zwar gewonnen, den *Muskatnußbaum* dafür aber eingebüßt hatte. Als der Bischof seinen Irrtum bemerkte, vermochte ihn Miss Sharp durchaus nicht über den Verlust eines Buches hinwegzutrösten, das er mit soviel Schwierigkeit aufgetrieben und seiner Frau mitzubringen versprochen hatte. Mürrisch stellte er fest, daß das Mädchen verdammt schwatzhaft gewesen sei, und überhaupt glaube er nicht, daß sie eine gute Krankenschwester abgäbe; woraufhin er verdrießlich einschlummerte. Der junge Mann hingegen lächelte selig, als er durch das Fenster in die Nacht hinausstarrte. Sie war sehr süß und freundlich gewesen und hatte ihm den flüchtigen Kuß nicht im geringsten übelgenommen.

Noch immer nicht ganz munter stand Freddie da, sah dem in der Dunkelheit entschwindenden Zug nach und kam sich entsetzlich verlassen vor. Ihre Besitztümer waren gleichmäßig über den Bahnsteig verteilt, und vom Himmel fiel ein kalter Regen herab. Wie immer, wenn ihr jämmerlich zumute war, suchte sie in Gedanken Trost und Zuflucht bei Jonathan. Plötzlich sagte sie laut: »Benimm dich doch nicht wie ein Säugling. Heb lieber deinen Mantel und das Portemonnaie, das Buch und die Handschuhe auf und zieh dir deine Schuhe an und –«

Da vernahm sie dicht neben sich eine muntere Stimme: »Hilfe gefällig, Fräulein?« Es war der Bahnbeamte, der Nachtdienst hatte. Er tat noch nicht lange auf diesem sehr kleinen und sehr unbedeutenden Bahnhof Dienst und brannte vor jugendlichem Eifer. Rasch sammelte er ihre verstreute Habe ein und sagte vergnügt: »Ham Sie noch im Flug erwischt, wie? Macht nichts. Alles da und in Ordnung, und wenn Sie Fräulein Standish sind, hab' ich 'ne telefonische Nachricht für Sie.«

Freddie konnte das kaum fassen, da sie an die unpersönliche Geschäftigkeit eines großen Hauptbahnhofs gewöhnt war, und sofort fühlte sie sich nicht mehr verlassen. »Wie haben Sie das denn erraten?« fragte sie, als sie mit ihren Siebensachen auf dem Arm hinter dem Bahnbeamten und ihren Koffern drein auf die offene Tür des kleinen Warteraums zutrottete.

»Nicht schwer. Sie sind der einzige Passagier, der heut nacht hier ausgestiegen ist . . . Jock Baker hat vor 'ner halben Stunde angerufen, daß er später kommt. Hat unterwegs Pech gehabt. Wird aber gleich hier sein, und Sie brauchen sich keine Sorgen machen.«

Freddie fühlte sich leicht zerschmettert. Sie hatte die Hoffnung gehabt, auf der Stelle in einen Wagen klettern zu können, um so rasch wie möglich am Krankenlager ihres Vaters abgeliefert zu werden. Auf diesem zugigen, trübsinnigen Bahnsteig um drei Uhr in der Frühe gestrandet zu sein, bedeutete einen ziemlichen Tiefschlag. Und mit jeder Minute schien der Regen stärker zu werden.

Ihr Retter indessen fuhr fort: »Hier drinnen ist 'n schönes Feuer an. Mein Kollege hat jetzt frei, aber ich bin die ganze Nacht da, und Sie können's sich ruhig gemütlich am Feuer machen, und Jock wird auch nicht lang auf sich warten lassen.«

Angesichts seiner Freundlichkeit schämte sie sich jetzt ihres vorübergehenden Kummers, und deshalb versicherte sie eilig: »Ich fühle mich ganz wohl, aber Mr. Baker muß doch meine Ankunft um diese Zeit entsetzlich lästig sein.«

»Nicht Ihre Schuld. Das liegt am Fahrplan«, gab er munter zurück und führte sie in einen kleinen dürftigen Raum, in dem ein halbes Dutzend Stühle längs der Wände standen. Einen davon zog er ihr an das kleine Kohlenfeuer heran und besah sie sich dann im Schein der elektrischen Birne beifällig. Sogar mit ihrem reichlich zerstörten Make-up und dem zerzausten Haar bot Freddie noch einen betrachtenswerten Anblick. Außerdem, dachte er, gehört sie zu den ganz Freundlichen, denn sie zog einen zweiten Stuhl nahe an den Rost heran und sagte: »Wunderbar und so warm. Setzen Sie sich doch auch. Es muß ganz schön einsam hier für Sie die ganze Nacht über sein.«

»Ich geh' um fünf, wenn der letzte Zug durch ist.« Dann setzte er, von ihrer Herzlichkeit gerührt, hinzu: »Wenn Sie 'ne Tasse Tee wolln, brüh' ich uns was auf«, und fünf Minuten später saßen sie schon, jeder mit einer Tasse starken heißen Tees versehen, in ein gemütliches Schwätzchen vertieft. Im Handumdrehen bekam Freddie alles über Klein-Percys Zahnerei zu hören, und als der Bahnwärter erfuhr, daß er es mit einer Krankenschwester zu tun hatte, unterhielt er sie mit einer anschaulichen Darstellung über die harten Prüfungen eines werdenden Vaters. »Da saßen wir denn mit einem einzigen Arzt da, und der war grad am andren Ende des Distrikts, und die Wehen kamen schon regelmäßig.«

Von da war es natürlich nur ein Katzensprung zu Standishs Krankheit, über die ihr neuer Freund schon alle Einzelheiten wußte. »Hübsch durchgedreht muß er gestern gewesen sein, aber heute, sagt Jock, geht's schon wieder bergauf mit ihm.«

»Oh, das ist eine erfreuliche Nachricht. Ich mach' mir solche Sorge, weil Vater nie krank gewesen ist.«

»Sehr feiner Herr, das, der Mr. Standish. Ich kenn' ihn selbst ja noch nicht lang, aber hier halten sie 'ne Menge von ihm. Jock war zuerst ganz aus'm Häuschen.«

Das war der Moment, endlich etwas über den saumseligen Jock herauszubekommen. Angela hatte recht: Es gab keine Frau. »Starb vor Jahren, wie ich höre, Jock lebt schon lang hier, haust mit 'nem jungen Burschen zusammen, der die Schafe hütet. Mrs. Wells hat ihr Auge auf die beiden. Ne gutmütige Frau, aber 'n bißchen zänkisch, soweit ich's beurteilen kann. Jetzt ist ja Jocks Mädel auch wieder von der Schule zurück. Nette Kleine, aber lebhaft.«

Freddie freute sich darüber. Wenigstens jemand Junges, jemand neben dieser gefürchteten Mrs. Wells. »Hat Mr. Baker nur dies eine Kind?« fragte sie und wurde prompt verlegen, denn gerade in diesem Augenblick ging die Tür auf, und ein Mann in triefnassem Ölzeug stand auf der Schwelle. Er nahm seinen Südwester ab und begrüßte sie gesetzt. Ihre erste Reaktion war: Er ist nett. Ruhig und zuverlässig. Natürlich furchtbar alt.

Jock Baker, der auf die Fünfzig zuging, betrachtete die Tochter seines Chefs voller Zweifel. Sie war jünger, als er erwartet hatte, und hübscher. Dann fiel ihm zu seiner Erleichterung die Stimme ein, die ihm am Telefon erklärt hatte: »Ich bin mit Miss Standish verlobt.« Das war ein Segen. Liz genügte für eine Farm von dreitausend Morgen vollauf.

Sein Bericht über Maxwell klang zufriedenstellend. Der Arzt hatte spät nachmittags noch einmal hereingeschaut und gesagt, das Befinden des Patienten sei merklich gebessert. Dann entschuldigte er sich für die Verzögerung. »Ein Erdrutsch, quer über die Straße. Mußte ein bißchen aus dem Weg geräumt werden. Ich hätte mit so was rechnen müssen.«

Freddies Augen weiteten sich. »Ein Erdrutsch? Ist die Straße denn nicht asphaltiert?«

»Nein, bloß geschottert, aber grob. Eine Böschung ist durch den Regen abgerutscht.«

»Und was haben Sie da gemacht?«

Er lächelte gütig in ihr erschrockenes Gesicht. »Ach, wir haben immer Spaten und Axt auf diesen Fahrten mit dabei.« Dann verdüsterte sich seine Miene. »Unglücklicherweise hatte Mr. Standish sie ausgerechnet bei seiner Abfahrt aus der Stadt vergessen, und davon hat er dann auch tatsächlich den Schaden davongetragen. Ein schwerer Block quer über der Straße im Busch. Er hat ihn hochgehoben.«

Freddie nickte. »Das sieht ihm ähnlich. Er ist so stolz auf seine Bärenkräfte ... Mr. Baker, bleiben sie doch noch eine Minute und trinken Sie erst mal eine Tasse Tee. Sie sehen ganz erfroren aus und so erschöpft«, und sie zog einen dritten Stuhl an den Ofen heran, während der Bahnwärter eine weitere Tasse mit der starken süßen Flüssigkeit vollschenkte. Dankbar trank Baker sie aus, tauschte kurz Neuigkeiten mit seinem Gastgeber und erklärte anschließend, daß sie nun aber aufbrechen müßten; woraufhin er überflüssigerweise noch hinzufügte: »Nur keine Bange, Miss Standish. Ich kenne die Straße beinah so gut wie meine Westentasche, und in so kurzer Zeit werden wir kaum auf einen zweiten Erdrutsch stoßen.«

Freddie versicherte ihm ernsthaft, Nervosität kenne sie nicht, und erkundigte sich, ob ihr Vater sie eigentlich erwarte. »Er weiß, daß einer von seiner Familie unterwegs ist, aber ich glaube, er erwartet eher Mrs. Lorimer. Er war sehr schläfrig heute, wir haben nicht viel mit ihm geredet.«

»Er ist heut nacht doch nicht etwa allein?«

»Nein. Meine Tochter wollte bei ihm bleiben, aber Mrs. Wells – das ist die Frau des Traktorfahrers – bestand ihrerseits darauf.« Sein Tonfall bat leise um Verzeihung, und Freddie hatte den Eindruck, diese Mrs. Wells müsse eine herrschsüchtige Frau sein. Aber mich wird sie nicht unterkriegen, dachte sie. Schließlich bin ich Krankenschwester – und an diesen optimistischen Wahn sollte sie sich späterhin noch mit einiger Befangenheit erinnern.

Sie fuhren in die Dunkelheit hinaus, nachdem sie sich von dem freundlichen Bahnbeamten herzlich verabschiedet hatten. Er blieb unter der hellerleuchteten Bahnhofstür zurück, um auf das zu warten, was in seiner Sprache die »verfluchten Güters« hieß. »Er war so nett zu mir«, sagte Freddie, »und wußte scheinbar alles über Vater und nahm richtigen Anteil.«

»Wir lassen uns den ganzen schweren Kram per Bahn schicken, und deshalb kennen wir die Leute vom Bahnhof ziemlich gut«, erklärte Baker, um dann weiterzuerzählen, daß es viel näher bei der Farm noch eine andere Stadt gäbe, »weiter talabwärts«, aber daß sie nicht an der Bahn läge. »Wenn wir überhaupt etwas kaufen, kaufen wir dort ein, aber die Fracht per Lastwagen ist kostspielig, und deshalb lassen wir's lieber mit der Bahn kommen.«

Freddie war jetzt hellwach und bereit, das spannende Erlebnis dieser eigentümlichen Nachtfahrt in vollen Zügen zu genießen. Die Stadt war in der Dunkelheit wenig beeindruckend und lag zudem aus irgendeinem unerfindlichen Grund eine Meile vom Bahnhof entfernt. Sie fuhren rasch hindurch, und auf etwa zehn Meilen war die Straße geteert und leicht zu befahren. Der schwere Wagen fegte dahin, und im Licht der Scheinwerfer tauchten für den Bruchteil einer Sekunde gestutzte Hecken auf, schlafende Bauernhäuser und Unterstände für die Kühe, die man aus Bequemlichkeitsgründen dicht an die Straße heran gebaut hatte; manchmal entdeckte Freddie erschrockene Zwillingslichter, die sie anstarrten, Baker jedoch erklärte ihr, daß sie im Vorbeifahren lediglich ein schlafendes Raubtier für einen Augenblick aufgestört hätten. Bald schon hatten sie diese zivilisierte Landschaft hinter sich gelassen. Die Straße wurde steiler und schmäler, die Kurven wurden schärfer, und der Straßenbelag war nun nur noch grob geschottert. »Ich hab' extra den Wagen Ihres Vaters genommen«, sagte Baker, »weil meiner kleiner ist und man jeden Stoß viel ärger dadurch spürt.« Freddie mußte heimlich denken, daß sie bisher wohl noch kaum über eine so holprige und schwierige Straße gefahren sei.

Übel wurde ihr indessen nicht, denn der Verwalter steuerte den großen Wagen mit leichter und sicherer Hand. Als sie ihm das sagte, erwiderte er nur, daß er ans Hinterland gewöhnt sei. »Bevor ich herkam, lebte ich an der Küste, und da waren sie noch viel weiter hinter dem Mond zurück als hier.«

Sie sprachen über den plötzlichen Anfall ihres Vaters. »Es haute mich fast um, als ich hereinkam und ihn in der Verfassung vorfand. Freilich kenne ich ihn schon lange, und er schien gar nicht zu wissen, was Kranksein heißt.« In seiner Stimme schwang aufrichtige Zuneigung, und Freddie antwortete: »Ich weiß. Man hat in seiner Gegenwart immer das Gefühl. Aber er wird bestimmt wieder auf die Beine kommen.«

Immer noch wurde die Straße steiler und holpriger, und auf einmal tauchten sie in größere Finsternis, einen Tunnel wie es schien, um den der Wald eine dichte Mauer bildete. Meilenweit schnitten die starken Scheinwerfer einen Lichtkreis aus dem Dunkel heraus, der für einen Augenblick auf anmutigen Pungas verweilte, um dann zu dem hohen Stamm eines Tawas und dem mächtigen Umfang eines Rimus weiterzugleiten. Da Freddies Erfahrungen sich auf Stephens vergleichsweise zivilisierte Farm beschränkten, hatte sie das Gefühl, als wären sie jetzt am Ende der Welt angelangt. Sie sagte es, und Baker mußte ihr recht geben. »Ja, es sieht wirklich ein bißchen wüst aus bei Nacht. Tatsächlich muß man ungefähr fünf Meilen durch diesen Busch fahren. Gerade auf dieser Strecke stößt einem meistens irgend etwas Unvorhergesehenes zu. Hier hat's auch Mr. Standish erwischt ... Es ist Urwald, und für die Entwicklung des Distrikts ist das ein großes Hindernis.«

»Und Vaters Farm liegt jenseits?«

»Ja. Wir fahren jetzt ziemlich steil bergan, und die Farm liegt auf der anderen Seite des Hügelkamms, am Kopfende des Tals. Die kleine Stadt, wo wir unser Brot und alles holen – Smithville –, liegt zehn Meilen weiter talabwärts.«

»Sind in der Nähe irgendwelche Nachbarn?« Freddie fühlte sich etwas befangen, daß sie so wenig über ihres Vaters Farm wußte, und fügte hinzu: »Sie wissen ja. Ich bin noch nie hier oben gewesen. Nachdem ich die Schule hinter mir hatte, habe ich gleich mit der Krankenpflege angefangen, und wenn ich mal Ferien bekam, ging ich regelmäßig zu Angela auf ihre Farm. Vater sah ich gewöhnlich nur, wenn er in die Stadt kam und in seiner Wohnung war, und manchmal auch im Sommer, wenn er mit seiner Yacht herumkreuzte.« Ihr Ton klang nach Verteidigung, denn Freddie war sich immer schon ihrer merkwürdigen Familienverhältnisse schmerzlich bewußt gewesen. Jock indessen schien eine Erklärung nicht für nötig zu halten.

»Mr. Standish bekam nur selten einmal Besuch. Sehen Sie, bis auf Mrs. Wells hat er ein richtiges Junggesellenleben geführt.«

Wieder Mrs. Wells. Anscheinend tauchte sie immerfort aus der Versenkung auf, und Freddie vermutete in ihr eine jener attraktiven Frauen, die oft nur allzu bereit gewesen waren, ihrem Vater mit Herz und Hand zu dienen.

Aber schließlich war sie doch die Frau des Traktorfahrers. Irgendwie kam ihr das beruhigend vor; sicher würde ihr Wirkungskreis doch dementsprechend begrenzt sein?

»Mrs. Wells«, sagte Baker soeben, als sie endlich aus dem schwarzen Wald heraus waren und Freddie undeutlich gewahr wurde, daß sie sich auf der Kuppe eines Hügels befanden, »Mrs. Wells ist eine bemerkenswerte Frau. Sehr energisch. Führt ihren eigenen Haushalt und geht danach noch auf ein paar Stunden zu Mr. Standish hinunter. Wüßte nicht, wie wir ohne sie zurande kämen.«

»Hat sie Kinder?«

»Nein. Sagt, das wär' ein Kummer, der ihr erspart geblieben wäre, aber in Wirklichkeit hat sie Kinder gern. Half mir mehr bei der Erziehung meines Mädels als sonst einer ... Jetzt hat sie noch den Schäfer zu sich genommen.«

»Ich dachte, er wohnt bei Ihnen?«

»Früher hat er mal bei mir gehaust, aber seit meine Tochter von der Schule zurück ist ... Na ja, es schien eben einfacher so ...« Jocks Stimme verlor sich im Ungewissen und hinterließ in Freddie ein Gefühl ungestillter Neugierde.

»Haben Sie ständig einen Schäfer da?«

»Wenn wir einen kriegen können. Das ist nicht so einfach. Die jungen Burschen lieben die Hinterwäldlergegend, wie sie's nennen, nicht besonders. Machen ein Mordstheater, daß es da keine Tanzvergnügen oder Kinos gäbe und die Straßen so schlecht wären. Die hätten bloß mal das Küstengebiet sehen sollen, vor zwanzig Jahren!«

»Aber jetzt haben Sie einen Schäfer?«

»Augenblicklich ja. Junger Kerl, der nicht lang bleiben will. Möchte Erfahrungen sammeln, weil ihm ein Onkel einen großen Besitz hinterlassen hat, und mit dem Bergland kennt er sich so gut wie überhaupt nicht aus. Er ist aber in Massey gewesen und hat eine Masse brauchbarer Ideen. Auf Hunde versteht er sich großartig. Scheint schärfer auf Hunde und Pferde als auf Schafe. Beschäftigt sich jede Menge mit Preishüten und Geschicklichkeitsprüfungen, aber ...« Mr. Baker hatte eine Art, seine Sätze unbeendet zu lassen, die Freddie Tantalusqualen bereitete. Bis jetzt hatte sie noch kaum einen Schimmer von den Menschen auf der Farm: Einer Frau, die bestimmt sehr tüchtig war und wahrscheinlich auch sehr ansehnlich; einem noch unbekannten Ehemann; einem jungen Mann mit Zukunft; einem gerade von der Schule abgegangenen jungen Mädchen, und von Jock Baker höchstpersönlich, einem netten zuverlässigen Mann, der ihrem Vater offensichtlich tief ergeben war. Doch davon keineswegs zufriedengestellt, versuchte sie weiter zu sondieren.

»Erzählen Sie mir doch etwas von Ihrer Tochter. Ist sie schon lange von der Schule ab? Wie heißt sie?« Freddie pflegte Fragen immer sehr unbekümmert zu stellen, und die Menschen nahmen es ihr auch nicht krumm, da sie ja offenbar aus echtem Interesse fragte.

Jock Baker war nur allzu gerne bereit, über seine Tochter zu sprechen. »Sehen Sie, ich hab' nur diese eine, und ihre Mutter starb, als sie noch ganz klein war. Ich hab' sie wohl verzogen, aber Sie wissen ja, wie das so geht.«

Freddie wußte es nicht, da sie zu keiner Zeit in ihrem Leben von irgend jemand verzogen worden war; sie murmelte indessen etwas vor sich hin, das nach Anteilnahme klang, und er fuhr fort: »Elizabeth – so heißt sie, aber sie wird immer nur Liz gerufen, paßt irgendwie besser zu ihr ... wurde am letzten Geburtstag achtzehn und brannte darauf, die Schule endlich verlassen zu können, um sich um mich zu kümmern. Sie setzen sich nun mal solche Ideen in den Kopf.« Seine Stimme war voller Zärtlichkeit, und Freddie mußte denken, daß sich dieses Mädchen Elizabeth wirklich enorm glücklich preisen könne. Er schwelgte weiter in Erinnerungen: »Kam gewöhnlich in den Ferien nach Hause und fand es herrlich, so zu tun, als führe sie den Haushalt, und zu Pferd um die Schafherden herumzureiten. Ich hab' niemals eine Haushälterin gehabt, so daß auch keiner da war, der sie hätte herumkommandieren können ... Ich wollte ja, daß sie in der Stadt bleibt, irgendwas lernt, ein Leben führt, wie sie es heutzutage lieben. Aber nein. Sie sagte, sie würde heimkommen, und wenn ich sie satt hätte, könnte ich sie ja fortjagen und sie würde sich ihr Brot dann eben selbst verdienen. Sie satt haben –«

Seine Stimme klang jetzt ganz vernarrt, und da es Jock offenbar selbst auffiel, nahm er einen Anlauf und riß sich zusammen. »Sie werden mich für einen alten Narren halten, und das bin ich wahrscheinlich auch. Es lohnt sich weiß Gott nicht, von ihr ein Aufhebens zu machen – sie ist ja bloß so ein kleines unscheinbares Dingelchen. Aber quicklebendig!« Und hier schien ihm die Puste endgültig auszugehen. Er wechselte deshalb rasch das Thema. »Wir sind jetzt auf der höchsten Spitze der Hügelkuppe. Fahren gleich hinunter ins Tal.«

»Sind mir darum vielleicht die Ohren zugegangen? Wie aufregend. Ich hab' das bisher nur einmal erlebt, und das war hoch oben in der Luft im Flugzeug. Wie hoch sind wir hier eigentlich?«

»Auf zirka dreihundertsechzig Meter hier, aber die Farm liegt tiefer. Ich glaube, Mr. Standish schätzt sie so auf zweihundert ... Das da drüben ist die Wardsche Farm, an der wir jetzt vorbeikommen.«

Freddie hatte nur einen flüchtigen Eindruck von leeren Hürden, und in dem trüben Tageslicht, das jetzt durch die Wolken hindurchzusickern begann, entdeckte sie kleine grauweiße Wollknäuel und erkundigte sich: »Sind das seine Schafe, oder hat er Milchwirtschaft?«

»Schafe. So hoch oben gibt's nicht viele Milchfarmen, nur gerade so viele, daß wir einen Milchwagen haben, zum Glück. Der bringt uns unseren Kram von Smithville mit herauf, wenn nicht einer von uns sowieso hinunter muß ... Jetzt kommen wir zu unserem Grenzzaun. Nur noch ein paar Meilen weiter. Sie werden froh sein, aus dem Wagen herauszukommen.«

»Ein paar Meilen weiter. Was für ein langer Weg von der Grenzlinie.«

»Wissen Sie, es sind dreitausend Morgen ... Da drüben ist Wards Haus. Zu uns gehört nur die eine Seite der Straße.«

Sie erkannte einen riesigen viereckigen Kasten, der sich im kalten Licht ziemlich grau ausnahm. Sie empfand es als Erleichterung, Nachbarn in der Nähe zu wissen. Vielleicht war dies die Farm, die der Familie Lorimer einmal gehört hatte, auf der Nick und Stephen aufgewachsen waren und wo Anna Maxwell Standish zum ersten Male begegnet war. Ja, sagte Jock, er glaube schon, das wäre der Name der Leute, denen die Farm vor dem Krieg gehört habe. »Aber der Vater starb, und der Sohn war draußen im Krieg, deshalb haben sie sie verkauft ... Und da wären wir also«, damit schwenkte er sanft hinter einem Viehgatter ein.

Zu Freddies Überraschung fuhren sie durch eine Allee junger englischer Bäume, die jetzt zwar noch kahl waren, aber doch schon im Frühlingsahnen Knospen trieben. »Ich hatte ja keine Ahnung«, sagte sie, »daß Vater sich überhaupt aus Bäumen oder einem Garten etwas macht. Aber wahrscheinlich ist er jetzt lang genug schon hier. Ich weiß ja viel zu wenig.« Von Angela wußte sie nur, daß Maxwell die Farm gekauft hatte, als seine Ehe schon hoffnungslos verfahren war und er das Gefühl hatte, er brauche unbedingt eine Fluchtmöglichkeit aus seinem unerträglich gewordenen Leben: irgendeinen sicheren Zufluchtsort, der ihm in der düsteren Zukunft gut zustatten kommen würde. »Zwanzig Jahre ungefähr«, fügte sie hinzu, und Baker erzählte ihr, daß Mr. Standish einer der ersten Siedler im Distrikt gewesen wäre und aus einem ungerodeten Stück Land eine prächtige Farm gemacht hätte.

Es war nur eine kurze Auffahrt, und auf einmal hielten sie vor einem Haus, wo hinter einem Fenster ein einziges schwaches Licht brannte. Die Dämmerung brach nun an, und Freddie gelang es, ein langgestrecktes Haus auszumachen, das viel größer war, als sie erwartet hatte, und altmodisch und behaglich aussah. An die Vorderfront war eine Veranda angebaut, auf die sich von mehreren Räumen Flügelfenster öffneten.

Ein zweites Licht ging an, und die Haustür wurde leise aufgemacht. Baker war schon ausgestiegen und hielt Freddie gerade die Wagentüre auf, als eine kleine Gestalt auf sie zukam und sich eine Stimme gelassen, aber mit bemerkenswerter Autorität zu Wort meldete. »Machen Sie bitte die Wagentür leise zu. Mr. Standish ist eben eingeschlafen.«

Das konnte man kaum als Willkommensgruß bezeichnen; Freddie aber ertappte sich dabei, wie sie die Wagentür geräuschlos schloß und der Frau, die zu ihrer Begrüßung herausgekommen war, gehorsam auf Zehenspitzen folgte. Ihre Vorahnung erwies sich als richtig. Mrs. Wells war tatsächlich eine furchteinflößende Person.

In der Diele musterten sie sich eine Sekunde lang prüfend, und dann streckte Freddie schüchtern ihre Hand aus. »Sie sind Mrs. Wells? Herzlichen Dank, daß Sie sich um Vater gekümmert haben, bis ich herkommen konnte.« Bei sich aber dachte sie: Sie ist genau wie die Oberin, nur noch schlimmer. Ich bin gespannt, ob sie überhaupt lächeln kann.

In diesem Augenblick lächelte sie tatsächlich, und mit einem Mal sah sie geradezu menschlich und sogar heiter aus. Doch war das einzige, was sie sagte: »Sie gehen jetzt besser gleich ins Bett und schlafen sich gehörig aus. Ich werde Ihnen eine Tasse Tee und ein Butterbrot aufs Zimmer bringen. Sie müssen doch todmüde sein.«

Freddie sah klar, daß dies nichts anderes bedeutete, als daß sie wie ein Strauchdieb aussah. Sie wußte ja selbst nur zu gut, daß sie, seit sie aus dem Zug gestiegen war, weder ihr Haar gekämmt noch ihr Gesicht etwas zurechtgemacht hatte. Jetzt wünschte sie, sie hätte sich die Zeit dafür genommen, denn dann hätte Mrs. Wells sie bestimmt nicht wie ein kleines Kind einfach zu Bett geschickt und das just in dem Augenblick, als sie ihren Fuß in das Haus ihres Vaters setzte.

»Ich fühle mich ganz wohl, nur ein bißchen unordentlich. Ich mache mich jetzt nur rasch etwas zurecht und komme dann herunter, um den Dienst anzutreten. Sie müssen doch auch sehr müde sein.«

»Ich kann sehr gut die Nacht durchhalten. Er ist mir überhaupt nicht zur Last gefallen.«

Freddie war davon überzeugt. Es bedurfte eines noch weitaus tapfereren Mannes als Maxwell Standish, um dieser Frau zur Last fallen zu können. Sie fühlte indessen, daß der Moment gekommen war, sich selbst zu behaupten. ›Fangen Sie an, wie Sie glauben, weitermachen zu müssen‹, hatte ihr einmal jemand in einer schwierigen Situation geraten. Darum versuchte sie sanft, aber bestimmt darauf zu bestehen: »Ich würde viel lieber jetzt übernehmen. Schauen Sie, ich bin an alle möglichen und unmöglichen Stunden gewöhnt. Ich bin ja Krankenschwester.«

Mrs. Wells brummte zwar nicht über diese erbärmliche Protzerei; sie schenkte ihr nur ganz einfach gar keine Beachtung und wies den Weg zu einem Schlafzimmer. Es war ein gemütlicher Raum, und im Kamin flackerte ein lustiges Feuer. Auf der anderen Seite des Flurs stand eine Tür offen, durch die ein schwaches Licht fiel. Augenscheinlich das Zimmer ihres Vaters. Freddie zögerte und wollte eben hineingehen, als Mrs. Wells ihr zuvorkam, die Tür leise und energisch zumachte und sagte: »Nicht heute nacht. Noch genug Zeit dafür. Ruhen Sie sich mal zuerst aus.«

Darauf führte sie Freddie in ihr Zimmer, sagte: »Ich bringe den Tee, sobald Sie im Bett sind. Das Badezimmer ist nebenan, heißes Wasser gibt's in Hülle und Fülle«, und wandte sich, ohne erst eine Antwort abzuwarten oder überhaupt eine zu erwarten, um und verließ rasch das Zimmer. Klarer Fall, dachte Freddie, daß jemand ihr mal nicht gehorchen könnte, ist der bestimmt noch nie in den Sinn gekommen.

Eigentlich, spürte Freddie, hätte sie jetzt wütend über sie sein müssen, aber sie konnte sich nicht helfen, es amüsierte sie nur. Sie war hergekommen, um einen Fall zu übernehmen, und war statt dessen von einer fremden Frau, die im Haus überhaupt keine Befehlsgewalt besaß, gründlich in die Flucht geschlagen worden ... Doch wie himmlisch, ein heißes Bad nehmen zu können, den Tee im Bett serviert zu bekommen und stundenlang schlafen zu dürfen ... Am nächsten Morgen würde sie allerdings ganz bestimmt ihre Autorität geltend machen. Einstweilen besänftigte sie das Bad, das Zimmer war warm, und der Tee und die Brote schmeckten köstlich.

»Versprechen Sie mir bitte, mich um neun zu wecken«, sagte sie zu Mrs. Wells, als diese Dame finster hinausging, nachdem sie das Tablett neben dem Bett abgestellt hatte.

Freddies letzter Gedanke war, daß sie morgen ihre Lebensgeister wirklich zusammentrommeln müßte. Aber nicht gerade jetzt ...

4

»Neun Uhr! Und da ist Ihr Tee.«

Die gelassene Stimme durchdrang Freddies Träume, und sie richtete sich auf und blickte auf ihre Uhr. Genau neun und höchste Zeit, Mrs. Wells abzulösen. Sie sah zu, wie die Frau das Frühstückstablett vorsichtig auf dem Nachttischchen absetzte. Letzte Nacht hatte sie nur einen verschwommenen Eindruck von ihr bekommen, aber er hatte durchaus gereicht, um sie mit großer Überraschung feststellen zu lassen, daß sie dem verführerischen Frauentyp überhaupt nicht entsprach. Irgendwie hatte sie sich eingebildet, wenn sie wirklich Maxwell so hingebungsvoll diene, müsse sie bestimmt sehr viele Reize besitzen. Jetzt aber dachte sie: Liebe Güte, an ihr ist überhaupt nichts Bezauberndes, und ob sie ergeben ist, bezweifle ich auch stark. Sie tut eben nur ihre Pflicht.

Und das schien auch zu stimmen, als Mrs. Wells rasch sagte: »Ich bin froh, wenn Sie zu Ihrem Vater gehen können. Er ist richtig anstrengend.«

»Anstrengend?« Freddie war immer noch nicht ganz wach, aber sie erschrak, als ausgerechnet die Frau des Traktorfahrers Standish als anstrengend bezeichnete.

»Ja. Er scheint Ihre Schwester erwartet zu haben. Wieso, weiß ich auch nicht. Aber er ist sehr gereizt und drauf und dran, sich Freiheiten zu erlauben.«

Beinahe wäre Freddie laut herausgeplatzt. Unmögliche Vorstellung, daß sich ein Mensch, und sei's auch nur Maxwell, mit dieser unnachgiebigen kleinen Frau Freiheiten erlaubte. Sie trank einen Schluck von dem köstlich starken, heißen Tee und nahm sich gerade soweit zusammen, daß sie fragen konnte: »Er wird doch wohl nicht etwa aufstehen wollen oder so etwas?« Mrs. Wells verfolgte den Gegenstand ihres Gesprächs nicht weiter, sondern bemerkte dumpf: »Er haßt Kranksein und scheint es als Demütigung zu empfinden, wenn man ihn gesundpflegen will. Sehr töricht, und obendrein macht ihn das zu einem richtig schwierigen Patienten. Vielleicht können Sie ihn zur Raison bringen.« Und damit verließ sie das Zimmer.

Freddie frühstückte in Eile, badete rasch und zog sich an. Sie war niedergeschlagen. Es war unwahrscheinlich, daß ausgerechnet sie mit Maxwell fertig werden sollte, wenn diese fürchterliche Frau schon versagt hatte. Töchter, ganz besonders die jüngsten, waren von Anfang an im Hintertreffen. Außerdem würde er schon darüber meckern, daß sie überhaupt gekommen war. Angela wollte er da haben. Freddie seufzte. Es war schon schlimm genug gewesen, herzukommen, viel, viel schlimmer indessen war noch, nicht willkommen zu sein, und Mrs. Wells hatte sie bestimmt nicht ermutigt.

Wiederum erinnerte sie Freddie an die Oberin mit ihrem Gehabe leidenschaftsloser Tüchtigkeit und ihrem gelassenen Selbstvertrauen. Augenscheinlich war es ihr noch nie eingefallen, daß einmal ein Mensch ihre Befehle nicht ausführen könnte. Die Oberin aber war das gewesen, was man gemeinhin ein ›Bild von einer Frau‹ nennt, Louisa Wells hingegen war sehr unscheinbar und mager. Die Oberin hatte volles graues, herrlich gewelltes Haar besessen, Louisas war dunkel und unerbittlich kurz gestutzt. Wohl zeigte es eine Neigung, sich zu locken, aber die war streng unterbunden worden, und so klammerte sie es mit scheußlichen Haarnadeln eng am Kopf anliegend zurück.

Freddie zog ihre Schwesterntracht an, die mitzubringen sie nicht hatte widerstehen können, prüfte kritisch, ob ihre Medaille auch vollkommen gerade saß, und betrachtete wohlgefällig ihr Spiegelbild. Von neuem wurde sie dadurch an das Äußere jener anderen Frau erinnert. Sie verstand es, den Effekt großer Schlichtheit zu erzielen, ohne in Wirklichkeit schlicht zu sein. Man merkte zu sehr die Absicht. Ihre Gesichtszüge waren regelmäßig, und ihre grauen Augen groß und klar. Es war ein Gesicht mit ganz besonderen Möglichkeiten, sogar noch nach einer um die Ohren geschlagenen Nacht.

Bevor Freddie ihr Zimmer verließ, zog sie den Vorhang beiseite und blickte hinaus. Überall Nebel. Er quirlte um die Baumwipfel und lag schwer auf dem Boden. Ansonsten konnte sie nur sehr wenig erkennen. Sie entdeckte, daß das Haus auf einer Anhöhe lag; etwas unterhalb erkannte sie undeutlich eine gespenstisch anmutende Hecke und, als sich der Nebel für einen Augenblick hob, ein zweites Haus. Das vom Verwalter natürlich; sie war neugierig, wie sich das Mädchen nun wirklich entpuppen würde, und ob Mrs. Wells auch in ihr das Gefühl weckte, sie wäre zehn Jahre alt und für das Alter auch nicht besonders aufgeweckt. Denn dies war fraglos die Wirkung, die sie auf Freddie gehabt hatte, trotz Medaille und allen Vorsätzen zur Standhaftigkeit, zu denen sie sich vergangene Nacht durchgerungen hatte.

Alles in allem versprach das Leben hier nicht sehr lustig zu werden, falls Liz nicht zu ihrer Rettung erschien.

Maxwell Standish saß gegen einen Haufen Kissen gestützt im Bett und sah ziemlich mürrisch drein; er hieß sie nicht im geringsten willkommen. Zu ihrer Erlösung fand Freddie, daß er schon gar keinen so schrecklich kranken Eindruck mehr machte. Um gründlich schlechter Laune zu sein, dafür ging's ihm jedenfalls schon wieder gut genug. Ergeben, aber ohne Begeisterung ließ er Freddies Kuß über sich ergehen und betrachtete sie vom Scheitel bis zur Sohle mit einem zynischen Funkeln in den Augen. »Was für eine gemäßigte Art der Begrüßung! Ganz anders als deine sonst so überschwengliche. Offensichtlich bist du ganz auf die Atmosphäre dieses Krankenzimmers abgestimmt. Hast dich ja sogar deiner Rolle entsprechend kostümiert.« Freddie kam sich ein bißchen albern vor, versuchte aber trotzdem zu lachen. »Du siehst nicht sehr krank aus«, stellte sie fest und zuckte mißmutig die Achseln.

»Oh, ich werde schon überleben, wenn die Leute nur nicht so ein Theater um mich herum aufführen wollten. Doch wofür all diese

Kroninsignien? Ich weiß schon, es steht dir gut, aber wenn du damit bei Mrs. Wells Eindruck schinden willst, dann würd' ich's an deiner Stelle lieber bleiben lassen. Ich hab' es viele, viele Jahre versucht und noch immer keinen Erfolg damit gehabt.«

Louisa Wells blickte nicht einmal von dem Thermometer, das sie gerade ablas, hoch, und er sah enttäuscht aus. »Was den Arzt betrifft, er ist fünfzig und hat vier Kinder. Außerdem gibt es ja noch einen gewissen Jonathan, oder nicht? Wie geht's denn diesem beharrlichen Mann? Kommt scheint's auch nicht zu Stuhle. Wie er mich doch verfluchen muß. Immerhin sollte er inzwischen daran gewöhnt sein, in den Kulissen abwarten zu müssen.«

In seinen Worten lag ein Anflug von Verachtung, und Freddie wurde rot. Vater zeigte sich von seiner allerunfreundlichsten Seite und redete, wie sie ihn seit den unseligen Tagen, als er seinem Sarkasmus gegenüber der pflichtvergessenen Alicia Luft machte, nicht mehr gehört hatte. Sie wußte nicht, was sie dazu sagen sollte, aber Louisa Wells war um Worte nicht verlegen. Sie steckte das Thermometer in seine Hülle zurück und sagte ruhig: »Wenn Sie schon unbedingt reden müssen, Mr. Standish, versuchen Sie wenigstens, freundlich zu bleiben. Ihre Tochter hat extra die weite Reise auf sich genommen, um Sie zu pflegen ... So, Miss Standish, jetzt werde ich Sie Ihrem Schicksal überlassen.«

Diese Verteidigung berührte Freddies Herz, und sie sagte rasch: »Ach, nennen Sie mich doch bitte Freddie. Miss Standish klingt so komisch, denn für alle war ich immer nur ›Schwester‹ oder Freddie.«

»Danke«, sagte Louisa kurz und ohne sich eine Verzierung abzubrechen. »Wenn Sie mich brauchen, die drei Häuser sind durch Telefon miteinander verbunden. Ich kann jederzeit kommen.« Und ohne den geringsten Versuch, den Patienten zu beschwichtigen, verschwand Mrs. Wells.

Maxwell simulierte einen Seufzer der Erleichterung. »Dauernd weist sie mich zurecht, Freddie, du mußt mich vor ihr in Schutz nehmen. Sie hat mich genauso unter ihrer Fuchtel wie alle anderen.«

»Es war furchtbar lieb von ihr, letzte Nacht bei dir zu bleiben und mich ins Bett zu schicken.«

»O ja, sie besitzt alle Tugenden. Ich gebe ja zu, daß wir ohne sie oft genug aufgeschmissen wären. Aber sie gehört zu diesen verteufelt tüchtigen Menschen. Und hast du schon mal jemand sich so wenig um sein Äußeres kümmern sehen? Diese gräßlichen Haarklammern! Und doch tun wir alle das, was sie uns anschafft, und Tom Wells betet sie geradezu an. Liz übrigens auch, tatsächlich.«

Freddie lachte. »Ich glaube, du bist sehr undankbar.«

»Natürlich bin ich das. Ich bin nun mal so. Undankbar auch dir gegenüber. Das jedenfalls denkst du doch von mir«, sagte er und schloß die Augen. Ehe Freddie noch dagegen protestieren konnte, sagte er leise: »Warum ist Angela nicht gekommen?« und seine Stimme zitterte kaum merklich.

»Sie wäre natürlich gekommen«, fiel Freddie rasch ein, »aber wir haben ihr nichts gesagt. Ich bin sofort hergefahren und habe Mr. Baker verboten, sie anzurufen.«

»Und darf ich fragen warum?« Das klang fürchterlich, und sie wußte, wie verärgert er war.

»Weil sie ein Baby erwartet und schon eins verloren hat und der Arzt gesagt hat, daß sie diesmal sehr vorsichtig sein muß und nicht ...«

»Verschone mich mit der detaillierten Schilderung eines Geburtsvorgangs ... Ich verstehe ... Na schön, einmal mußte es ja schließlich passieren, und ich wünsch' ihr viel Glück dazu. Und du? Hart für dich, wo deine Hochzeit doch so gut wie festgelegt ist. Aber ich nehme an, ein erster Fall hat was Verführerisches, besonders, wenn er einem das großartige Gefühl gibt, seine Tochterpflicht damit zu erfüllen.«

Sie konnte es einfach nicht ertragen, wenn er so sprach. Es erinnerte sie zu lebhaft an jene erbärmlichen, längst vergangenen Zeiten. Freddie biß sich heftig auf die Lippen. Wenn sie bloß nicht diese kindische Neigung zum Losheulen hätte. Doch schließlich war sie immer noch sehr müde und sehr enttäuscht. So eifrig war sie von daheim fortgestürzt, und nun war es nur allzu klar, daß Maxwell ihr Kommen krummnahm. Darum war sie sehr froh, daß es Zeit für ihn wurde, eine seiner in Reih und Glied aufgestellten Arzneien zu schlucken, und sie beschäftigte sich eingehend mit der Dosierung.

Für diesmal war Standish abgrundtief beschämt über sich selbst.

Dieses ganz neue Gefühl der Schwäche, der Abhängigkeit, mußte schuld daran sein. Das und seine absolute Gewißheit, daß Angela kommen würde. Aber Freddie war ein liebenswertes Mädchen. Er streckte seine Hand aus und sagte: »Mußt mich nicht ernst nehmen, Liebes. Mrs. Wells würde mich wie verrückt ausschimpfen und sagen, daß ich nur angebe. Diese kleine Frau ist ein heiliger Schrekken. Es war so lieb von dir zu kommen. Laß mich nicht allein, Freddie, wenigstens nicht, solange ich nicht aufstehen darf. Wenn Lulu, wie dieser kleine Naseweis sie nennt, das Kommando führt, kann ich nicht mal meine Seele mein eigen nennen, von den übrigen Teilen meiner Anatomie ganz zu schweigen ...«

Freddie lachte. »Deine Seele ist doch kein Teil deiner Anatomie ... Aber natürlich fahr' ich nicht weg, ehe du nicht wieder ganz auf dem Damm bist. Sprich jetzt nicht soviel. Das ist nicht gut für dich.«

»Du redest genauso daher wie dieses Weib. Gestern ist sie mir dauernd über den Mund gefahren, sooft ich ihn nur aufklappen wollte. Sie ist ein Rätsel. Lebt hier schon seit Jahren und hat noch nicht ein einziges Mal schlapp gemacht. Führt ihren Haushalt tadellos, kommt jeden Nachmittag zu mir herunter und putzt und kocht, leitet das örtliche Institut und alles andere, was ihr gerade unterkommt, bevormundet Liz – und ist der einzige Mensch, der das Mädchen dazu bringen kann, zu tun, was ihr befohlen wird. Bemerkenswerte Frau, aber trotzdem bin ich froh, daß du gekommen bist. Es ist mal eine Abwechslung, eine Augenweide als Gegenüber zu haben.«

Wie immer höchst empfänglich für Lob, strahlte Freddie auch jetzt über das ganze Gesicht. Freilich hätte sie echter Zärtlichkeit den Vorzug gegeben, aber sie war es gewöhnt, daß ihr Vater damit nur sehr sparsam umging. Wie egoistisch er doch war; er hatte weiß Gott kein großes Interesse für Angelas aufregende Neuigkeit an den Tag gelegt, und doch war sie jenes Familienmitglied, aus dem er sich noch am meisten machte. Als ob er ihre Gedanken gelesen hätte, öffnete er jetzt seine Augen und sagte: »Wie schlecht die Leute sich doch ihre Zeit einteilen. Anna in England, Angela von Kopf bis Fuß auf Mutterschaft eingestellt. Ach ja, du bist ein gutes Mädchen, Freddie«, woraufhin er in brütendes Schweigen versank und bald darauf zu dösen begann.

Freddie ging in ihr Zimmer und packte aus. Vergangene Nacht war sie viel zu müde gewesen, um sich damit abzugeben. Anschließend durchforschte sie das Haus. Es war viel geräumiger, als sie erwartet hatte, verfügte über drei schöne Schlafzimmer, ein zauberhaftes Wohnzimmer mit offenem Kamin, in dem man anscheinend ganze Baumstämme verheizen konnte, und eine urgemütliche Küche. Früher hatte die Farm einen eigenen Generator in Betrieb gehabt, jetzt konnte sie sich rühmen, an das Stromnetz angeschlossen zu sein, und das Badezimmer war geradezu luxuriös und glich nicht im mindesten dem, was man in einem Hinterwäldlerhaus vermutet hätte, wenn es auch, wie Freddie sich sagte, wirklich genau dem entsprach, was man von Vater erwartete. Einst hatte er in einer Hütte ein spartanisches Leben geführt, aber inzwischen hatte die Farm jahrelang viel abgeworfen, und er hatte sich nichts versagt.

Plötzlich rief Mrs. Wells an. »Ich leg' mich jetzt hin, aber ich komme wie immer um zwei Uhr herunter, um mich ums Haus und ums Essen zu kümmern. Im Kühlschrank steht noch Suppe für Mr. Standish zum Mittagessen und für Sie ein Käseauflauf. Ich hab' Hirn und Kalbsmilch bestellt, der Milchwagen soll sie heute mit heraufbringen. Man muß am Abend zuvor bestellen, dann werden sie im Tor deponiert. Ich bringe sie mit herunter, wenn ich komme. Ist bei Ihnen alles in Ordnung?«

Freddie versicherte ihr, ja, alles ginge glatt, und fügte hinzu: »Warum überhaupt herunterkommen? Sie brauchen mehr als vier Stunden Schlaf. Ich kann schon allein zurechtkommen.« Das machte auf Louisa jedoch nicht den geringsten Eindruck. Sie betonte nur noch einmal, sie würde also um zwei Uhr bei ihr sein, und fügte energisch hinzu: »Ich habe Elizabeth gesagt, sie soll Sie in Ruhe lassen.«

Freddie war enttäuscht. Sie brannte darauf, das Mädchen endlich kennenzulernen. »Ach, aber warum denn nur? Ich glaube, Vater würde sie gerne sehen, und er ist dafür ja auch wirklich gut genug beisammen.«

Die Stimme am anderen Ende aber bemerkte nur grimmig, Elizabeth sei ein Störenfried, und legte auf, bevor Freddie widersprechen konnte.

Fünf Minuten später ließ sich ein leises Klopfen an der Hintertür vernehmen. »Ich bin Liz«, sagte das Mädchen ziemlich atemlos, »und ich bin den ganzen Weg gerannt. Ohne den Nebel wär's mir nicht geglückt. Tante Louisa hat Augen wie ein Falke.«

Wie dünn sie ist, war Freddies erster Gedanke. Genau wie ein kleiner Junge. »Warum bist du gelaufen? Komm doch herein und zieh deinen Mantel aus.«

Das Mädchen fing an, sich aus der Ölhaut herauszuschälen, in der sie fast versank, und nahm die Mütze ab, die ihr schmales dunkles Gesicht zur Hälfte verbarg. Vergnügt und keck wie ein Gassenbub kam sie zum Vorschein: ein schmächtiges junges Mädchen mit schwarzem Haar, das ihr in einer Strähne in die Augen hing und am Hinterkopf ziemlich kurz geschnitten war, und leuchtenden grünen Augen, die für ihr Gesicht viel zu groß schienen. Nicht richtig hübsch, entschied Freddie, aber ungewöhnlich und faszinierend. Sie trug ziemlich schäbige Baumwollhosen und einen dicken groben Pullover, und ihre Stimme klang hell und angenehm. »Ich seh' gräßlich aus«, sagte sie, »aber das tu' ich ja meistens. Wie ein Landstreicher, behauptet Lulu.«

»Lulu?«

»Mrs. Wells. Eigentlich soll ich ja Tante Louisa zu ihr sagen, und wenn sie in Hörweite ist, tu' ich das auch. Aber Lulu finde ich viel schöner. So phantastisch unpassend«, und beide lachten.

»Du siehst fabelhaft aus«, fuhr das Mädchen ohne die geringste Spur Scheu oder Hemmung fort. »Da möchte ich ja fast auch Pflegerin werden. Nicht daß ich je so aussehen würde, aber die Tracht brächte mich doch ein bißchen mehr zur Geltung ... Na, jedenfalls siehst du goldrichtig aus.«

»Ich fühle mich aber gar nicht goldrichtig«, klagte Freddie. »Mrs. Wells ist freundlich, aber sie weist mich einfach in meine Schranken zurück, und Vater ist schlechter Laune. Er wollte mich gar nicht da haben. Er wollte meine Schwester.«

»Wie gemein von Max«, sagte das Mädchen hitzig und zögerte dann einen Augenblick. »Findest du mich sehr frech, wenn ich ihn so nenne? Aber schau, ich hab' ihn seit ich hier bin immer so genannt. Neun Jahre sind eine lange Zeit ... Und zerbrich dir über Lulu nur nicht den Kopf. Sie hat uns alle am Gängelband, sogar

Max. Das Komische daran ist bloß, daß wir ihr alle zu Füßen liegen, besonders Tom – das ist ihr Mann. Er ist goldig und liebt geradezu seine Fesseln. Das stammt von Derrick, nicht von mir. Er macht immer so ungeheuer schlaue Bemerkungen. Mir fallen sie nie im richtigen Moment ein.«

»Wer ist nun schon wieder Derrick? Hier scheint ein Haufen Leute zu leben.«

»Gar nicht so doll. Derrick ist der Schäfer, aber er nimmt's nicht sehr genau damit. Will nur eine Ahnung vom Farmen im Bergland kriegen, eh' er in eine höhere Sphäre entschwebt.«

»Ach ja, dein Vater hat mir von ihm erzählt. Er lebt bei Mrs. Wells, nicht wahr?«

»Ja. War es nicht eklig von ihr, ihn so einzusperren? Alle Schäfer haben immer bei Papa gewohnt, aber Lulu sagte, es würde zuviel für mich werden. Kompletter Quatsch. In Wirklichkeit hat sie ja bloß Angst, es könnte was passieren.«

Angesichts dieses schrankenlosen Freimuts blickte Freddie etwas betreten drein. Das Mädchen plapperte munter weiter: »Prima, daß du gekommen bist. Denk dir bloß nicht, ich wär' nicht restlos glücklich mit Paps und Tom und Lulu und Max, aber es ist doch schön, jemanden da zu haben, mit dem man was unternehmen kann, weil Lulu, sobald ich was mit Derrick zusammen anstellen will, gleich irgendeinen Grund findet, um mich daran zu hindern.«

»Ich bin auch froh, daß du hier bist. Es – na ja, es scheint alles so fremd. So weit weg von allem Vertrauten, und der Nebel und Vater mit seiner miesen Laune.«

»Max? Ach, in Wirklichkeit ist er ein richtiger Schatz. Nimm ihn nicht ernst. Er ist ja nur verdreht, weil er immer so gesund war und fest glaubte, daß nur Idioten krank werden. Außerdem könnte ich mir denken, daß Lulu ihn ganz schön fertiggemacht hat. Das tut sie nämlich gern. Er wird sich enorm anstrengen, sie zu bezaubern, und kann einfach nicht kapieren, daß sie es nicht mal merkt.«

In diesem Augenblick kam eine gereizte Stimme aus dem Krankenzimmer: »Was soll das Getratsche da draußen? Ist doch nicht etwa Liz?« Das Mädchen schoß von der Tischecke, auf die sie sich gehockt hatte, herunter, und in der nächsten Sekunde hörte Freddie sie schon sagen: »O Liebling, wie phantastisch du aussiehst.

Dieser himmlische Pyjama. Und hat dich Paps heut morgen so sauber rasiert?«

Als Antwort ertönte ein Knurren. »Verdammter Blödsinn. Ich kann mich selbst rasieren. Behandeln mich wie ein Baby!«

»Aber wenn du ein Baby wärst, Schatzi, müßtest du dich doch nicht rasieren ... Ist Freddie nicht ein Goldkind? Und so hübsch. Sieht sie deiner verflossenen Frau ähnlich?«

Freddie war entsetzt. Alicia als »Verflossene« zu bezeichnen! Mutter war ein Gesprächsthema, das von ihr und Angela gemieden wurde oder, falls sie doch einmal von ihr sprachen, geschah es im Flüsterton, wie man von jüngst Verstorbenen etwa spricht. Aber das Mädchen schwatzte schon vergnügt weiter: »Wenn sie ihr ähnlich sieht, dann kann ich nicht begreifen, warum du sie abgehängt hast. Hast du ein Foto von ihr? Ich hab' schon immer mal eins sehen wollen.«

»Man braucht sich seine Vergangenheit nicht dauernd vor Augen zu halten.« Statt sie hinauszuwerfen, schien Standish tatsächlich belustigt. Das verdroß Freddie. Er hatte kein Recht, mit diesem Mädchen über Mutter zu spotten.

»Oh, da bin ich ganz andrer Meinung«, sagte sie eben. »Ich besitze eine Menge Fotos von meinen Verflossenen. So gesund für die Moral. Macht mich wieder munter, wenn Lulu mich am Boden zerstört hat.«

»Gib nicht so an. Du bist achtzehn. Letztes Jahr hast du erst die Schule verlassen. Wie solltest du da viele – Verflossene, wie du sie zu nennen beliebst, gehabt haben?«

»Liebster, da gab's doch Ferien, und schließlich war die Schule auch nicht gerade ein Kerker. Die Mädels, mit denen ich befreundet war, hatten meistens Brüder. Auf diese Weise gefielen sie mir viel besser.«

»Da geh' ich jede Wette mit dir ein ... Was schleichst du da eigentlich in meinem Zimmer herum?«

»Weil ich das schon lange vorhatte und bis jetzt nie eine Gelegenheit dazu fand. Früher wollte ich mich hier immer hereinschmuggeln und meine Nase tüchtig in alles stecken, wenn du mal weg warst, aber Lulu paßte auf wie ein Luchs und trug den Schlüssel praktisch am Hals. Was für schöne Sachen du hast. Die Bürsten gefallen mir riesig, und das ist ja geradezu ein Gedicht von einem Morgenrock, da hinter der Tür!«

»Freut mich, daß er deinen Beifall findet. Wie wäre es, wenn du dich jetzt mal manierlich hinsetztest und dich mit dem Krüppel unterhieltest?«

Sie gehorchte und fing auf der Stelle an zu plaudern. Doch hatte das, was sie sagte, Hand und Fuß und drehte sich zu Freddies Überraschung ausschließlich um die Farm. Liz schien eine Menge davon zu verstehen und sich intensiv darum zu kümmern. Sie berichtete Max ausführlich, was die drei Männer an diesem Tag gemacht hätten, wie es den einjährigen Schafen in dem hinteren Pferch ging, daß die Mutterschafe nun in drei Tagen lammen würden und daß Derrick ein großartiges weites Gehüt mit einem seiner Hunde geübt hätte. Als Freddie sich erkundigte, was das bedeute, erklärte sie: »Das heißt, daß man seinen Hund losschickt, die Schafe hereinzutreiben, aber es war so weit, daß man gar nicht mehr zuschauen konnte. Derrick kann zaubern mit seinen Hunden. Ich hab' immer gedacht, Ians Hunde wären überhaupt die besten, aber Derricks schlagen seine.«

»Hunde sind anscheinend das einzige, worum er sich kümmert. Die und die Pferde«, warf Max brummig ein. »Sag ihm, er soll einen Zaun flicken, und er verduftet mit irgendwelchen Ausreden. Möchte am liebsten nur den ganzen Tag lang in der Gegend herumreiten und seine verdammten Köter abrichten.«

»Ach schon, Max, aber er weiß doch, daß er keine Zäune flicken muß, wenn er seinen eigenen Hof übernimmt. Da gibt's haufenweise Hilfskräfte für die Drecksarbeit. Derrick wird ein Schafkönig.«

Standish murmelte etwas wie »Puh, pah, Possen!«, was Liz entzückte. »Jede Silbe ganz rasende Verachtung und Zorn. Armer Derrick. 's ist eine Schande.«

Er musterte sie einen Moment mißtrauisch. »Jetzt aber genug davon. Setz dir mit Derrick nur keine Flausen in den Kopf. Ian Ward wiegt ein Dutzend von seiner Sorte auf. Auf jeden Fall dürfte Derrick mit der Tochter eines Verwalters wohl sowieso kaum seine Krone teilen.«

Freddie erschrak über die Brutalität, mit der er das sagte, Liz hingegen lachte nur: »Wer spricht hier schon von Kronen? Max, mein Herzblatt, du redest genau wie Lulu. ›Bitte, Elizabeth, keine Hirngespinste, die deinen Rang übersteigen! Mädel, du hast Glück, einen so netten festen Freund wie Ian zu haben.‹ Der ›feste Freund‹ hängt mir schon zum Hals heraus.«

Freddie platzte vor Neugier. So hatte Liz also einen »Schatz«, und dabei war sie doch erst achtzehn. Aber natürlich waren frühe Ehen an der Tagesordnung. Freddie kam sich mit ihren Zweiundzwanzig wie eine alte Jungfer vor. Dieses Mädchen da mußte bestimmt Verehrer haben; sie war bezaubernd und offensichtlich alles andere als dumm, zumindest, soweit es sich um Ackerbau und Viehzucht drehte. Als sie sich widerwillig zum Aufbruch erhob, sagte sie zu Freddie: »Reite doch mit mir heut nachmittag.«

Ihre Worte wurden von dem Patienten mit einem ärgerlichen Grunzer quittiert. Da drehte Liz sich um und sagte: »Aber Max, sei bloß nicht so egoistisch. Obwohl das natürlich in deiner Natur liegt. Das gehört nun mal zu deinen vielen Reizen – überhaupt keine moralischen Skrupel. Aber du kannst von Freddie schlecht verlangen, daß sie dir den ganzen Tag Händchen hält und deinen Puls fühlt und das alles, ohne einmal zwischendurch Luft zu schnappen. Ich will ja nur, daß sie für eine Stunde mit mir 'rauskommt, während Lulu hier ihren täglichen Putz macht.«

»Ich weigere mich ganz entschieden, Mrs. Wells weiterhin als meine Aufpasserin zu bemühen«, explodierte Max.

Liz lachte nur. »Schatzi, es ist doch gar nicht nötig, daß jemand dauernd auf dich aufpaßt. Du kannst ein Buch lesen oder ein nettes kleines Nickerchen machen oder das Radio andrehen. Hauptsache ist doch, daß Lulu zur Stelle ist, wenn du etwas brauchst. Freddie muß ein bißchen Zeit für sich selbst haben. Jeder hat seinen Achtstundentag und –«

»Ich hab' gar nichts gegen Freddies Freizeit. Ich bin doch kein Sklavenhalter. Aber ich bin auch kein unmündiger Schulbengel, über dessen Kopf man nach Gutdünken bestimmen kann, und ich lehne es ganz entschieden ab –«

Das Geräusch eines Wagens, der vor der Haustür vorfuhr, schnitt die Auseinandersetzung kurzerhand ab. Freddie warf einen Blick durchs Fenster und entdeckte einen kleinen grauhaarigen Mann, der mit seinem unvermeidlichen Köfferchen die Stufen heraufhastete.

Der vielgeplagte Doktor war da. Sie überließ ihren Vater und Liz ihrer hitzigen Debatte, ging hinaus und stellte sich vor.

Dr. Winter musterte sie beifällig, wenn auch ein bißchen überrascht. Er hatte kein so junges und attraktives Mädchen erwartet; der Anblick der an die Tracht gesteckten Medaille jedoch beruhigte ihn. »Schön, daß Sie's einrichten konnten«, sagte er zu ihr. »Wie geht's denn unserem Patienten?« Und ohne erst eine Antwort abzuwarten, marschierte er stracks ins Schlafzimmer. Liz sprang auf und begrüßte ihn wie einen lieben alten Freund.

Dr. Winter war der typische Landarzt, immer überarbeitet, immer in Hetze, aber immer brachte er Zeit und Geduld für seine Kranken auf. Fünfzehn Jahre lang war er nun schon in Smithville, und wo er ging und stand, erklärte er, jetzt würde er aber aufhören und sich eine Stadtpraxis kaufen, wo man als Arzt nach einem festen Stundenplan arbeiten könnte und gelegentlich auch ein freies Wochenende hätte und sich einen Stellvertreter zulegen und einmal im Jahr ordentlich Urlaub machen könnte. Aber es war nur leeres Geschwätz. Er war mit seinem Beruf verheiratet, und der ganze Distrikt liebte ihn und vertraute ihm. Erst wenn seine Gesundheit schließlich doch unter der Überarbeitung, den weiten, kalten Fahrten, den langen Nachtstunden und dem allgemeinen Verschleiß zu leiden beginnen würde, erst dann würde er sich gezwungen sehen, eine leichte Praxis zu übernehmen. Bis dahin aber würde er störrisch bleiben, wo er war: auf dem Posten und für alle Bewohner des weitverzweigten, spärlich besiedelten Distrikts jederzeit erreichbar.

Maxwell kannte er seit Jahren. Nicht als Patienten, denn Standishs blendende Gesundheit hatte seine Bemühungen bisher überflüssig gemacht. Doch hatte es auf der Farm manchen Unfall gegeben, und ganz gelegentlich, wenn sich der Arzt einmal ein wenig Zeit stehlen konnte, hatte er auch ein oder zwei Stunden in angenehmer Entspannung im Wohnzimmer der Farm verbracht. Auch hatte Maxwell ihm – anonym – in mehreren zweifelhaften Fällen geholfen, und die beiden Männer verstanden einander – aber ohne sich Illusionen zu machen.

Offenbar kannte er auch Liz sehr gut, denn er schüttelte zu ihr gewandt seinen Kopf und sagte: »Verschwinde jetzt, sei ein gutes

Mädchen. Du hast meinem Patienten vermutlich ein Loch in den Bauch geredet und ich hab' ausdrücklich Ruhe angeordnet.«

»Ich war still wie ein Mäuschen, und Maxwell hat mich gern um sich. Gestern war er ganz trübsinnig und verzweifelt. Den ganzen Tag allein mit der ollen Lulu!«

Der Arzt versagte sich ein Lächeln. »Mrs. Wells ist eine hervorragende Krankenpflegerin, und was wir ohne sie täten, weiß ich wirklich nicht. Na, das hat jetzt gelangt, mein Kind. Geh nach Hause und quäl deinen unglücklichen Vater.«

»Ich geh' in einer Minute, aber beantworten Sie mir erst noch eine Frage. Muß Freddie die ganze Zeit in diesem Zimmer kleben? Kann Max sich nicht mal mit sich selbst beschäftigen, solang nur jemand in Reichweite ist? Darf Freddie nicht mit mir ausreiten?«

Standish unterbrach sie wütend. »Ich hab' gesagt, daß sie nur ja machen soll, daß sie fortkommt« (sein Ton deutete unmißverständlich an, wohin), »aber ich verwahre mich dagegen, dauernd Vorschriften gemacht zu bekommen. Dieses ganze Theater wegen des Alleinlassens! Verfluchter Blödsinn!«

Dr. Winter hob seine Hand. »Schön. Schön. Wir machen ja gar kein Theater, aber für Sie ist es ratsam, während der nächsten Tage immer einen im Haus zu haben. Deshalb geht Ihre Tochter am besten hinaus, wenn Mrs. Wells hier den Haushalt macht. Diesmal muß ich dir recht geben, Liz. Was jedoch das Theater betrifft, es würde mich wirklich wundern, wenn ich Louisa Wells je ein Theater machen sähe. Sie ist die unerschütterlichste Frau, der ich je begegnet bin ... Und jetzt, Liz, willst du bitte tun, was ich dir befohlen hab' und dich verziehen und zwar ein bißchen dalli?«

»Schon gut. Ich geh' ja schon. Freddie, mach dich für zwei Uhr fertig. Das ist Lulus Zeit, und sie ist immer auf die Sekunde pünktlich. Ich hab' die Pferde dann schon gesattelt«, und damit blies Liz einen Kuß zu Arzt und Patient hin und verschwand.

Freddie war ein bißchen entsetzt. So konnte man doch nicht mit einem Arzt umspringen. Winter aber lachte nur und sagte: »Nette Göre. Kenne sie schon seit ihrem neunten Lebensjahr. Hab' sie über all die üblichen Kinderkrankheiten weggebracht. Interessante Studie für einen Psychologen. Keine Hemmungen, und hat vor keinem Menschen Respekt ... Und jetzt, wie geht's uns denn so, Standish?«

Während der Arzt ihren Vater untersuchte, half Freddie ihm mit Handreichungen: Von Kopf bis Fuß ganz die gelernte Krankenschwester. Sie hatte es oft genug durchexerziert und kannte den Drill, wußte das Thermometer im genau richtigen Augenblick anzureichen, »Ja, Herr Doktor« und »Nein, Herr Doktor« zu sagen und wußte auch, daß man sich, selbst wenn man die ganze Nacht mit dem Assistenzarzt durchtanzt und er einen sogar zu küssen versucht hatte, nicht das geringste anmerken lassen durfte, daß man ihn schon kannte. Man hatte »Ja, Herr Doktor« zu sagen und seine Anweisungen mit der gebührenden Demut zu empfangen.

Winter jedoch fand wenig Zeit für Krankenhausetikette. Seine Untersuchung und die Befragung waren kurz und bündig und ganz auf den Fall konzentriert. Und als er fertig war, sagte er: »Alles in Ordnung. Glauben Sie aber jetzt nur nicht, ich wollte damit sagen, daß Sie aufstehen oder sich Freiheiten erlauben könnten. Da liegen Sie und da bleiben Sie liegen, bis ich den Startschuß gebe. Einstweilen geht's Ihnen aber entschieden besser. Das sieht doch heute schon ganz anders aus als gestern. Das einzige, was Sie jetzt brauchen, ist Ruhe und die diversen Rauschgifte, die ich Ihnen verschrieben habe – obgleich Sie wahrscheinlich ohne sie ebensogut überleben würden. Immerhin, für all das schöne Geld, das Sie vermutlich der Sozialversicherung in den Rachen schmeißen, können Sie geradesogut was dafür zurückverlangen . . . Im Ernst, Standish, tun Sie, was ich Ihnen sage, und Sie werden später wieder völlig auf dem Damm und der alte sein. Machen Sie Dummheiten, können Sie sich immer noch in die Tinte setzen. Morgen werd' ich nicht vorbeikommen. Miss Standish kann mich in der Früh ja anrufen und mir Bericht erstatten. Die beste Zeit ist sieben. Überflüssig, die ganze Nacht aufzubleiben. Sie müssen lediglich auf Draht sein, wenn er Sie braucht.« Und nach ein paar weiteren Anordnungen eilte der Arzt fort, und zwei Minuten später war sein Wagen schon die Auffahrt hinuntergebraust und ihren Blicken entschwunden.

5

Louisa Wells musterte Freddie anerkennend, als sie am Nachmittag ins Haus kam. »Sehr vernünftig von Ihnen, daß Sie Ihre Reithosen mitgebracht haben. Sie gehen also mit Elizabeth.« (Offenkundig blieb Mrs. Wells hartnäckig bei jenem Namen, den alle anderen verworfen hatten.) »Na schön, eine gute Idee, ein bißchen frische Luft zu schnappen, aber lassen Sie sich von diesem Mädel ja nicht zu einem zu schnellen Galopp verführen.« (Freddie erfuhr nun, daß die übliche Variante zu ›Elizabeth‹ ›dieses Mädel‹ hieß.)

»Sind Sie einverstanden, wenn ich eine Stunde ausbleibe?«

»Warum nicht? Ich bin ja immer zwischen zwei und vier hier und kann ein Auge auf Mr. Standish haben. Es braucht wirklich nicht dauernd einer um ihn herumzuscharwenzeln. Meiner Meinung nach ist es viel besser für ihn, wenn er möglichst viel in Ruhe gelassen wird. Wie ich höre, ist dieses Mädel heut morgen hiergewesen?«

»Ja, aber er hat sich gefreut, sie zu sehen. Ich glaube, sie muntert ihn auf. Mehr als ich.«

»Unsinn. Ein wenig Gewürz im Pudding ist schon recht, aber zuviel davon taugt auch nicht«, und nach dieser verschrobenen, doch zutreffenden Zusammenfassung von Liz' Charaktereigenschaften machte sich Louisa an die Arbeit am Spülbecken.

Liz war eben im Hof dabei, den Sattelgurt unter einem lebhaften grauen Gaul festzuzurren, und am Zaun war ein schöngebautes kleines Vollblut angebunden, das einen herrlichen Widerrist hatte.

»Der Graue ist Max' Pferd und du wirst ihn bestimmt gern haben. Reite ihn nur mit ziemlich langem Zügel. Er ist sehr weich im Maul und geht leicht.«

»Er sieht herrlich aus, aber ich bin noch nicht oft geritten. Anders als du. Ich könnte mir denken, daß du wirklich hervorragend reitest.«

»Eigentlich müßte ich es ziemlich gut können, denn ich reite schon, seit ich laufen kann. Ich tauge überhaupt nur für alles, was mit der Landwirtschaft zusammenhängt. Du hast einen Beruf. Was nützt es einem Mädel schon, etwas von der Landwirtschaft zu verstehen? Landarbeit bringt nichts ein.«

»Aber ich glaube, du heiratest doch sicher einmal einen Farmer. Oder würdest du lieber in der Stadt leben?«

»Grauenhaft fände ich das, aber es gibt verschiedene Farmer«, sagte Liz dunkel und schwang sich leicht in den Sattel. Freddie folgte ihrem Beispiel, und sie ritten aus dem Hof hinaus und verhielten einen Augenblick, um die Aussicht zu genießen. Der Nebel war nun schließlich doch aufgerissen, und strahlender Sonnenschein brach durch die Wolken. Unter ihnen lag das Tal wie ein Schachbrett grüner Weiden, und durch schützende Hecken schimmerten verstohlen hier und da ein paar Häuser. Das alles nahm sich sehr viel zivilisierter aus, als Freddie es nach der Fahrt in der vergangenen Nacht erwartet hatte. Es war eine wunderbare Aussicht, die bei den grünen Wiesen am Fuß des Hügels begann und mit einem vagen Schimmer schneebedeckter Berge schloß. Auf Freddie aber, die an das Stadtleben gewöhnt war, wirkte sie einsam.

»Fehlen dir eigentlich deine Schulfreundinnen gar nicht?« fragte sie, aber Liz schüttelte den Kopf.

»Nicht sehr. Die Schule war schon ganz in Ordnung, aber ich gehöre nun mal hierhin. Außerdem kommen manche Mädels in den Ferien her. Ich liebe dieses Stück Land.« Und mit einem Mal wurde ihre Stimme ernst, fast leidenschaftlich, dachte Freddie.

»Wie lange bist du eigentlich schon hier?«

»Seit meinem neunten Lebensjahr. Davor verwaltete Paps ein Gut im Küstengebiet, aber an diese andere Farm erinnere ich mich kaum noch. Ich gehöre hierher, und als ich noch zur Schule ging, hatte ich oft schrecklich Heimweh nach dem Busch und den Tieren.«

Sie ritten jetzt den Hügel hinauf zum Gatter. Liz sagte: »Es kommt mir so drollig vor, daß diese Farm deinem Vater gehört und du sie überhaupt nicht kennst, während ich – nun ja, das Gefühl hab', als ob mir jeder Zentimeter davon kostbar wär'!« Dann lachte sie: »Wie blöd und gefühlsduselig sich das anhört ...! Da drüben, das ist die Wardsche Farm. Früher saßen dort Freunde von euch – die Lorimers. Die Farm ist riesig, und Mr. Ward will sie aufteilen, wenn Ian, ich meine, falls ...«

Freddie erriet, daß sie sagen wollte: wenn und falls Ian heiratet. Sie hielt das für eine sehr glückliche Lösung, vorausgesetzt, daß Ian noch ein bißchen mehr war als nur ein guter treuer Schatz.

Dann bliebe Liz in der Nähe der Menschen, die sie liebte, und in dem Land, das ihr soviel bedeutete; doch mochte ihr ein treuer beständiger Schatz vielleicht nicht ganz genügen. Freddie war entsetzlich neugierig auf Ian, und als sie plötzlich einen jungen Mann quer über die Koppel auf sich zureiten sahen, interessierte sie sich sehr für ihn. Aber es war nicht Ian, denn Liz sagte ziemlich atemlos: »Da kommt Derrick. Reitet er nicht fabelhaft? Und das da ist einer seiner besten Hunde – Flirt.«

Freddie sah gleich, daß Derrick Morton alles andere als ein treuer fester Schatz war. Dies hier war ein berufsmäßiger Charmeur, sah phantastisch aus, mit braunem Haar und sehr hellen blauen Augen und einer unbekümmerten, zwanglosen Art. Klar, daß er vor der Tochter des Chefs nicht die geringste Scheu empfand, denn er sagte auf der Stelle Freddie zu ihr und brachte ihr auch geschickt bei, daß er sie ungewöhnlich attraktiv fände. Ganz von Ferne erinnerte er sie an Maurice Gresham; er hatte das gleiche Auftreten eines entzückenden Playboys und eine Weltgewandtheit, die man nie und nimmer in einem Schäfer auf einer Hinterlandfarm vermutet hätte. Maurice jedoch, sagte sich Freddie, war netter.

Er verfehlte seine Wirkung auf sie. Während der drei Jahre, die seit ihrem Flirt mit Maurice vergangen waren, hatte sie eine Menge dazugelernt. Sie war vielen charmanten jungen Männern begegnet und hatte es gelernt, sie zu durchschauen. Derrick Morton wäre bestimmt eine amüsante Abwechslung, aber für dauernd war er nichts. Maxwell hatte recht: Diesem jungen Mann würde es nicht im Traum einfallen, sich mit der Tochter eines bloßen Farmverwalters einzulassen. Freddie hoffte sehr, daß es Liz nicht ernst meinte.

Derrick wendete und ritt mit ihnen zurück. »Mir ist grad eingefallen, daß ich noch einen Blick auf ein bestimmtes Mutterschaf werfen wollte«, sagte er fröhlich, und Liz lachte. Offenbar erwartete er gar nicht, daß man ihm Glauben schenke, und Freddie fragte sich, vor welcher unangenehmen Arbeit er sich wohl jetzt wieder drükken mochte, und ob Jock Baker wohl auf ihn wartete.

Liz indessen schien hocherfreut über seine Begleitung und begann ihn sofort zu drängen, seinen Hund vorzuführen. »Bitte, Derrick, mach Flirt los und zeig Freddie, was ein weites Gehüt ist.«

Der junge Mann zuckte die Achseln, gab jedoch mit herablassender Miene sofort nach. Die schwarzweiß-gefleckte Hündin, die ihnen so gehorsam gefolgt war, stand auf Kommando still und jagte dann davon, machte einen weiten Bogen und brachte bald darauf eine kleine Gruppe einjähriger Schafe, die friedlich auf der Hügelkuppe grasten, sanft zusammen. Geduldig und geschickt umkreiste sie sie und trieb sie vorsichtig vor sich her zu ihrem Herrn hinunter, wachsam auf jedes Zeichen zum Ausbrechen achtend, und hielt sie dann dicht bei den Reitern, die reglos verharrten.

Freddie war richtig begeistert. Mochte dieser junge Mann auch lässig und ziemlich faul sein, aufs Hundeabrichten jedoch verstand er sich. Bei Stephen hatte sie May schon dieselbe Arbeit verrichten sehen, aber längst nicht so leicht und reibungslos. Als sie das sagte, lachte Derrick nur wegwerfend. »Jeder Mopsgedackeltewindhundspitz kann das. Wenn er's nicht kann, ist er sein Futter nicht wert, nicht mal auf einer solch kleinen Klitsche wie hier.«

Die Tochter des Chefs fühlte sich leicht beleidigt. Dreitausend Morgen waren keine kleine Klitsche. Dieser junge Mann tönte reichlich gönnerhaft und erhaben. Liz aber schien an seinem Ton keinen Anstoß zu nehmen, denn sie rief nur: »Ich bin gespannt wie ein Flitzebogen auf die Preishüten. Du wirst bestimmt das Rennen machen, bis vielleicht auf Archie Muirs Fan ... Freddie, warst du schon mal bei Preishüten?«

»Nein, aber ich wollte sie immer schon mal gerne sehen. Hoffentlich gehen sie noch über die Bühne, solange ich hier bin.«

»Ach bestimmt. Du kannst Max eine Ewigkeit noch nicht im Stich lassen.«

»Natürlich fahre ich nicht, eh er nicht wirklich über den Berg ist, aber Jonathan hat scheinbar die Hoffnung, daß er bis dahin längst eine Nachfolgerin für mich gefunden hat.«

»Und wer ist dieser optimistische Jonathan?« erkundigte sich Derrick träge.

»Dr. Jonathan Blake. Ich bin mit ihm verlobt, und sobald ich Vater alleinlassen kann, werden wir heiraten«, gab Freddie spröde zurück und beendete damit das Thema. Das war genau der Typ junger Mann, der mit jedem nur greifbaren Mädchen anbändeln würde: Aber, dachte Freddie, ich bin nicht greifbar. Und zu Liz sagte sie energisch: »Meinst du nicht, wir sollten uns jetzt lieber auf den Weg machen? Länger als eine Stunde darf ich keinesfalls wegbleiben.«

Derrick streifte sie mit einem spöttischen Blick, der ihr bewies, daß er sie sehr gut verstanden hatte, sagte beiläufig auf Wiedersehen, spornte sein Pferd zu einem Sprung über den Zaun an, ohne sich erst lange die Mühe zu machen, zum Gatter zurückzureiten, und setzte fehlerlos darüber hinweg. Beide Mädchen beobachteten ihn, doch Freddie tat nicht mit, als Liz begeistert in die Hände klatschte. »Das nenne ich pure Angeberei«, sagte sie und bedauerte es auch schon im gleichen Atemzug. Es war allzu offenkundig, daß sich Liz zu diesem jungen Mann hingezogen fühlte, und falls das stimmte, durfte man ihn nach Freddies Meinung nicht heruntermachen. Deshalb fügte sie hastig hinzu: »Aber reiten kann er wirklich wundervoll, und auch die Hunde richtet er so ruhig und geschickt ab. Er brüllt sie weder an, noch flucht er über sie.«

»Ja, sieht er nicht wirklich wie mit seinem Pferd verwachsen aus? Natürlich, er hat ja auch schon eine Menge Jagden mitgeritten. Das ist bei ihm daheim so Brauch.« Ihr Ton klang versonnen. Vielleicht malte sie sich schon aus, welchen Spaß es machen würde, bei solchen Jagdpartien mit dabei zu sein.

Freddie sagte wacker: »Jedenfalls macht er sich zu Pferd nicht besser als du. Kannst du eigentlich auch springen?«

»Ja sicher, aber ich bin noch nie mit auf der Jagd gewesen. Hier herum gibt's keine Jägertreffen, und Pferdetransporte sind enorm teuer. Laß uns kantern, Freddie. Wir haben hier eine hübsch lange Ebene vor uns. Und danach wollen wir auf den Hügel hinaufreiten und einen Blick auf die ganze Farm werfen.«

Aus dem Kanter wurde bald schon ein gestreckter Galopp, und als die Mädchen ihre Pferde am anderen Ende der Niederung zügelten, waren ihre Gesichter von der Kälte gerötet.

»Himmlisch«, keuchte Freddie. »Aber ich wünschte, ich könnte so zu Pferde sitzen wie du.«

»Du sitzt tadellos. Denk dran, daß ich seit fünfzehn Jahren reite. Ja, ehrlich, denn Paps hat mir mein erstes Pony gekauft, als ich drei war . . . Paß auf, wenn wir jetzt auf die Kuppe kommen, wirst du endlich einen leisen Begriff davon kriegen, wie groß die Farm tatsächlich ist.«

Stolz lag in Liz' Stimme, und Freddie mußte unwillkürlich denken, wieviel Glück ihr Vater in diesen Zeiten ständigen Personalwechsels doch gehabt hatte, als er diesen Mann und seine Tochter fand, die so lange geblieben waren und mit allen Fasern ihres Herzens an der Farm hingen. Als hätte sie ihre Gedanken erraten, sagte Liz: »Papa hat unheimlich viel für den Besitz getan. Er behauptet zwar dauernd, die anderen Verwalter hätten ihn gründlich ruiniert, aber es ist schon wahr, seit er hier ist, hat er einen enormen Aufschwung genommen, und er liebt ihn doch so sehr.«

Kein Wunder, dachte Freddie, denn die Farm da unter ihnen schien auf ruhige und friedliche Weise sehr wohlhabend. Obgleich der Vorfrühling nicht gerade die beste Jahreszeit ist, um das Hügelland ins rechte Licht zu rücken, waren die Koppeln doch grün und sauber, und der Viehbestand war in ausgezeichnetem Zustand. Da sie schon vom Vieh sprachen, fiel ihr mit einem Mal das Mutterschaf ein, nach dem Derrick schauen wollte. »Hat er das vergessen?« fragte sie Liz, aber das Mädchen lachte nur hellauf.

»Ach, das ist doch bloß so ein Schlagwort von ihm. Sooft er mit mir ausreiten will und Paps oder Tante Louisa haben was dagegen, sagt er: ›Schon gut, aber ich muß jetzt noch rasch nach einem Mutterschaf schauen gehn, mit dem was nicht zu stimmen schien.‹«

Freddie fand das gar nicht so besonders komisch, und es erstaunte sie einigermaßen, daß Liz, die sich der Farm und dem Vieh doch so stark verbunden fühlte, das für einen guten Witz halten konnte. Liz zeigte ihr jetzt die benachbarten Farmen. »Sieht das Wardsche Haus nicht trübselig aus?« fragte sie, als sie auf ein solides, reichlich phantasielos gebautes Haus auf der anderen Seite herunterblickten. »Derrick behauptet, Häuser spiegelten immer das Temperament ihrer Besitzer wider, und er könne sich ganze Generationen treuer fester Schätze da drinnen um den Küchentisch herumsitzend vorstellen.«

»Davon versteh' ich nichts«, entgegnete Freddie schroff. »Das Haus muß doch von den Lorimers gebaut worden sein. Jedenfalls haben sie darin gelebt, und man wird schwerlich Menschen finden, die weniger trübsinnig wären als Anna oder Stephen oder Nick.«

»Vielleicht sieht es erst so aus, seit sie weg sind ... Kannst du das Dächergewirr weit unten im Tal erkennen? Das ist Smithville, die nächste Siedlung. Derrick sagt, sie wär' genauso gewöhnlich wie ihr Name.«

Allmählich bekam Freddie Derricks hochtrabende Anmerkungen ziemlich satt. Darum sagte sie, sie würde Smithville gern selbst erkunden, wenn sich eine Gelegenheit dazu böte, weil sie für ländliche Kleinstädte nun einmal etwas übrig habe. Dann wendeten sie die Pferde und ritten den Hügel hinunter. »Ein letztes Wettrennen über die Ebene, aber sag's Lulu nur ja nicht«, schrie Liz über die Schulter zurück und wartete, bis Freddie sie eingeholt hatte.

Selbstverständlich gewann Liz. Ihre kleine vollblütige Stute war für den eher gleichmütigen und zuverlässigen Daniel viel zu schnell. Freddie blieb jedoch nicht weit hinter ihr zurück, und als sie ihr Pferd zügelte, empfand sie deutlich, daß alle Sorgen und Aufregungen des Tages verflogen waren. Als sie einen Augenblick später ruhig in den Hof einritten, sagte sie: »Ach Liz, das hat mir soviel Freude gemacht! Könnten wir's nicht bald wiederholen?«

»Sicher. Mir hat's auch großen Spaß gemacht. Mit einem anderen zusammen ausreiten. Wir wollen jeden Tag, wenn Tante Louisa in eurem Haus ist, etwas zusammen unternehmen, entweder ausreiten oder in Papas Wagen herumkutschieren.«

»Reiten ist am schönsten, aber der Wagen würde auch Spaß machen. Kannst du fahren?«

»Natürlich. Ich hab' den Führerschein gemacht, sobald ich konnte, denn auf dem Land müssen die Frauen einfach fahren können. So und sooft kommen die Männer nicht weg, und ausgerechnet dann ist irgendwas dringend in Smithville zu besorgen. Ich fahr' oft hin.«

Freddie betrachtete sie respektvoll. Unter aller Oberflächlichkeit und Albernheit verbarg sich ein höchst tüchtiges Mädchen. Sicher gäbe sie für Ian Ward eine prachtvolle Frau ab. Seit sie dem betörenden Derrick begegnet war, hatte sich Freddie zu einem begeisterten Parteigänger des unbekannten Schatzes entwickelt.

Louisa kam ihr an der Tür mit einem ermunternden Lächeln entgegen. »Dieser Vater hat fast die ganze Zeit fest geschlafen, hören Sie also gar nicht erst hin, wenn er brummt.«

Maxwell indessen war so froh, sie wieder dazuhaben, und auch so erleichtert, daß ihm Mrs. Wells' fromme Ermahnungen erspart geblieben waren, daß er die Liebenswürdigkeit in Person war.

»Freut mich, daß du mit Daniel gut zurechtgekommen bist. Mach das nur jeden Nachmittag. Unsinn, in einem Krankenzimmer herumzuhängen. Was nicht bedeuten soll, daß ich die Absicht hätte, hier drin noch sehr viel länger zu bleiben. Ist diese Frau weg?«

Freddie dachte, daß das doch eine kuriose kleine Gemeinschaft war. »Dieses Mädel«, »diese Frau«, »dieser Vater«. Aber bald schon sollte Freddie erfahren, daß es nur Maskerade war. Sie waren einander auf eine grimmige Art treu und würden gegen die ganze Welt zusammenhalten.

Abends rief Jonathan an. »Wie geht's dir? Wie war die Reise?«

»Mir geht's gut. Die Fahrt war ganz angenehm, und die Leute waren auch sehr nett. Nur, daß ich meinen *Muskatnußbaum* liegengelassen hab', und einer der Männer hat sich vertan und mir *Lolita* nachgeschmissen. Es scheint ziemlich langweilig zu sein. Ob Vater Geschmack daran fände?«

Jonathan lachte. So groß war seine Freude, ihre Stimme wieder zu hören, daß er keinen Versuch machte, das Rätsel um Lolita zu lösen. »Wahrscheinlich«, sagte er und dann: »Wie geht's ihm denn?«

»Viel besser. Müde natürlich und ziemlich benebelt und schlecht gelaunt, aber der Arzt war da und schien zufrieden.«

Einen Augenblick Schweigen. Dann: »Welcher Typ Arzt? Erfahren?« Selbstverständlich meinte er damit: jung und unverheiratet, oder in gesegnetem Alter? Sie antwortete: »Oh, sehr erfahren und ganz schön alt schon. Vater mag ihn, und er ist auch bestimmt tüchtig. Er lebt schon seit Ewigkeiten hier.«

Was für ein Idiot ich doch bin, dachte Jonathan. Als ob ein vielbeschäftigter Arzt im Hinterland ausgerechnet Zeit oder Lust hätte, einer hübschen Krankenschwester schöne Augen zu machen. Und selbst wenn er jung und albern gewesen wäre – schließlich handelte es sich doch um Freddie! Jonathan schickte sich im Geist selbst zum Teufel, doch klang seine Stimme ganz gefaßt, als er sagte: »Ach, ich hab' einen enttäuschenden Tag hinter mir. Hab' immer noch keine verständige Frau gefunden.«

»Ich dachte mir schon, daß es schwierig sein würde. Hast du es wirklich schon versucht? Ach, du armer Jonathan, was für ein Klotz am Bein, wo du sowieso schon dermaßen viel zu tun hast! Hast du eine Annonce aufgegeben?«

»Ja natürlich, sofort. Hab' heute drei interviewt. Die erste war eine komplett Schwachsinnige, die schon mal etwas vom Land hatte läuten hören, aber als sie erfuhr, daß die Farm 40 Meilen von der Bahn weg ist, quiekte sie vor Schreck. Die zweite hatte sich vor ihrem Kommen eine hübsche Portion Gin genehmigt, und die dritte endlich war eine nette, kleine Siebzehnjährige, die später einmal Krankenpflegerin werden möchte und deinen Vater zum Spaß schon mal als Versuchskaninchen ausprobieren wollte.«

Freddie lachte und sagte dann mit brüchiger Stimme und reichlich idiotisch: »Ach, Jonathan, du klingst so ganz nach Jonathan.«

Er hörte das Beben und erkundigte sich: »Bist du unglücklich, Liebste?«

»Aber nein, nicht wirklich. Nur, Vater will mich gar nicht. Er will Angela. Aber ich kann das gut verstehen. Ein nettes Mädchen wohnt hier, enorm lustig, und sie kann wunderbar reiten. Heute sind wir zusammen ausgeritten, und wir wollen allerhand gemeinsam unternehmen. Mrs. Wells – das ist die Frau des Traktorfahrers – ist schrecklich lieb, aber ziemlich streng. Sie kommt jeden Nachmittag für die Hausarbeit herunter, so daß ich dann weg kann . . . Aber, ach Gott . . .«

»Genau. Ach Gott! Mir ist ebenso zumute. Ich hab' mir schon überlegt, ob Pat nicht eventuell einspringen könnte?«

»Ausgeschlossen. Morgen fliegt sie nach Australien in die Ferien und kommt erst gerade rechtzeitig zu unserer Hochzeit zurück.«

»Pech. Na ja, ich werd' halt weiter annoncieren und ganz allgemein meine Fühler ausstrecken . . . Keine Bange, ich finde schon jemanden. Inzwischen werde ich jeden Abend anrufen.«

»Aber nein, das darfst du nicht. Das wird ja viel zu teuer.«

Sie hörte sein Lachen. »Das ist's mir wert!« sagte er, und ihre Augen glänzten, als sie vom Telefon wegging.

Just in diesem Augenblick vernahm sie ein leichtes Klopfen an der Hintertür, und als sie aufmachte, stand da ein sehr großgewachsener Mann auf den Stufen, der einen linkischen und sehr zurückhaltenden Eindruck machte. Er stellte sich als Tom Wells vor. Freddie mochte ihn auf Anhieb. »Kommen Sie doch herein und besuchen Sie Vater. Er wird sich riesig freuen. Er langweilt sich schon zu Tode.«

»Das ist eine erfreuliche Nachricht. Ich meine, wenn es ihm so gut geht, daß er sich langweilt, dann muß er doch schon viel besser dran sein. Wird es ihm auch bestimmt nicht zuviel, wenn ich zu ihm 'reingehe?«

In diesem Augenblick rief eine gereizte Stimme: »Sind Sie das, Tom? Dann kommen Sie doch um Gottes willen herein und stehen da nicht auf der Treppe brummelnd herum. Ich kann absolut nicht verstehen, warum alle Welt sich aufführt, als hätte es in der Familie einen Todesfall gegeben. Bis jetzt noch nicht; wenn dieses ganze Weibervolk allerdings weiter soviel Theater um mich herum macht, dann wird es bald einen geben – oder einen kleinen Mord!«

Tom strahlte über das ganze Gesicht. »Klingt schon eher nach ihm«, konstatierte er erfreut. »Dann will ich mal auf zwei Minuten zu ihm 'reinschauen, Miss Standish, und hoffentlich werfen Sie mich 'raus, wenn ich ihm auf die Nerven falle. Meine Frau hat gesagt, ich darf nicht lang bleiben«, das letzte in einem flehentlich bittenden Tonfall, der aber immer noch humorig klang und bewies, daß dieser lammfromme Schrank von einem Mann wahrhaftig in seine Fesseln verliebt war, wie Derrick es so schön formuliert hatte.

Aus den zwei Minuten wurden fünfzehn, und danach bestand Tom trotz Maxwells Protesten eisern darauf, daß er nun gehen müsse. Er verließ das Zimmer vorsichtig auf Zehenspitzen balancierend und warf dabei einen Stuhl um, was von einem empörten Gebrüll begleitet wurde: »Gehen Sie doch manierlich, Mann! Sie müssen auch immer einen Heidenkrach machen. Warum dieses ganze Pst!-pst!-Theater auch noch unterstützen?« und Tom ließ sich eiligst auf seine riesigen Füße plumpsen und grinste Freddie an.

»Er ist über den Berg. Sie selbst sehen ein bißchen ausgepumpt aus, Miss Standish. Meine Frau hat gesagt, diese Nachtfahrt und alles wär' zuviel für Sie gewesen und Sie sollten früh ins Bett gehen.« Wiederum grinste er. »Tun Sie lieber, was sie sagt. Wir tun's alle.« Und nach diesem Startschuß ging er.

»Er ist wirklich reizend«, sagte Freddie, als sie zu ihrem Vater zurückkam.

»Ein verdammt anständiger Kerl. Schade, daß er so unter dem Pantoffel dieser Frau steht.«

»Aber Liz sagt doch, er betet sie an.«

Maxwell geriet sofort in Harnisch. »Das sollte ich meinen. Und nimm dir ja nicht zu stark zu Herzen, was dieser kleine Naseweis sagt. Mrs. Wells ist verdammt gut zu ihr gewesen. Das Mädchen hat keine bessere Freundin. Denk ja nicht, ich wüßte ihre Qualitäten nicht zu schätzen, nur weil ich die Frau für eine Xanthippe halte, wenn ich krank bin.«

Freddie lächelte und versuchte dann ein Gähnen zu unterdrücken. Plötzlich sagte Standish: »Ich nehme an, das war eben Blake am Apparat. Wie er mich doch lieben muß!«

»Oh, Vater, ich glaube bestimmt ...«, begann die arme Freddie und wußte dann nicht mehr weiter. Sie hatte Angst, Jonathan könne tatsächlich für ihren Vater nicht viel übrig haben und daß er das ein oder zweimal auch ganz offen gezeigt hätte. Maxwell lachte.

»Fang lieber erst gar nicht an, Widersprüche vom Stapel zu lassen, du wirst dich nur darin verheddern. Beim Erfinden von Lügen hast du dich nie besonders schlau angestellt, und jetzt schläfst du schon halb. Natürlich ist es hart für Jonathan, jetzt, wo eure Hochzeit gerade festgelegt worden war. Übrigens solltest du lieber Stephen dazu herumkriegen, an meiner Stelle den Brautvater zu spielen. Zwecklos erst abzuwarten, daß ich wieder auf dem Damm bin.«

Seine Stimme klang niedergeschlagen, und Freddie sagte rasch: »Ich hätte viel lieber dich, Vater. Ich würde es ja aufschieben, bis du dabei sein kannst, es ist bloß wegen Angela und der gefährlichen Zeit!«

Er fuhr sofort gereizt auf: »Gefährliche Zeit! Wie ihr Krankenschwestern doch immer gleich alles dramatisieren müßt. Mit Angela wird schon alles klar gehen. Aber wenn sie jetzt schon leiser treten muß, dann bringst du am besten diesen ganzen Hochzeitskram so schnell wie möglich hinter dich. Sinnlos, sie aufzuregen. Purer Egoismus.«

Freddie hielt diesen Vorwurf für ziemlich ungerecht, sagte aber nur: »Es würd' viel mehr Spaß machen, wenn du dabei wärst. Ich fand es so reizend, dich an dem Tag, als ich die Medaille bekam, dabei zu haben«, und da erst kam ihr auf einmal zu Bewußtsein, daß seither nur vier Tage vergangen waren. Es kam ihr wie ein Monat vor.

Standish schien ihre Übermüdung plötzlich zu bemerken und sagte: »Marsch jetzt, ins Bett mit dir! Du schläfst ja schon im Stehen ein. Die ganze Nacht durchfahren und anschließend den ganzen Tag schuften.«

»Ich geh' noch nicht gleich. Erst muß ich dir noch deine Arznei geben und dich für die Nacht fertig machen und eine Menge anderes tun.« Wiederum unterbrach ein Gähnen diese gewissenhafte Aufzählung.

»Na schön, tu was du nicht lassen kannst und beeil dich ein bißchen. Diese Gifte machen mich auch ganz schön duselig. Wir werden eine friedliche Nacht haben.«

»Bist du sicher, daß ich nicht lieber doch aufbleiben soll?«

»Todsicher. Ich werde dich rufen, wenn ich dich brauche.«

Eine Stunde später träumte Freddie schon selig davon, wie sie mit Jonathan zusammen über Stephens Koppel ritt, während Mrs. Wells sie auf einem Dreirädchen hitzig verfolgte.

Am nächsten Morgen fühlte sich Maxwell ganz entschieden wohler und war auch nicht mehr so reizbar. Er bestand hartnäckig darauf, daß Freddie am Nachmittag wieder mit Liz an die Luft gehen müsse, und ließ sich tatsächlich zu der Bemerkung hinreißen, Mrs. Wells wäre eine ganz passable Gesellschaft, sofern sie sich nur überzeugen ließe, daß sie mit dem Putzen eines bereits geputzten Hauses endlich einmal aufhören könnte.

Die Mädchen entschlossen sich, die Straße entlang bis zur Kuppe des Hügels hinaufzureiten, damit Freddie auch von der Landschaft jenseits des Kamms eine Vorstellung bekäme. Dort erwartete sie wiederum eine großartige Aussicht auf Weideland; die dichte Mauer des Buschs, durch den sie in der vorletzten Nacht gefahren waren, schied es jedoch von ihrer Seite des Hügels. Freddie schauderte ein wenig zusammen. »Ich weiß ja, daß wir Neuseelands Busch mit Leib und Seele lieben sollen, aber er flößt mir eher Furcht ein. Er sieht so finster und dschungelähnlich aus.«

»Nur weil du an Menschen und asphaltierte Straßen gewöhnt bist. Ich liebe ihn. Mir kommt er überhaupt nicht gefährlich vor.«

Bald schon wendeten sie und ritten in flottem Trab die Straße hinunter. Als sie um eine scharfe Kurve sprengten, stießen sie auf eine Schafherde, die von einem schwarzbraun gefleckten Hund angeführt wurde; ein junger Mann ritt langsam im Schritt hinter ihr her, die Zügel seines Pferdes lose über dem Arm, und ein zweiter Hund folgte ihm dicht auf den Fersen. Liz nahm ihr Pferd beinahe bis auf die Hinterhand zurück und flüsterte Freddie hastig zu: »Da kommt Ian. Jetzt wird er wieder wie ein Verrückter auf uns losgehen, weil wir so schnell getrabt sind«, und mit ihrer betörendsten Stimme: »O Ian, wie schön, dich zu treffen. Ich wollte dich schon die ganze Zeit mit Freddie bekanntmachen.«

Das hier war ganz gewiß alles andere als ein Adonis, denn Ian hatte sandfarbenes Haar und Sommersprossen. Doch blickten seine haselnußbraunen Augen offen und ehrlich, und in seinen Mundwinkeln lauerte Humor. Er begrüßte Freddie und erkundigte sich sofort nach ihrem Vater; Derrick, entsann sie sich, hatte daran überhaupt nicht gedacht. »Ich würd' gern mal vorbeischaun und ihn besuchen, sobald er wieder auf dem Damm ist.«

»Er ist schon wieder ganz gut beeinander und hat Mrs. Wells und mich gründlich satt.«

»Und dich, Liz?« Er wollte sie mit dieser Frage necken, aber es war ganz klar, daß er sich einfach nicht vorstellen konnte, wie irgend jemand dieses Mädchen je satt bekommen könnte. Trotzdem fuhr er sie plötzlich an: »Was fällt dir eigentlich ein, bergab ein solches Tempo anzuschlagen? Wenn dir nun ein Auto entgegengekommen wäre?«

»Es ist aber keines gekommen, sei also nicht so spießig.« Das, zusammen mit einem flüchtigen Blitz aus ihren grünen Augen zeigte Freddie deutlich, daß sie es keineswegs unter ihrer Würde fand, den treuen Schatz mit ihren Reizen zu umgarnen, auch wenn sie sich geringschätzig über ihn äußerte. Aber schließlich, überlegte Freddie, war Liz nun einmal so gebaut; früher hatte man so etwas eine »geborene Kokette« genannt, die es nicht lassen konnte, jedem Mann, der ihr in die Quere kam, den Kopf zu verdrehen.

Sie war ziemlich sicher, daß Ian das ebenfalls wußte und schon damit fertig werden würde. Er war durchaus nicht blöd, und dann gefiel ihr auch die Art, wie er den herausfordernden Blick einfach ignoriert hatte. Er warf nur hin: »Schön, aber ich muß sehen, daß ich weiterkomme, eh noch so ein Irrer die Straße heruntergejagt kommt und mir meine Schafe in alle Winde verstreut. Morgen oder übermorgen werd' ich mal vorbeischauen, wenn ich darf, Miss Standish. Bis dann, Liz. Und laß bitte das Galoppieren auf der Straße bleiben.«

Als Antwort schnitt sie ihm nur ein bezaubernd freches Gesicht und warf ihm die Bemerkung an den Kopf: »Kaum zu glauben, sagt zu Frieddie Miss Standish! Na, Derrick hat jedenfalls gleich Brüderschaft mit ihr geschlossen«, aber Ian weigerte sich entschieden, auf den allzu dick aufgetragenen Leim zu kriechen, und grinste gleichmütig.

»Hat er's weit?« fragte Freddie, als sie weiterritten.

»Etwa zwei Meilen bis zum höchstgelegenen Pferch.«

»Wie riesig diese Ländereien hier doch sind!«

»Schon, aber die ersten, die hier den Boden zu kultivieren anfingen, hatten mit allerhand Schwierigkeiten zu kämpfen, und man mußte schon eine ganze Menge Land besitzen, damit sich's auszahlte. Jetzt ist's natürlich mit den vielen, vielen Düngemitteln und Schotterstraßen und hohen Preisen was andres, aber als Max herkam, muß es ein schweres Unternehmen gewesen sein. Er muß über unmenschliche Kräfte verfügt haben, daß er's überhaupt durchhielt.«

Von neuem stellte Freddie fest, daß Liz ein ganz anderer Mensch wurde, sobald sie über das Land sprach. Keine Spur von Leichtfertigkeit oder dummem Zeug. Das sagte sie auch zu ihrem Vater, als sie heimkam, und er stimmte ihr bei. »Sie ist ein feines Mädel, und von Ackerbau und Viehzucht versteht sie eine Menge. Besitzt obendrein enorm viel Energie. Als wir bei der letzten Schafschur um einen Scherer verlegen waren, sprang sie sofort ein und wurde mit ihrer Arbeit genausogut fertig wie nur irgendein gelernter Wollfritze ... Aber wie hat sich unsere gute Mrs. Wells angestellt, weil wir angeblich ihr armes kleines Mädelchen überanstrengten ... Schau, Liz ist nun einmal Louisas wunder Punkt, obgleich sie eher sterben würde als das zugeben.«

»Das hab' ich mir schon gedacht. Übrigens haben wir heute Ian Ward auf der Straße getroffen. Er möchte gern herkommen und dir einen Besuch abstatten, sobald du kräftig genug bist.«

»Kräftig genug! Gerechter Himmel, man könnte denken, daß ich schon mit einem Bein im Grab stehe. Sag ihm nur, er kann jederzeit kommen. Ian ist in Ordnung.«

»Er gefiel mir viel besser als Derrick.«

»Ach, Derrick ist ein Gammler, aber, bei Gott, auf's Abrichten von Hunden versteht er sich! Er besitzt eine fabelhafte Hündin und möchte den einheimischen Bauernlümmeln bei den Preishüten die Augen überlaufen lassen.«

»Bestimmt sind sie ein Riesenspaß. Hoffentlich bin ich dann noch da, wenn sie losgehen.«

»Sie sind jetzt ziemlich bald fällig. O doch, ich hab' schon Geschmack daran, wenn ich sie auch ein bißchen anstrengend finde. Kommt vor, daß man mit einem Haufen Leute dasitzt. Und nirgends eine Unterkunft, bis auf eine armselige Kneipe in Smithville, so daß man alle irgendwo und irgendwie unterbringen muß, und wenn die Prüfungen in ihrer Gegend sind, machen sie es mit uns genauso. Letztes Mal hatte ich das ganze Haus voll Schlafgäste.«

»Das soll mich freuen, und Mrs. Wells kann mir sagen, was ich zu tun habe.«

Maxwell grinste. »Das wird sie auch ganz bestimmt tun. Wie ich sehe, hast du den Refrain des Rimunuischlagers bereits kapiert. Jawohl, die Preishüten sind hier weit und breit das allerwichtigste Ereignis. Haben das Institut haushoch geschlagen, obgleich ich mich hüten würde, das Louisa auf die Nase zu binden.«

»Ist sie auf das Institut denn so versessen?«

»Sie ist da Schriftführerin und schmeißt den Laden so ziemlich. Ich gehe jede Wette mit dir ein, bevor du wegfährst, zieht sie dich auch noch in irgendwas hinein.«

Gerade da läutete das Telefon. Angela war am Apparat, und Freddie beeilte sich, sie zu beruhigen. »Mit Vater geht's wunderbar bergauf. Mach dir über ihn keine Sorgen.«

»Nun ja ... Irgendwie ist es mir so unfaßbar, daß Max krank sein soll. Geht es ihm ehrlich besser?«

»Wahr und wahrhaftig. Und schrecklich tyrannisch ist er obendrein. Er hätte dich viel lieber hier gesehen.«

»Ich könnte ihn nicht halb so gut pflegen ... Was hat der Arzt gesagt?«

Sie telefonierten kostspielige fünf Minuten lang miteinander, und Freddie hatte das Gefühl, daß Angela am Schluß des Gesprächs viel glücklicher war. Sie wollte eben den Hörer auflegen, als sich eine unbekannte Stimme zu Wort meldete: »Und war das Ihre Schwester, meine Liebe?«

Freddie erschrak. »Wer – wer spricht denn da?«

»Nur das Fernsprechamt, meine Liebe. Ich hab' gerade überlegt, wer da wohl die ganze Zeit telefoniert. Dachte, ich könnte die Gelegenheit nützen und mich nach Mr. Standish erkundigen.«

»Oh, . . . oh, vielen, vielen Dank. Es geht ihm schon sehr viel besser.«

»Das ist fein. Und wie steht's mit Ihnen, meine Liebe? Nicht zu einsam?«

Freddie unterdrückte das starke Bedürfnis, einfach loszukichern. Noch nie hatte jemand sooft hintereinander ›meine Liebe‹ zu ihr gesagt. »Aber nein, ich bin doch nicht einsam. Ich finde es hier sehr schön.«

»Ach ja, Sie haben ja schließlich auch die kleine Liz.« Hier schnappte die Stimme vor Stolz beinahe über. »Sie wird schon dafür sorgen, daß Sie sich nicht einsam fühlen . . . Das war reizend von Ihnen, so rasch zu kommen . . . Grüßen Sie mir bitte Mr. Standish. Danke – danke, meine Liebe«, und hier brach die Stimme jäh ab.

Standish lachte, als sie ihm die Unterhaltung wiedergab. »Das war unsere Mrs. Evans. Ein gutes Mädchen, aber kann's nicht lassen, sich einzuschalten. Wir sind schon daran gewöhnt. Louisa ist der einzige Mensch, der sie zum Schweigen bringt.«

Er schien sehr zufrieden mit Mrs. Wells' Heldenmut; als Freddie aber am folgenden Nachmittag von ihrem Ritt heimkehrte, war der Teufel los. Fast pathetisch empfing er sie: »Hör zu, Freddie, du mußt wirklich meine Partei ergreifen. Dieses Weib . . .«, und er schien vor Bewegung kaum mehr der Sprache mächtig.

»Was hat sie denn bloß verbrochen?«

»Mir meine Hosen weggenommen. Alle. Heut nachmittag. Haute ab mit ihnen und zuckte nicht einmal mit der Wimper, als ich sie andonnerte.«

»Aber Vater, warum hat sie das denn bloß getan?«

»Ohne jeden Grund. Hab' nur gesagt, ich hätte nicht die Absicht, noch sehr viel länger in diesem Zimmer zu bleiben und ich würd' in ein oder zwei Tagen aufstehen und mich anziehen, Arzt hin, Arzt her – und weg war sie mit dem ganzen verdammten Plunder und sagte über die Schulter: ›Sie bekommen sie wieder, wenn es der Arzt erlaubt, und keine Sekunde früher!‹ Ich sag' dir, ich steh' für nichts gerade!«

Freddie konnte sich nicht helfen, sie mußte lachen, und – zu seiner Ehrenrettung sei's gesagt – Maxwell fiel sofort mit ein. Als sie sich wieder in der Gewalt hatte, erklärte sie: »Ich verspreche dir hoch und heilig, du sollst sie im gleichen Augenblick wiederhaben, in dem der Arzt sagt, daß du aufstehen darfst, aber ich kann mich mit Mrs. Wells nicht darum streiten. Dafür hab' ich viel zuviel Angst vor ihr.«

Woraufhin Max trocken erwiderte, sie seien alle zusammen ein feiges Pack und er wünsche zu Gott, Anna wäre da. Sie würde nicht einfach zusehen, wenn man ihn derart tyrannisierte.

Als Jonathan am Abend anrief, erzählte sie ihm, daß Vater sich fast zu schnell erhole. Er sagte: »Ich bin immer noch auf der Suche nach einem Ersatz für dich. Ich glaube fast, ich hab' auch schon jemanden gefunden, aber sie wird vielleicht erst in einer Woche oder so kommen können.«

»Das ist egal, weil ich Vater sowieso erst alleinlassen kann, wenn er wieder fest auf den Beinen steht, und das wird noch etwas dauern ... Aber einen Trost gibt's doch wenigstens, Jonathan. Ich werde hier die Preishüten noch mitmachen können«, schloß Freddie törichterweise.

Jonathans Stimme kam scharf durch den Draht. »Preishüten? Wovon redest du da eigentlich um Himmels willen? Du willst mir doch nicht etwa zu verstehen geben, daß du unsere Hochzeit wegen irgendwelcher verfluchter Preishüten zu verschieben gedenkst?«

Freddie lachte. »Bestimmt nicht, Liebster, aber wenn ich schon hierbleiben muß, ist es eben doch ein kleines Trostpflaster, wenn ich sie sehen kann, weil alle sagen, sie wären so lustig.« Offenbar hatte Jonathan einen anstrengenden Tag hinter sich, denn er antwortete sehr verstimmt: »Wahrhaftig, Freddie, ich begreife dich einfach nicht. Ich dachte, dir wäre über den Aufschub genauso jämmerlich zumute wie mir, und statt dessen faselst du etwas von Preishüten ... Preishüten!« und wenn Jonathan nicht einen viel zu ausgeprägten

Sinn für Humor besessen hätte, hätte Freddie jetzt sagen müssen, daß er vor Zorn schäume.

Es kostete drei Minuten und mindestens noch fünf Groschen von Dr. Blakes Geld, um ihn zu besänftigen, aber schließlich konnte Freddie ihn doch überzeugen, daß sie im gleichen Augenblick, da sie frei wäre, selbst allen Preishüten den Rücken kehren und zu ihm eilen würde. Dann verpatzte sie es wieder, als sie hinzufügte, daß es vielleicht nicht ganz ratsam sei, das Hochzeitsdatum jetzt schon festzusetzen, »denn das wäre doch zu schrecklich, wenn wir sie noch mal verschieben müßten und ...«

An diesem Punkt sagte Jonathan: »Tut mir leid, aber ich kann kein Wort verstehen. Die Verbindung scheint unterbrochen. Dann werd' ich also vorwärtsmachen und alles vorbereiten ... Nein, ich kann dich nicht verstehen, mein Herz, aber gute Nacht jetzt, und morgen werd' ich mich wieder melden. Vielleicht ist die Verbindung dann besser.«

Vielleicht, dachte Freddie in momentaner Verwirrung – vorausgesetzt, daß sie zu allem, was er vorschlug, ja und amen sagte und keine Preishüten erwähnte. Bestimmt hatte sie damit einen ordentlichen Schnitzer gemacht. In diesem Augenblick fiel eine Stimme redselig ein: »Nur das Fernamt, meine Liebe. Ich verstehe gar nicht, was der Herr mit der Verbindung meinte. Sie war glockenklar. Vielleicht ist er auf Preishüten nicht besonders scharf? Könnte das der Grund sein, meine Liebe?« Leicht erstaunt mußte Freddie zugeben, daß sie damit wahrscheinlich den Nagel auf den Kopf getroffen habe.

6

Überrascht stellte Freddie fest, wie langsam und widerstrebend der Frühling im Bergland Einzug hielt. In der Stadt hatte es bei ihrer Abfahrt schon in allen Gärten der Vororte geblüht; hier reckten nur ein paar Narzissen und Osterglocken vorsichtig ihre Köpfe aus dem kalten Boden heraus. Da sie meistens in einer Mietwohnung oder im Schwesternheim gelebt hatte, bedeutete ein Garten für sie etwas ganz Neues, und die wenigen Blumen machten ihr viel Freude.

In ihrer Freizeit jätete sie gewissenhaft Unkraut und band den Jasminstrauch auf, der sich an den Pfeilern der Veranda hochrankte und gerade zu blühen begann. Louisa war eine begeisterte Gärtnerin, und bei ihr stand schon ein ganzes Beet Anemonen in voller Blüte, während die Osterglocken überall durch den gutgepflegten Rasen stießen. Sie nickte beifällig zu Freddies Bemühungen und kam eines schönen Morgens mit einer riesigen Schubkarre an, die bis oben hin mit Schafdünger aus dem Wollschuppen vollgeladen war.

»Hat keinen Zweck, hier auf Erfolg zu hoffen, wenn man die Pflanzen nicht düngt«, sagte sie knapp, als Freddie zögernd die unappetitliche Fuhre betrachtete. »Komm, Mädchen, reichen Sie mir mal die Mistgabel. Da ich schon mal hier bin, kann ich das Zeugs geradesogut selbst drauftun.«

Plötzlich unterbrach sie ihre Arbeit und überfiel Freddie mit der Frage: »Verstehen Sie etwas von Blumenkunst?«

Freddie war erstaunt. Mit diesem Thema hätte sie Mrs. Wells nie und nimmer in Zusammenhang gebracht.

»Natürlich hab' ich schon oft Bilder davon in der Zeitung gesehen, aber bisher hatte ich überhaupt keine Gelegenheit, diese Kunst zu erlernen.«

»Gelegenheit gibt's immer, wenn man nur will«, tadelte Louisa und verteilte rasch den Dünger mit der Gabel unter die Stauden. Sie fuhr belehrend fort: »Lernen Sie es lieber; wenn Sie erst ein eigenes Heim haben, wollen Sie Ihre Blumen doch sicher selbst arrangieren können, nicht nur einfach ins Wasser stellen.«

Freddie erfaßte gleich, daß sie diese Beschreibung wahrscheinlich den Osterglocken verdankte, die sie ihrem Vater stolz auf den Tisch gestellt hatte und die von Mrs. Wells nur mit einem flüchtigen Blick und ohne Kommentar gestreift worden waren. In diesem Moment erschien Liz, und Mrs. Wells wandte sich an sie: »Wir sprechen eben über Blumenkunst.«

»Müßt ihr das unbedingt?« erkundigte sich Liz herausfordernd. »Das ist doch so langweilig. Einmal kam eine Frau in die Schule und hielt uns einen Vortrag. Sie stand da in gekünstelter Pose ganze fünf Minuten lang mit einer Ranke Klematis in der einen und einem grünen Frosch in der anderen Hand. Sie sah aus wie der Frosch.«

»Unsinn. Du scheinst deine Zeit in der Schule ja schön vertrödelt zu haben. Ich glaube, du hast überhaupt nicht hingehört, was sie sagte. Du hast nicht die geringste Ahnung davon.«

»Kein bißchen«, gab Liz vergnügt zu, wie immer nur allzu bereit, von nichts eine Ahnung zu haben. »Komm, ich will dir ein bißchen mit dem Dung zur Hand gehn. Mit Mistgabeln kenne ich mich wenigstens aus.«

»Wär' besser für dich, du wüßtest ein Heim zu verschönern; und Freddie wird bestimmt über diese Dinge Bescheid wissen wollen, wenn sie erst verheiratet ist.«

»Alles ganz gut und schön, Lulu, aber schau dich doch um«, sagte Liz und wies mit einer schwungvollen Bewegung ihrer reichlich schmutzigen Hand auf die weite kahle Landschaft. »Wer sollte uns schon was darüber erzählen, wenn nicht du? Und wie du selbst sehr gut weißt, würdest du bloß sagen, du hättest was Besseres zu tun, als deine Zeit mit ein paar Halbidioten zu verschwenden.«

Da das vermutlich zutraf, nahm Louisa diese Anschuldigung unwillig lächelnd zur Kenntnis und fügte nur noch hinzu, daß sie gegen diese Bezeichnung ganz entschieden etwas einzuwenden und außerdem nur den einen Wunsch hätte, Liz würde sich endlich diese scheußliche Haarsträhne aus der Stirn streichen. »Und ich werde mich hüten, euch etwas beibringen zu wollen. Aber wenn ihr schon etwas dazulernen wollt, dann habt ihr jetzt die Möglichkeit. Nehmen Sie zum Beispiel einmal diese Osterglocken, Freddie, die Sie Mr. Standish ans Bett gestellt haben – na ja, ein Kind hätte das auch nicht anders gemacht. Und was dich betrifft, Elizabeth, so hab' ich noch nie in meinem Leben jemanden Blumen auf deine Methode anordnen sehen. Irgendwie in die Vase gestopft.«

Liz lachte lauthals. »Paps findet sie schön, und das ist die Hauptsache.«

»Dieser Mann?« Louisas Stimme klang verächtlich. »Er fände noch einen Busch Stechginster in einen Plastikbecher gestopft schön, solange es nur dein Werk ist. Höchste Zeit, daß du dich ein bißchen künstlerischer betätigst. Beschäftige dich wie eine Dame.«

Freddie sah Liz an und wäre am liebsten herausgeplatzt. Etwas weniger Damenhaftes konnte man sich schwerlich denken. Sie trug wie üblich ihre alten Jeans und einen verschossenen Pullover, der geradezu nach einer Stopfnadel schrie. Sie hatte Dreck auf der Nase und noch mehr Dreck auf ihren Gummistiefeln. Mochte sie auch achtzehn sein, so sah sie doch eher wie ein Schulmädchen auf Heimaturlaub aus, und sie betonte ihre Unabhängigkeit noch, indem sie sich so schlampig wie möglich trug.

Sie tat Mrs. Wells' Ermahnungen lachend ab und zwinkerte Freddie zu, die einlenkend Frieden zu stiften versuchte: »Ich würde es recht gerne lernen, weil ich mein Heim natürlich hübsch einrichten will. Die Praxis auch. Ich kann Wartezimmer, in denen entweder gar keine Blumen oder nur ein paar welke Strandastern herumstehen, auf den Tod nicht leiden. Aber wer könnte es uns denn beibringen?«

»Das wollte ich euch ja gerade klarmachen, wenn ihr beiden bloß mit dem Quasseln aufhören wolltet. Unser Institut hält einen Kursus mit vier Lektionen ab, die von einer wirklichen Kapazität auf ihrem Gebiet geleitet werden, und die kann euch auch die allerneuesten Methoden erklären. Das Ganze kostet euch nur ein Pfund, und dafür werdet ihr in die Blumenkunst einen tiefen Einblick gewinnen. Weit besser, ihr legt es auf diese Weise an, als es für Make-up zum Tempel hinauszuwerfen, wie du's so gern tust, Elizabeth, obgleich ich wahrhaftig nicht begreife, warum du dir dein Haar nicht einmal ordentlich schneiden läßt ... So, das wär's, und auf jeden Fall würden euch beiden diese Stunden die Augen öffnen.«

Freddie erhob schwachen Protest. »Ich gehöre aber doch keinem Institut an und lebe nicht einmal in diesem Distrikt.«

»Das spielt gar keine Rolle. Außenseiter können mitmachen und sind herzlich willkommen. Ich bin Schriftführerin und kann dich mühelos einschieben. Fest steht, je mehr Pfunde wir zusammenkratzen, desto besser.«

Plötzlich sagte Liz: »Laß uns hingehen, Freddie. Das wird ein Heidenspaß. Jedenfalls ein kleiner Ausflug, und vielleicht hat eine von uns auch tatsächlich Talent.«

»Wenn, dann hast du's bis jetzt jedenfalls noch nicht entdeckt«, sagte Louisa vernichtend. »Dann trage ich also eure Namen ein. Die vier Unterrichtsstunden sollen in den nächsten zehn Tagen vor sich gehen, da die Lehrerin sich nicht länger im Distrikt aufhalten kann.«

»Aber Vater –«, begann Freddie. Louisa fegte den Einwand beiseite. Die Stunden fielen in den frühen Nachmittag, und dann wäre sie wie gewöhnlich ja sowieso in Mr. Standishs Haus. »Das wär' dann also erledigt. Morgen um zwei Uhr, und nehmt ein paar Blumen und ein eigenes schlichtes Blumenarrangement mit.«

Sie erschraken. Ein paar Blumen könnten sie bestimmt auftreiben, aber ein schlichtes Blumenarrangement? Liz lachte jedoch nur und sagte, sie würden Papas Wagen nehmen, und für Freddie wäre es eine großartige Gelegenheit, ein paar Leute kennenzulernen und im Ort auf Entdeckungsreise zu gehen. »Was die Blumen anlangt, das ist einfach. Wir haben zwar nicht viele in unserem Garten, aber wir werden originell sein und uns welche auf den Weiden pflücken. Gänseblümchen und so. Und kleine Holzstücke und ein paar bemooste Steine. So was lieben sie. Ach, Freddie, wir wollen uns einen Riesenjux draus machen!«

Freddie konnte dem natürlich nicht widerstehen, und so überreichten die Mädchen ihre Pfundnoten, und Louisa versprach, die Vorsitzende anzurufen, da sie selbst ja nicht dabeisein könne. Dann begannen die beiden Schülerinnen sich ernsthaft den Kopf über ihre schlichten Blumenarrangements zu zerbrechen und zu überlegen, welche Vasen sie nehmen könnten. Liz' jähe Begeisterung schrumpfte jedoch auf ein Minimum zusammen, als Derrick aufkreuzte und einen gemeinsamen Rundritt um die Schafherden vorschlug. Freddie lehnte ab; Liz indessen vergaß ihre ganzen, ziemlich ehrgeizigen Verschönerungspläne und sauste davon, um ihre Reithosen anzuziehen, Louisas wachsamen Augen zu entgehen und mit Flirts zu arbeiten. Wenige Minuten später kam der Arzt, und so wurden Freddies Gedanken ebenfalls von der edlen Blumenkunst abgelenkt.

Der Arzt gratulierte ihr zu ihrer Pflege, fand Maxwell schon sehr viel besser und sagte, daß er morgen vielleicht für kurze Zeit aufstehen und in einem Sessel in seinem Zimmer sitzen könne. »Aber bitte keine Freiheiten!« fügte er hinzu, und Maxwell fragte pathetisch, welche Freiheiten sich ein Mann schon herausnehmen könne ohne Hosen. »Dann hat Louisa sie Ihnen also weggenommen? Großartig! Ich hätte mir denken können, daß sie es schon irgendwie deichselt«, sagte er und schritt, vor sich hinglucksend, zu seinem Wagen hinaus.

Während Maxwell ruhte und sich anschließend in ein Buch vertiefte, arbeitete Freddie im Garten weiter. Am Abend rief Jonathan an, und ihre Begeisterung für Blumenkunst kehrte vorübergehend zurück. »Meine Zeit verschwende ich hier wahrhaftig nicht«, sagte sie. »Ich lerne eine Menge Dinge, die sich als sehr nützlich erweisen werden, wenn ich erst deine Frau bin.«

»Was denn zum Beispiel? Lauter unnützes Zeug.« Seine Stimme klang besorgt.

»Oh, aber es gibt so vieles, wovon ich überhaupt keinen blassen Dunst hab' – Haushalt und Kochen und Gartenarbeit. Ich hab' Angela zugesehen, aber es ist doch ganz etwas andres, wenn man's selber tut, und deshalb lerne ich's jetzt eben. Mrs. Wells sagt mir selbstverständlich, wie ich's machen soll ... Und morgen fangen wir an, die Blumenkunst zu studieren.«

»Blumenkunst? Maria und Josef, weshalb denn ausgerechnet Blumenkunst?«

»Begreifst du denn nicht, daß wir die Praxis und auch das Haus immer voll bunter Blumen haben müssen, Jonathan? Das ist ganz bestimmt wahnsinnig wichtig für die Patienten. Psychologisch, meine ich ... Ach Jonathan, ich wünsche mir ja so brennend, dir eine tüchtige Frau zu sein.«

»Du genügst mir völlig, wie du bist«, gab er zurück, aber als er den Hörer auflegte, mußte er doch schmunzeln.

Der folgende Morgen war sehr strapaziös, denn um neun Uhr kam Liz zu dem Schluß, sie hätte für den Nachmittag absolut nichts Anständiges zum Anziehen und müsse sich deshalb unbedingt noch ein Kleid schneidern. »Warum denn nicht Rock und Bluse?« fragte Freddie.

»Nicht, um Blumen zu arrangieren. Ich muß etwas lose Fallendes, Künstlerisches haben. Etwas in Weiß und ganz schlicht.«

»Ich verstehe einfach nicht, warum, und helfen kann ich dir auch nicht, weil ich nicht nähen kann. Ich fürchte, das ist auch etwas, was ich noch lernen muß. Na egal, wo ist denn der Stoff?«

»Den hab' ich da. Weißes Zeugs, aus dem ich mir voriges Jahr was fürs Tennis zurechtmachen wollte. Einen Schnitt hab' ich auch schon. Ganz einfach. Wenn ich mich dahinterklemme, kann ich's leicht heut morgen zusammenschustern. Hat nur ganz wenig Nähte.«

Um ein Uhr stürzte sie schon angetan mit dem fertigen Gewand herein. Lose herabfallen tat es bestimmt, und vielleicht war es auch künstlerisch, Freddie jedoch fand es ziemlich formlos, und Max äußerte sich geradezu entmutigend. »Dir stehen Jeans viel besser als solcher Kram«, sagte er.

»Das weiß ich, Liebster, aber ich kann doch nicht in Jeans zu einem Institutskursus gehn. Auf dem Weg hierher hab ich Derrick getroffen. Er hat gefragt, ob ich dem Ku-Klux-Klan beigetreten wär'. Ich weiß nicht, was er damit sagen wollte. Du etwa?«

Standish lachte, war aber viel zu gutmütig, um sie aufzuklären, und so drehte sie sich zu Freddie um und verlangte, sie solle sie in ihr Kleid einnähen. »Den Rücken hinunter. Ich weiß, eigentlich brauche ich dafür ja einen langen Reißverschluß, aber erstens hab' ich keinen, und hätt' ich einen, blieb mir gar keine Zeit mehr, ihn einzusetzen. Es genügt vollkommen, wenn du es hinten zusammennähst – mit großen verdeckten Stichen, damit man's außen nicht so sieht. Jeder kann das, Freddie. Mach nicht so ein jämmerliches Gesicht.«

Irgendwie brachte es Freddie zustande, wenn auch mit einiger Schwierigkeit, da ihr das Kleid viel enger vorkam, als es dem Anschein nach war. Ein wahrhaft merkwürdiges Gewand, und doch sah Liz gegen alle Vernunft ganz reizend darin aus. »Blumen? Liebe Zeit, die hab' ich ja total vergessen. Ich weiß schon, ich hab' versprochen, sie für uns beide zu holen, aber ich hatte keine Minute Zeit. Wir finden bestimmt unterwegs am Straßenrand etwas«, schloß sie zuversichtlich.

Gerade da tauchte Louisa auf und gab ihnen ziemlich ungnädig einen riesigen Strauß ihrer eigenen Anemonen. »Ich wußte doch, daß es keinen Sinn hat, sich auf dieses Mädel zu verlassen. Sie sehen ja nach nicht viel aus, aber Miss Burt wird schon was damit anzufangen wissen ... Das also ist das neue Kleid. Warum gehst du dann nicht gleich in deinem Nachthemd? Und diese gräßliche Schmachtlocke!«

Diesmal ließ sich Liz zu einer Entgegnung hinreißen. »Mein Haar ist ganz in Ordnung, heutzutage ist es nun mal Mode, eine Locke in die Stirn fallen zu lassen. Du solltest dir wirklich mal die Illustrierten ansehen.«

»Wenn du Filmstars meinst«, begann Louisa dumpf und überließ es dann den beiden, sich vorzustellen, wie schrecklich es wäre, wie ein Filmstar auszusehen. »Wenn du mich jetzt ein hübsches kleines Pony schneiden oder auch das Haar mit einer Spange hinter die Ohren stecken lassen würdest, sähst du zumindest manierlich aus.«

Statt einer Antwort ergriff Liz sie, schwenkte sie ein paar Mal schwindelerregend im Kreise herum, küßte sie trotz ihrer Einwände und sagte: »Halt uns nicht länger auf, wir kommen noch zu spät sonst.«

Ganz entschieden außer Atem, gelang es Louisa immerhin doch noch, auszustoßen: »So und jetzt benimm dich. Denk daran, daß du weder Freddie noch mir Schande machen darfst. Blumenkunst ist eine ernsthafte Angelegenheit.« Und damit stakste sie ins Haus hinein, und sie konnten sie zu Maxwell sagen hören: »Die Hosen? Nicht vor morgen, meckern Sie mich also nicht dauernd an.«

Maxwell hatte Liz befohlen, seinen Wagen zu nehmen. »Du darfst aus dem Auto deines Vaters auf keinen Fall Kleinholz machen. Nimm meinen. Falls du einen Unfall baust, machst du das am besten mit dem höchstversicherten Wagen.« Freddie aber hatte er anvertraut: »Sie ist eine erstklassige kleine Fahrerin, sonst würd' ich ihr auch nicht den Wagen geben. Seh' nicht ein, warum sie den vom armen alten Jock nehmen soll. Schließlich profitierst du ja dabei genausoviel wie sie, obgleich es mir nicht in den Schädel will, warum du diese blödsinnige Blumenkunst erlernen willst.«

Bei der Abfahrt sagte Freddie: »Allmählich hab' ich Mrs. Wells richtig lieb. Zuerst hat sie mir ja einen gehörigen Schrecken eingejagt, und es stimmt schon – obwohl das verrückt klingt: Mit der einen Hand reißt sie dir den Kopf ab, während sie dir mit der anderen aus der Patsche hilft. Aber sie ist so gütig.«

»Ach, Lulu ist ein Prachtexemplar, obgleich sie mich umbringen würde, wenn ich ihr das je sagte. Ich mag's zu gern, wie sie mich Elizabeth ruft und mir ein hübsches manierliches Pony schneiden will. Dir gefällt mein Haar doch so, wie es ist, Freddie? So tragen es doch die Frauen in der Stadt, oder nicht?« Freddie wich einer direkten Antwort auf diese Frage aus und sagte nur, sie fände, daß es Liz stehe, aber sie selbst würde es wahnsinnig machen. »Jedenfalls sähe ich damit wie eine Schreckschraube aus. War eigentlich Mrs. Wells schon hier, als ihr auf die Farm kamt?«

»Ja. Die beiden sind hier die ältesten Bewohner. Sie nahm mich sofort in die Hand, o Himmel! Aber niemand hätte liebevoller für mich sorgen können. Sooft ich wieder zur Schule zurück mußte, hatte sie meine Kleider in Ordnung gebracht, geflickt und gewaschen und alles, und dabei schimpfte sie dauernd wie verrückt. Und die ganze Zeit, die ich fort war, schrieb sie mir regelmäßig einmal jede Woche ganz schön grimmige Briefe, die sie immer schloß mit ›Deine ergebene L. Wells‹, aber sie hielt mich über alle Neuigkeiten auf der Farm auf dem laufenden, über alles Wissenswerte, worauf ich so scharf war.«

»Deinem Vater ist es doch bestimmt rasend schwergefallen, dich zur Schule fortzuschicken.«

»Schon, aber eine andere Möglichkeit gab's ja nicht. Ich glaube, Max hat das Schulgeld bezahlt. Leider keine Schule hier weit und breit ... Aber um Paps hab' ich mir keine Sorgen gemacht, weil ich ja wußte, daß sich Lulu um ihn kümmerte, und auch um Max. Die beiden lieben sie sehr, obwohl sie nie so tun.«

»Wie schade, daß sie ihre Haare so zurückkämmt. Sie müßte viel mehr aus sich machen!«

»Dazu läßt sie sich einfach nicht bewegen. Sie fährt wie eine Furie auf mich los, wenn ich mich mal schminke, nur, um mir hernach zu sagen, daß ich besser den richtigen Lippenstift benutzen sollte, wenn ich schon auf ein fesches Aussehen Wert legte. Und dann kauft sie mir einen bei ihrer nächsten Fahrt zur Stadt. Schmeißt ihn mir praktisch nach.«

»Ich kann's mir lebhaft vorstellen ... Fahr lieber langsam, wenn wir gleich zu dem kleinen Gebüsch da vorn kommen, weil wir da vielleicht ein paar Farne finden, wenn wir schon nichts andres haben.«

»Ich werd' schon was auftun, und eine Vase hab' ich auch dabei. Wie sieht denn deins eigentlich aus? Ich meine, dein schlichtes Blumenarrangement?«

Ziemlich schüchtern brachte Freddie eine hohe Vase zum Vorschein, die sie vorsichtig in einer Pappschachtel auf ihren Knien balancierte. Sie enthielt sechs Osterglocken und ein paar lange Rauten Flachs in verschiedenen Farbabstufungen. Liz war voll des Lobes.

»Das finde ich wirklich hübsch. Ich muß unbedingt was finden.

Da wären wir.« Sie bremste, sprang rasch heraus und sammelte zu Freddies maßloser Überraschung drei kleine verblichene krumme Zweige und ein längliches Stück Bärlapp auf. Sie rammte das alles zusammen in das mitgebrachte Gefäß, zupfte den Bärlapp locker auseinander und packte dann das Ganze in Freddies Pappkarton.

»Nennst du das vielleicht hübsch?« erkundigte sich Freddie.

»Nein, aber es ist modern, und das ist die Hauptsache. Deines ist bestimmt sehr hübsch, aber was künstlerisch sein soll, muß nicht unbedingt hübsch sein. In Wirklichkeit ist's gerade umgekehrt.«

»Auch gut, jedenfalls haben wir uns beide Mühe gegeben«, sagte Freddie, »und wenn du dich nicht beeilst, werden wir tatsächlich noch zu spät kommen.«

Max hatte recht, dachte sie. Liz war eine sehr sichere Autofahrerin. Sie manövrierte den schweren Wagen um S-Kurven herum und schien nicht im Geringsten erschrocken, als sie plötzlich ausgerechnet an einer der schlimmsten Stellen einem riesigen Holzfahrzeug begegneten. Vorsichtig steuerte sie an ihm vorbei und rief dem Maori-Fahrer einen fröhlichen Gruß zu, den er mit einem Ausruf der Bewunderung und der Bemerkung: »Du prächtig gut Fahrer, Liz. Cheerio!« erwiderte. Ein bißchen neidisch dachte Freddie, daß Liz eine ganze Menge Fähigkeiten besaß, auch wenn sie bis jetzt vielleicht noch nicht gerade als Expertin in Blumenarrangements gelten konnte.

In der kleinen Stadthalle von Smithville hatten sich schon ziemlich viele Frauen eingefunden. Sie alle blickten sich angenehm überrascht um, als Liz hereinkam, und als sie Freddie vorstellte, erkundigten sie sich eifrig nach dem Gesundheitszustand ihres Vaters. Offenkundig war die kleine Gemeinschaft auf Rimunui für die übrigen Siedler von ungeheurem Interesse.

Der lange Tisch stand gedrängt voll mit Blumenopfern, und fast schüchtern stellten die Mädchen ihre eigenen dazu. Im Vergleich zu den anderen nahm sich Freddies phantasielos aus und Liz' bizarr. Doch da im gleichen Augenblick schon Miss Burt eintrat und alle erfreut begrüßte, blieb ihnen keine Zeit mehr, noch etwas an ihnen herumzubessern. Sie war sehr groß, schlank und blaß, hatte rabenschwarze Augen und blickte ernst, was sich aber in Verzükkung verwandelte, als sie zu sprechen begann.

Aber selbst Freddie und Liz mußten zugeben, daß sie interessant sprach. Sie redete über die Grundlagen des Blumenarrangements und erläuterte ihre wichtigsten Gesetze anhand der losen Blumen, die alle mitgebracht hatten. Dann wandte sie sich den Arrangements auf dem Tisch zu.

»Jetzt wollen wir diese hier einmal betrachten und bitte, lassen Sie sich durch meine Kritik nicht kränken. Letzten Endes ist das ja der einzige Weg, etwas zu lernen, nicht wahr? Fangen wir also an«, und sie ging daran, die einzelnen Schaustücke zu zerreißen – sowohl buchstäblich als auch im übertragenen Sinn. Als sie zu Freddies Osterglocken kam, lächelte sie, das elegante Haupt zur Seite geneigt, gütig aber mitleidig.

»Sechs Blumen und ein paar steife Stengel. Kein Blickfang, verstehen Sie? Und prägen Sie sich bitte ein, daß Sie nie, niemals gerade Zahlen verwenden dürfen. Man kann drei, fünf oder auch sieben Stück nehmen, doch niemals vier oder sechs.«

»Warum denn bloß?« fragte Liz, bereit, ihrer Freundin zu Hilfe zu eilen. »Was ist an den Zahlen so heilig?«

Miss Burt lächelte der jugendlichen Gestalt in dem miserabel geschneiderten Gewand ein wenig gönnerhaft zu. Die Frauen hatten gelacht über die Art, wie sie gefragt hatte; Freddie sollte bald schon merken, daß Liz enorm beliebt war und die Menschen nur zu bereitwillig ihre Bemühungen mit Beifall bedachten. Miss Burt jedoch folgerte ganz richtig, daß das Mädchen einen Hang zur Effekthascherei hatte, und sagte darum ziemlich streng: »Das gehört zu den Dingen, die sich wirklich nicht erklären lassen. Es ist eine Frage der künstlerischen Eingebung.«

Daraufhin wandte sie sich wieder der Betrachtung von Freddies außerordentlich dilettantischem Versuch zu. »Auch die Höhe der Vase ist in Betracht zu ziehen. Wie ich eben schon erklärte, sollten die Blumen mindestens anderthalbmal höher sein als das Gefäß. Wollen Sie sich das alle bitte einprägen?«

Sie ging zum nächsten Ausstellungsstück über, und Liz murmelte der Frau, die neben ihr stand, etwas zu, woraufhin die Unselige ein leises Quieken unterdrückten Gelächters von sich gab. Miss Burt ignorierte sie klugerweise und fuhr fort, hervorzuheben, wie sehr diesem Arrangement jede gerade Linie fehle. Kurz danach kam sie zu Liz', betrachtete es wortlos eine Minute lang und erklärte dann zu Freddies Verblüffung: »Nun, so anspruchslos dies hier auch sein mag, so hat es doch ein gewisses Etwas. Als mehr kann ich es kaum bezeichnen, aber es freut mich zu sehen, daß sich dieser Beitrag dem Allzualltäglichen eigenwillig widersetzt. Er beweist große Sorgfalt und ist durchdacht. Hier ist die Materie zur Form gestaltet worden. Ja, hier offenbart sich ein rührendes Tasten nach etwas noch nicht völlig Erfaßtem, aber es ist da.«

Dabei sah Freddie zu Liz hin und entdeckte zu ihrem Schrecken, daß sich das Mädchen vor Lachen kaum noch halten konnte. Als sie Freddies drohendem Blick begegnete, bückte sie sich geschwind und machte sich an ihren Schuhen zu schaffen. Schließlich tauchte sie wieder aus der Versenkung auf, und Freddie erschrak noch mehr, da sie nun eine beachtliche Bresche im Rücken ihres Kleides sah. Der Riß erweiterte sich zusehends, denn Freddie hatte in der Hast total vergessen, daß es so etwas ähnliches wie Rückstiche gab.

»Liz, dein Rücken«, flüsterte sie, und Liz faßte mit ihrer Hand hinter sich und befühlte den sich ständig vergrößernden Riß.

Da ließ sich nur eines tun. Geräuschlos, eilig, ihre Augen hypnotisierend auf die Vortragende geheftet, trat Liz den Rückzug aus dem Kreis an. Kein Laut ihres Abgangs war zu hören, keine Köpfe wandten sich in ihre Richtung, und sie fuhr fort, sich rückwärts hinauszuschleichen, bis sie den nächstbesten Notausgang erreicht hatte. Dort drehte sie sich wie der Blitz um und entschwand, während immer noch die gesamte Aufmerksamkeit auf die Lehrerin gerichtet war, die eben verkündete: »So, jetzt wissen Sie über die fundamentalen Gesetze Bescheid. Überlassen Sie nichts dem Zufall. Denken Sie immer daran, daß Kurven und Linien das Wesentliche sind. Keine Steifheiten.

Nehmen Sie stets eine ungerade Anzahl und vor allem, bedenken Sie das Ewigwichtige: den überaus wesentlichen Blickfang!«

Das Weitere wartete Freddie gar nicht erst ab. Mit einer gemurmelten Entschuldigung verließ sie den Saal fast so eilig und geräuschlos wie Liz. Sie mußten um jeden Preis entwischen, bevor die Versammlung aufbrach. Im Wagen ihres Vaters würden sich bestimmt keine Sicherheitsnadeln finden, und Nadel und Faden pflegten Männer auch nicht gerade im Handschuhfach aufzubewahren. Es blieb also nichts anderes übrig, als auf schnellstem Wege nach Hause zu fliehen.

Doch da hatte sie ihre Freundin unterschätzt. Liz hatte sich vollständig in einen alten Kutschermantel von Maxwell eingewickelt, der auf dem Rücksitz liegengelassen worden war. Ihr schmales Gesichtchen guckte schadenfroh daraus hervor, und im großen und ganzen schien sie sehr zufrieden mit sich.

»Keiner hat's gesehen. Sie waren alle mit ihren Kurven und Linien viel zu beschäftigt, um meine zu bemerken. Aber es hat mir einen gehörigen Denkzettel verpaßt. Nie wieder werde ich mich von irgendwem in irgendwas einnähen lassen. Gott sei Dank, daß Lulu nicht dabei war. Wir fahren jetzt direkt in die Stadt und kaufen einen schönen langen Reißverschluß.«

»Du meinst, ich gehe ihn kaufen. Du kannst unmöglich aus dem Wagen heraus, in diesem Mantel!« Liz aber beschwor sie, sich nicht so spießig anzustellen, immerhin handele es sich doch um einen höchst anständigen Mantel.

Die kleine Stadt konnte sich nur einer einzigen Kurzwarenhandlung rühmen. Als sie davor hielten, stieg Liz ungeheuer würdevoll aus und faltete den gewaltigen Mantel wie eine Toga um sich. »Sie müssen mein merkwürdiges Aussehen bitte verzeihen, Mrs. Snow«, sagte sie zu der freundlichen alten Frau hinter der Theke. »Aber ich habe mir einen furchtbaren Schnupfen geholt und deshalb Mr. Standishs Mantel übergezogen. Ich habe mir einen mitzunehmen vergessen. Natürlich ist er ein bißchen lang, aber er hält hübsch warm.«

Mrs. Snow hatte Liz sehr gern und großes Mitleid mit ihrer Erkältung. »Dafür habe ich genau das richtige Mittel, Herzchen«, sagte sie und rannte geschäftig in ihr kleines Wohnzimmerchen. »Hier, es mag zwar eklig schmecken, aber es wirkt Wunder.«

Mit größtem Vergnügen sah Freddie zu, wie Liz eine riesige Dosis mit Ammoniak vermischten Chinins schluckte. Als sie wieder im Wagen saßen, bemerkte sie: »Ich kann mich erinnern, davon gehört zu haben, daß Kinder, die lügen, eine gehörige Dosis eklig schmeckender Arznei verabreicht bekommen. Wahrhaftig, ich glaube, das ist eine ausgezeichnete Idee.«

Diesmal war selbst Liz um eine passende Antwort verlegen.

7

Obgleich ihre erste Lektion in Blumenkunst ein so unangenehmes Ende genommen hatte, schien Liz von dem Erfolg ihres außergewöhnlichen Schaustücks ziemlich aufgeblasen. »Das ist der Beweis«, sagte sie dunkel und überließ Freddie die Schlußfolgerung, daß es der Beweis für Liz' im Aufblühen begriffenes Talent sei. Gleichzeitig erklärte Liz, ihrer Meinung nach wäre Miss Burt in ihrer Kritik an Freddies Bemühungen viel zu oberflächlich gewesen.

»Vielleicht ist es nicht modern, aber es war hübsch, und das sollen Blumen ja bekanntlich sein. Natürlich war das Arrangement aus Treibholz und bunten Kieseln schrecklich witzig, aber sein Anblick machte einen nicht besonders fröhlich. Erinnerst du dich, was irgendein alter Poet mal über Osterglocken dichtete, die sein Herz vor Freude hüpfen und tanzen ließen? Nun, genauso ein Gefühl hatte ich bei deiner Vase. Das Treibholz und die Kiesel haben mich nicht sehr beglückt und zum Singen konnten sie mich auch nicht bringen.«

Freddie lachte zwar darüber, fühlte sich aber dennoch getröstet. »Ja, ich könnte mir denken, wenn man zum Beispiel so ein Treibholzarrangement in die Praxis stellen würde, dächten die Patienten bestimmt, wir hätten nicht genug Blumen. Das wäre nicht gut für sie. Wenn sie aber statt dessen einen schönen, altmodischen Osterglockenstrauß da vor ihrer Nase hätten, auch wenn er total verkehrt angeordnet wäre, würden sie unbedingt darauf vertrauen, daß Jonathan sie kurieren wird. Das nennt man Psychologie, und die Ärzte haben uns immer eingetrichtert, wie ungeheuer wichtig das bei der Krankenbehandlung ist.«

»Ich bin mir nie sicher, was Psychologie eigentlich bedeutet, außerdem läßt es sich verteufelt schwer buchstabieren ... Aber hör, war das nicht sagenhaft, wie Miss Burt behauptete, mein Beitrag hätte eine Menge Überlegung und Sorgfalt erfordert?« Liz kicherte schamlos und fuhr dann fort: »Diesmal werde ich mich aber wirklich anstrengen und sogar meine kostbaren Blumen dafür opfern.«

»Vermutlich soll das heißen, daß du meine mopsen willst«, sagte Louisa, die in diesem Augenblick hereinkam. »Nun, ich muß sagen, es überrascht mich, daß du überhaupt etwas Talent gezeigt hast. Ich hab' heute zum erstenmal in meinem Leben etwas davon bemerkt.

Was dein Benehmen mit diesem Kleid betrifft, kann ich nur sagen, ich schäme mich mit dir!«

»Niemand hat mich gesehen. Ich bin rückwärts hinausgeschlüpft, geradeso, als ob Miss Burt die Königin wäre. Hab' ich nicht Glück gehabt, daß mir nichts im Weg stand? Ich hätte es glatt umgerannt, und dann wäre die Katze aus dem Sack gewesen.«

»Mehr als nur die Katze, wenn du mich fragst«, gab Louisa mit ungewohnter Leichtfertigkeit zurück. »Aber ich will dir nur sagen, daß die arme alte Mrs. Snow schon angerufen hat. Sie war richtig aufgeregt über deine schwere Erkältung und ließ durchblicken, ich kümmerte mich wohl nicht um dich. Ich bin wirklich erstaunt – diese liebe alte Dame so auszunützen!«

»Ich habe sie nicht ausgenützt. Ihr gräßliches Ammoniak-Chinin war das letzte, was ich wollte, und es war Freddies Schuld, weil sie mich nicht richtig eingenäht hat. Ich wünschte, ich wär' dafür zu dir gekommen.«

Das besänftigte Louisa zwar, doch laut äußerte sie lediglich, daß, falls Liz sie darum gebeten hätte, sie ihr befohlen haben würde, Beine zu machen und ein anständiges Kleid anzuziehen. Dann setzte sie ziemlich unlogisch hinzu: »Obgleich ich es wirklich traurig finde, daß Freddie nicht einmal Steppstich gelernt hat. Manchmal möchte ich wirklich wissen, was sie euch eigentlich auf diesen Schulen beibringen.«

Danach konnte es nicht mehr wundernehmen, daß Liz ihr alle Blumen, die sie so liebevoll gehegt und gepflegt hatte, abschmeichelte und dazu bemerkte, dieses Mal würde sie sich eine Menge Mühe geben.

»Weil es wunderbar ist, sich vorzustellen, ich hätte tatsächlich Talent, während mir all diese blöden Zeichenlehrerinnen dauernd ins Zeugnis schrieben: ›Zeigt keinerlei Interesse.‹«

Die nächste Lektion sollte in zwei Tagen sein. Freddie hatte ihre Osterglocken betrübt wieder mit nach Hause genommen und verbrachte einige Zeit damit, sie mit diversen Zweigen und vereinzelten Flachsrauten neu zu arrangieren. Gewissenhaft verringerte sie die Zahl auf fünf und achtete sorgsam darauf, die Stiele in verschiedener Länge abzuschneiden. Dann tat sie sie in eine grellrote Schale und hoffte das Beste.

Liz aber war ehrgeiziger. Überzeugt von ihrer künstlerischen Ader, schwitzte sie stundenlang über einem höchst ausgetüftelten Bukett, für das sie nicht nur alle Blumen aus ihrem eigenen Garten, sondern auch jene, die sie Louisa klaute, verbrauchte. Den größten Teil des Morgens beanspruchte die peinlich genaue, fast mathematische Zusammenstellung der Farben. Nicht zwei Blumen der gleichen Art durften zusammenstehen, es gab nichts als ungerade Stückzahlen, und das Ergebnis war ein total verworrenes Muster. Mit liebevoller Sorgfalt verstaute sie ihr Schaustück in einer Pappschachtel, die sie Freddie brummig mitzubenutzen gestattete, indem sie ihr einschärfte, sie während der Fahrt nach Smithville mit der allergrößten Vorsicht zu behandeln.

Sie genoß ihren Triumph schon im voraus. »Ich fühle genau, sie wird sich schrecklich dafür interessieren. Du kennst ja ihre Art dazustehen, wenn sie irgendwas selbst angeordnet hat – wie in Trance, und macht Augen wie eine Kuh hinter ihrer dicken Brille. Nun, genauso wird sie das hier überraschen . . . Deins? Natürlich sieht's furchtbar nett aus, aber meinst du nicht auch, Freddie, daß es irgendwie – nun ja, irgendwie keinen Schwung hat? Und dann weiß ich absolut nicht, warum du ausgerechnet eine Magentaschale genommen hast. Warum nicht eine grüne, um die Osterglocken mehr zur Geltung zu bringen?«

»Nein, das wäre hübsch, und das eine hab' ich inzwischen kapiert, daß es grundverkehrt ist, Blumen hübsch anzuordnen. Deshalb hab' ich sie in die grellrote Schale getan, weil's eben nicht Usus ist. Ich fand sie auf einem hohen Bord in der Waschküche und hab' keine Ahnung, wo Vater die her hat. Sie ist eigenartig, also wird sie wohl richtig sein. Na, wir werden's ja erleben.«

»Weißt du, die Blumenkunst hat wirklich etwas Faszinierendes an sich«, sagte Liz träumerisch und riß den Wagen geschickt herum, um einem vagabundierenden Schaf auf der einen und einem steilen Abhang auf der anderen Seite auszuweichen. »Ich war ganz weit weg, und als Ian vorbeikam, um mich zum Reiten abzuholen, hab' ich ihn kaum wahrgenommen.«

Insgeheim fürchtete Freddie, daß Liz, hätte es sich um Derrick gehandelt, ihn schon wahrgenommen hätte, aber sie ließ nur anerkennend ihre ungeheure Bewunderung für Liz' Blumenbukett laut werden und sagte, sie wolle später einmal das Arrangement für die Praxis nachzumachen versuchen. Sie glaube, auf nervöse Patienten würde es bestimmt einen beruhigenden Einfluß ausüben. Immerhin war sie sich nicht ganz so sicher, welchen Einfluß es auf Miss Burt ausüben würde; sie brachte jedoch ihre Zweifel zum Schweigen und hoffte inständig, Liz möge keine Enttäuschung erleben. Es war verblüffend, wie die Begeisterung sie plötzlich übermannt hatte. Ihre grünen Augen sprühten tatsächlich Funken, und es war nur zu offenkundig, daß sie sich einen Riesentriumph versprach und um so zuversichtlicher war, als Mrs. Wells das neue Gewand genommen und energisch einen langen, vertrauenswürdigen Reißverschluß den Rücken hinab eingesetzt hatte.

Wiederum lief der Tisch von Schaustücken nachgerade über. Diesmal zeigten sie schon höheres Niveau und bewiesen, daß Miss Burts Anweisungen aufmerksam befolgt worden waren und auch, daß in diesen fleißigen Bauersfrauen allmählich der Ehrgeiz erwachte. Wohin man blickte: Blumen in drei, fünf oder siebenstelligen Gruppen, nirgendwo schändeten gerade Zahlen die Szene. Blickfängen war pflichtschuldig die Ehre gegeben worden, und unschuldige Blumen hatte man zu den verzwicktesten Kurven verrenkt. Alle Steifheit war verschwunden, und Freddie mußte bescheiden zugeben, daß sie jetzt endlich erkannte, was an ihrem letzten Versuch so grundverkehrt gewesen war.

An diesem Tag schämte sich keins der beiden Mädchen seines Beitrags. Liz war in der Tat regelrecht stolz auf ihren, und Freddies Frühlingsblumenstrauß in der grellroten Schale rief kleine Schreie des Entzückens hervor, wenn auch eine Frau – eine zweite, noch schrecklichere Auflage von Louisa Wells – hörbar durch die Nase schnupfte. »Wieder diese Osterglocken, und noch dazu in einer schaurigen Schale, wenn Sie mich fragen.«

Freddie war nicht im mindesten beleidigt. »Oh, ich gebe es ja zu«, sagte sie mit ihrem reizenden Lächeln, »ich finde dieses aufdringliche Rot auch scheußlich, aber ...«

Hier stürzte sich Liz in die Schlacht. »Miss Burt wird Sie aber nicht fragen, Mrs. Dean«, sagte sie schnippisch, »noch sonst einen von uns. Schauen Sie, wir verstehen alle wirklich überhaupt nichts davon. Miss Burt ist die Spezialistin. Und das hier ist Miss Standish. Sie ist hergekommen, um ihren Vater gesundzupflegen – darum mußten wir das letzte Mal auch so schnell fort.«

Freddie sah Liz stirnrunzelnd an; das war eine gänzlich überflüssige Lüge. Mrs. Dean jedoch, die vor Menschen ganz allgemein mächtigen Respekt und vor Maxwell Standish im besonderen eine heilige Scheu hatte, wurde sogleich freundlich. Besorgt erkundigte sie sich nach Maxwells Befinden und sagte dann betrübt: »Ich glaube, wir vertrödeln mit diesem Blumenkram wirklich nur unsre Zeit. Mein Alter stichelt wie nur was darüber, aber schließlich verstehn Männer nicht, wie's in einer Frau aussieht. Wachsen die Kinder erst aus dem Haus, weiß man nicht mehr, was man mit sich anfangen soll, verstehn Sie, und immerhin ist es ein Ansporn.«

Freddies Herz schmolz auf der Stelle dahin. »Ach, ich halte das ganz bestimmt für keine Zeitverschwendung, obgleich ich mir denken könnte, daß die Frauen auf den Farmen schrecklich viel zu tun haben, auch wenn keine Kinder da sind. Wie Mrs. Wells. Sie ist immerfort in Bewegung.«

»Louisa? O ja, die ist ganz der Typ, der Typ, der sich gern ein Bein ausreißt und alle Mann auf Trab bringt . . . Aber hören Sie nicht auf mich, meine Liebe. Ich rede, wie mir der Schnabel gewachsen ist, und das ist ein Fehler . . . Fleißig? Ja, das sollte man meinen, mit unsren Händen«, und sie hielt Freddie ein Paar verarbeitete unter die Nase. »Aber nicht mit unserem Hirnkasten. Natürlich gibt's das Radio und neuerdings auch das Fernsehen, aber irgendwie will man doch auch was Bleibendes schaffen, nicht? Etwas anderes als Sahnebiskuits und Fleischpasteten«, schloß sie vage.

»Sicher will man das«, gab Freddie zu. »Besonders wenn man geschickte Hände hat und aus dem Nichts etwas zu zaubern versteht, wie Mrs. Wells immer sagt. Aber ich tauge nicht besonders dazu. Ich bin nicht das, was man ein Naturtalent nennt.«

»Machen Sie sich nichts draus, was ich über die Schale gesagt hab', Mädchen. Mußte nur an was herumkritteln. So wird man, wenn man den ganzen Tag allein zu Hause herumhockt. Ich hoffe, die Dame findet Ihres wirklich hübsch.«

Freddie indessen gab sich keiner großen Hoffnung hin, da Miss Burt zweifellos äußerst kritisch war. Stück für Stück prüfte sie die Beiträge, zog sich dann, immer noch ohne ein Wort von sich zu geben, mit halbgeschlossenen Lidern zurück, während ihre Gedanken offensichtlich heftig arbeiteten.

»Das hier ist überzeugend«, sagte sie anerkennend über eine hohe Vase, die fünf Besenstiele und drei Schwertlilien enthielt und die Freddie bei sich eine vollendete Scheußlichkeit nannte. »Die Betonung liegt, wie Sie sehen, auf den äußeren Konturen, die ganz starr sind. Das ist wirklich gut. Wie ich sehe, haben Sie meinen Rat hinsichtlich Linie und Blickfang beherzigt.«

Augenscheinlich aufs höchste verblüfft, lauschte die kleine Frau, die diese Vase beigesteuert hatte, und als Miss Burt sich der Prüfung des nächsten Schaustücks zuwandte, flüsterte sie Freddie zu: »Jim wird richtig aus der Haut fahren, wo er's doch nur aus Jux gemacht hat.«

»Jim?« Das Augenzwinkern der Frau verwirrte Freddie einigermaßen.

»Mein Mann. Ich versuch' grad, 'ne schöne Vase zurechtzumachen, als er 'reinkommt und 'nen Knopf an seine Hose genäht haben will. Ich sag', ich hab' grad keine Zeit, und er sagt: ›Du näh ihn an, und ich mach' für dich die Vase zurecht‹, und das tat er denn auch. Ich sag': ›Die kann ich nich mitnehm‹, und er sagt: ›Und ob du kannst, und ich wett', die halten's für gut. Zum Teufel mit der ganzen Blumenkunst! Knöpfe sind wichtiger!‹«

Miss Burt war schon zum nächsten Musterstück übergegangen. Es bestand aus einer Kamelie, einigen Blättern und einem Stück weißer Borke. »Das ist sehr gut. Der Schwerpunkt liegt auf dem Kontrast. Nicht das geringste von süß-süß.« (»Und damit hat sie recht«, hauchte Mrs. Dean Freddie ins Ohr.) Die Lehrerin blickte sich streng um und fuhr dann fort: »Wie Sie sehen, ist die Kamelie der Blickfang. Er wird noch besonders sprechend durch die Wölbung des Hintergrunds hervorgehoben. Doch, dieser Versuch ist gut, sehr gut sogar.«

Gleich daneben stand Freddies Osterglockenschale. Sie sah entzückend und fröhlich bunt aus; jedoch hatten mehrere Blumen eigensinnigerweise ihre Köpfe beiseitegedreht. »Das hier ist nicht besonders reizvoll«, sagte Miss Burt. »Die Mitbewerberin hat gar nicht zugehört, was ich über die Richtung ausführte, in der Blumen angeordnet sein müssen. Sie werden beachten, daß sie zwei tatsächlich vollkommen herumgedreht hat. Nein, ich fürchte, dies hier stellt überhaupt nichts dar.«

Das war freundlich, aber endgültig, und Freddie fühlte sich vollkommen zerschmettert. Aus irgendeinem unersichtlichen Grund erhob Mrs. Dean, die doch ein paar Minuten zuvor selbst noch daran herumgenörgelt hatte, jetzt laut ihre Stimme: »Na, hübsch ist es jedenfalls. Zählt denn das gar nicht?«

Miss Burt erwiderte freundlich: »O doch. Wir pflegen die Schönheit, aber wir suchen auch nach etwas Originalität, einem winzigen Hauch Inspiration. Immerhin gibt es hier etwas, was diesen Versuch lobenswert macht. Obgleich ich Ihnen sagte, daß Behälter unwesentlich sind, hat die Teilnehmerin in diesem speziellen Fall mit der kühnen grellroten Schale den richtigen Ton getroffen.«

Bescheiden wie sie nun einmal war, war Freddie dankbar dafür. Sie selbst hatte die Schale gar nicht für besonders vorteilhaft gehalten; aber immerhin, dachte sie, wenn sie nur eine grüne nähme, würde die Schale Jonathan schon gefallen, und den Patienten auch. Und dann vergaß sie ihre eigene Niederlage und wartete gespannt auf den Urteilsspruch über die Schale kunterbunter Blumen, mit der Liz sich so liebevoll abgeplackt hatte und auf die sie so große Hoffnungen setzte.

Wie sie da so unter all den prunkenden und ins Auge fallenden Schaustücken stand, konnte sich Freddie nicht helfen: Sie erschien ihr ein bißchen antiquiert und fehl am Platz. Als Miss Burt zu der kleinen Schale, die zu arrangieren so lange gedauert hatte, kam, hob sie sie hoch und musterte sie mit einem schwachen Lächeln: »Diese Teilnehmerin hat sich enorm angestrengt, aber ich fürchte, sie hat es nicht ganz erfaßt. Dies ist hoffnungslos altmodisch und in einer Weise zusammengestellt, wie wir Blumen zu arrangieren pflegten, ehe wir etwas von Blumenkunst wußten. Es wirkt fleckig, sehr fleckig.«

Diesmal lachte Liz nicht. Wenn sie sich über ihren blöden Schuh bückte, dann nur, um ihre Demütigung und ihre Enttäuschung zu verbergen. Sie dachte an die Zeit, die sie vergeudet, den Ritt, den sie verpaßt, die beiden Gärten, die sie geplündert und auch an die Freude, mit der sie das Ergebnis all ihrer Mühsal begutachtet hatte, und es überkam sie ein Gefühl, wie sie später Freddie vertraulich mitteilte, als müsse sie ihren geliebten kleinen Blumentopf auf den Arm nehmen und trösten.

»Und dann hinausmarschieren und mich noch einmal umdrehen, um diesem biestigen, erhabenen Weibsstück die Zunge 'rauszustrekken«, sagte sie kindisch, als die beiden schließlich wieder im Wagen saßen und Kurs auf den heimatlichen Hafen nahmen. »Fleckig, wahrhaftig, geradeso, als ob es sich um einen schmierigen kleinen Dreckfink handelte! Ich hab' Stunden und Stunden über dieser Schale gebrütet, und sie war süß . . . War sie nicht süß, Freddie?«

»Ich fand sie ganz, ganz lieb. Mach dir nichts draus, Liz, sie hat sich bei meiner genauso schlecht benommen. Ich fürchte, wir besitzen alle beide nicht das, was sie mit ›Fingerspitzengefühl‹ bezeichnet.«

»Verfluchtes Fingerspitzengefühl!« explodierte Liz. »Mir hängen diese dämlichen affektierten Wörter wie Fingerspitzengefühl und Blickfang schon zum Hals 'raus! Blumen sind und bleiben Blumen, und sie sollen hübsch und lustig bunt sein, und das waren unsere. Wurscht! Ich werd's ihr schon heimzahlen!«

»Ich weiß nicht recht, wie du das anstellen willst«, warf Freddie sanft ein, »und du hast ja selbst gesehen, Liz, daß manche von diesen Versuchen wirklich fabelhaft waren . . . Aber was deine Rache betrifft, wenn du meinst, wir würden besser nicht mehr hingehn, hab' ich nichts dagegen, weil ich, glaube ich, lieber doch die Blumen auch weiterhin auf meine phantasielose Art in die Vase stellen werde, und Jonathan und die Patienten sind sicher ganz zufrieden damit. Jedenfalls haben wir doch wirklich etwas dabei gelernt. Jetzt erst weiß ich, daß Blumen viel hübscher aussehen, wenn sie nicht kerzengerade und stocksteif wie in meiner ersten Vase stecken, und an dem, was sie über ungerade Zahlen sagte, ist auch etwas dran, wenn ich auch nicht kapiere, wieso. Natürlich faseln sie eine Menge über Blickfänge, aber es ist doch wahr, daß sich die Arrangements viel besser machen, wenn etwas dran ist, was ins Auge fällt und das Ganze sozusagen strafft.«

»Jetzt fängst du glücklich auch noch an, dich so geziert auszudrücken . . . Vermutlich haben wir was gelernt, aber verflucht noch mal, ich hab' nicht das Gefühl, als hätten sich dafür unsere Pfundnoten gelohnt.«

»Nun ja, laß es uns noch einmal versuchen. Ich sehe nicht ein, wieso wir es mit unserem Wegbleiben Miss Burt heimzahlen könnten. Sie hat unser Geld, und ihr wird's ganz gleich sein, ob wir wegbleiben oder nicht, weil von uns wahrhaftig niemand behaupten kann, wir wären Musterschüler.«

»Wer hat was davon gesagt, daß wir wegbleiben wollen? Nein, wir werden weiter hingehen, aber ich schmiede inzwischen meinen Racheplan.«

Freddie fühlte sich ungemütlich. Sie kannte Liz längst gut genug, um zu wissen, daß sie nur vor sehr wenig zurückschreckte und sich nicht im geringsten darum scherte, was die Leute sagen würden. Sie war beliebt, und darauf baute sie; der Distrikt war stolz auf ihre Eskapaden und wußte sehr gut, daß sie der verwöhnte Liebling war, nicht nur ihres eigenen Vaters, sondern auch des reichen Mr. Standish. »Und niemand ist, meiner unmaßgeblichen Meinung nach, verrückter auf sie als Louisa Wells«, sagte Mrs. Evans vom Fernamt. »Das Mädel ist Louisas schwacher Punkt, wenn sie auch immer wieder betont, sie wäre eine Prüfung. In Wirklichkeit ist sie auf alles, was sie anstellt, enorm stolz«, was vollkommen der Wahrheit entsprach, obgleich niemand gewagt hätte, auch nur einen Hauch davon Louisa ins Gesicht zu sagen.

Die dritte Unterrichtsstunde fiel auf einen Montag, und während des Wochenendes rätselte Freddie daran herum, was Liz wohl im Schilde führen mochte. Daß es etwas Boshaftes sein würde, ging klar aus der Tatsache hervor, daß sie Freddie partout nichts davon sagen wollte. Und nicht nur das, sondern sie hatte Freddie auch gewarnt, Mrs. Wells kein Sterbenswörtchen von der Verachtung zu verraten, mit der ihre letzte Arbeit belohnt worden war. Sie hatte lediglich gesagt, sie glaube, sie wären dabei, etwas zu lernen, es sei aber alles sehr schwierig, und die arme Louisa schien darüber sehr erfreut und hatte geantwortet: »Solange du's nur ernst nimmst, Elizabeth, und nicht wieder auf einen Streich verfällst«, denn Mrs. Wells hatte diesen sanftmütigen Ausdruck schon früher bei Liz erlebt und mißtraute ihm gründlich.

»Denk daran, daß ich in diesem Institut zu den Prominenten zähle und diejenige bin, die darunter zu leiden hat, wenn du dich nicht benimmst«; und Liz riß ihre grünen Augen sperrangelweit auf und beteuerte, sie würde sich selbst auf den Tod verabscheuen, wenn sie der lieben Tante Louisa zur Schande gereichen würde – eine Bemerkung, die schweigend entgegengenommen wurde.

Freddie konnte nichts aus ihr herausholen, außer, daß sie ein Blumenarrangement fertig haben würde und hoffe, diesmal hätte sie damit Erfolg. Freddie selbst focht einen langen und heftigen Kampf mit ein paar Zweigen, einer Ranke Efeu in sämtlichen Farbschattierungen und fünf Anemonen aus, und als sie das Ergebnis Maxwell zeigte, sagte er: »Großer Gott, wenn das alles ist, was sie euch da beibringen, dann bleibst du besser daheim. Warum nicht gleich noch ein paar Karnickelknochen und eine Porzellankatze dazutun?«

»Ich weiß, es ist nicht das, was man hübsch nennen würde, aber es kommt ja auch auf das Wirkungsvolle an. Manche sind phantastisch, aber ich bin nicht besonders einfallsreich«, sagte die schwer geschlagene Freddie.

»Wirkungsvoll? Makaber meinst du wohl«, grunzte Maxwell, und als Freddie den ganzen Sinn des Wortes wissen wollte, lachte er kurz auf und sagte, er hätte wirklich keine Ahnung, weshalb er Unsummen für ihr Schulgeld hinausgeschmissen habe, wenn auch ihm persönlich dumme Frauen ganz gut gefielen.

Es bestand kein Zweifel mehr, wie Freddie dem Arzt mitteilte, daß es mit ihrem Vater jeden Tag bergauf ging ... Wenn doch bloß Jonathan schon diese nette, verständige Frau gefunden hätte!

Am gleichen Abend noch rief Jonathan an, um ihr zu berichten, er glaube, dies sei ihm schließlich nun doch geglückt. Er würde es ihr endgültig am nächsten Tag sagen. »Und dann können wir auch Anstalten treffen, daß du in die Wohnung zurückkommst und deine Einkäufe erledigst und dich zu Angela auf die Socken machst. Du wirst dich mit den Einkäufen ziemlich beeilen müssen, weil ich nicht sehr viel länger mehr zu warten vorhabe. Du jammerst doch nicht etwa immer noch den Preishüten nach?«

»Natürlich nicht, wenn es längeres Hierbleiben bedeutet. Aber es wär' doch schön gewesen, wenn ... Was ich sagen wollte: Wenn diese Frau sich gut einschickt, komme ich selbstverständlich auf der Stelle.«

Unterdessen fand die Lektion in Blumenkunst statt. Liz trug ihr Schaustück vollkommen unsichtbar in einer Pappschachtel hinaus und verstaute es im Fond des Wagens. »Nein, ich will's dir nicht zeigen. Ich möchte lieber, daß es dich wie ein blaues Wunder überrascht. Wo hast du denn deins? Oh, das ist gut. Diesmal, wette ich, wird's Miss Burt gefallen.«

Und das tat es zu Freddies Erleichterung auch, und darüber hinaus wies Miss Burt noch auf alle möglichen Tugenden hin, von denen Freddie keinen blassen Dunst hatte. »Ich kann deins nirgends entdecken«, raunte sie Liz zu, die nur ihren Kopf schüttelte und zurückgab: »Gleich. Wir haben's ja nicht eilig damit.« Dann gesellten sich die beiden Mädchen zu der Menge, die sich rund um das Podium geschart hatte und fasziniert beobachtete, wie Miss Burt irgendein Wunder mit drei Ranken Bärlapp und einem Bund Veilchen vollbrachte. An diesem Tag war sie ganz Lächeln und Wohlwollen und offensichtlich beglückt über einige Stücke, die ihre Schülerinnen mitgebracht hatten.

»Und jetzt zu den übrigen Versuchen«, sagte sie strahlend, und alle wandten sich wie ein Mann dem Tisch zu, auf dem ein paar Nachzügler aufgebaut standen. Sie schauten – und einen Augenblick lang herrschte absolutes, entsetztes Schweigen, das nur von dem hysterischen Gekicher einer sehr dicken Frau unterbrochen wurde, die es schleunigst in ein Hüsteln zu verwandeln trachtete. Als Freddie ahnungsvoll nach Liz' Beitrag Ausschau hielt, begriff sie sofort, was sie mit ihrer Rache gemeint hatte.

Genau in der Mitte unter all den kunstvollen Schalen und Vasen stand der gräßliche Totenschädel eines Schafes. Er war weiß und glänzte, und aus einer Augenhöhle kroch irgendein häßliches Unkrautgewächs, das den Eindruck bleicher Tränen erweckte. Aus der aufgesperrten, gähnend leeren Mundhöhle ergoß sich ekelerregend ein Büschel Jakobskraut, das die Vorstellung von Erbrochenem hervorrief. Die Wirkung war grausig und abschreckend, und doch wurden dadurch auf subtile Art die ernsthaften und reizvollen Versuche, die den Schädel umgaben, ins Lächerliche gezogen.

Vollkommene Stille hatte sich jetzt der Frauengruppe bemächtigt, die gebannt diese schreckliche Karikatur anstarrte und nervös auf Miss Burts angeekelte Kommentare wartete. Doch als sie endlich erfolgten, waren sie nicht angeekelt, sondern nur belustigt und leicht gönnerhaft.

»Das ist nun wirklich ein höchst interessanter Versuch. In seiner Art sogar rührend, weil er eine ziemlich eigenartige Geistesverfassung verrät. Einer, der an Tod und Krankheit Gefallen findet. Anstößig, unerhört und doch originell. Auch geschickt gemacht mit seinem erschütternden Einfallsreichtum. Man sieht, sein Schöpfer mußte offenbar aus dem zur Verfügung stehenden Material das Beste zu machen versuchen. Wäre es denkbar, daß der Ort, wo dies herstammt, von toten Schafen und giftigem Unkraut nur so wimmelt? Wie furchtbar traurig ... Ich lobe die starke Seite dieses Arrangements, wenn ich auch den Gemütszustand, der darin zum Ausdruck kommt, niemandem neide«, und ruhig ging sie zum nächsten Schaustück über.

Doch ihre Zuhörerschaft war außer Gefecht gesetzt, und es erstaunte Freddie nicht im geringsten, als jemand ihr zutuschelte: »Diese ungezogene kleine Range! Aber sie ist schon putzig. Da braucht man ja nicht erst zu fragen, wer sich das ausgedacht hat.«

»Immerhin mußt du zugeben, daß Miss Burt gespurt hat«, sagte Freddie später, »ich konnte sie nur bewundern, wie sie deinen gräßlichen Schädel angeblich ganz ernst nahm und sich über deine Geistesverfassung ausließ. Und das mit der Farm, die von Jakobskraut und toten Schafen nur so wimmelt, war ein guter Witz. Dein Vater wird sich bestimmt sehr darüber freuen.«

»Ja, doch, im Endeffekt hat sie sich wirklich fabelhaft benommen, obgleich sie eine Sekunde lang schwer überrumpelt aussah und sehr gut wußte, daß alle am Lachen waren. Aber das mit dem Jakobskraut war gemein von ihr, besonders, weil ich meilenweit latschen mußte, um jetzt um diese Jahreszeit schon blühendes zu finden. Fast hätte ich ihr das gesagt, aber schließlich wollte ich ja nicht ausposaunen, wer das ausgeheckt hatte. Niemand hat was davon gespannt.«

»Glaub das nur ja nicht. Eine Frau hat zu mir gesagt, das wär' nicht schwer zu erraten. Ich wette, sie werden's Mrs. Wells erzählen, und die wird nicht darüber lachen.«

Freddie hätte ihre Wette leicht gewonnen. Ehe die Mädels noch zu Hause ankamen, hatte das Telefon bereits ganze Arbeit geleistet, und Louisa war schon zu ihrem Empfang gerüstet. Sie erwartete Liz an der Tür und sagte düster: »Ich hätt's mir denken können ...

Und ich als Schriftführerin. Wie kann ich mich nur jemals da wieder sehen lassen.«

»Sei doch nicht so albern. Keiner weiß genau, wer es war.«

»Keiner? Ich bin bereits dreimal angerufen worden. Natürlich haben alle gewußt, daß niemand sonst die Frechheit zu so etwas aufbrächte. Eine sagte, Miss Burt hätte es ebenfalls erraten und gesagt, das wär' das Werk dieses verwilderten kleinen Mädels aus den Bergen.«

»Verwildertes kleines Mädel aus den Bergen!« wiederholte Liz empört. »Als ob ich eine Bergziege wäre!«

»Manch eine Bergziege würde schamrot werden, wenn sie das anstellte, was du dauernd ausheckst«, sagte Louisa mit einem ihrer seltenen Geistesblitze.

8

Am nächsten Abend klang Jonathans Stimme triumphierend durch die Leitung: »Hab' sie endlich gefunden!«

Einen Augenblick war Freddie wie vom Schlag gerührt.

»Was gefunden?«

»Unsere verständige Frau mit Erfahrung in Krankenpflege. Mindestens hat sie pflegerische Erfahrung schon gesammelt, und ich kann nur hoffen, daß sie auch verständig ist ... Ja, ziemlich jung. Ende Zwanzig. Blendende Erscheinung. Sie wird Mr. Standish bestimmt gefallen, und ich glaube, sie wird wohl auch allen Anforderungen gerecht, wenigstens für einen Monat. Es würde ihr zwar keine Lebensstellung garantieren, aber sie hat ganz ehrlich zugegeben, daß sie im Moment schlecht dran ist und besser zusieht, daß sie aus der Stadt herauskommt und zu sparen anfängt. Andernfalls würde sie sich, offengestanden, nicht um eine Stelle auf dem Land reißen.«

»Wie herrlich, klingt ganz danach, als wär' sie genau die Person, an der Vater Geschmack hat.«

»Das glaube ich auch, und ich kann nur hoffen, daß sie dabeibleibt. Jedenfalls hatte ich praktisch gar keine Wahl. Entweder hatten sie von Krankenpflege nicht die geringste Ahnung oder sie wollten nicht aufs Land gehen, oder sie besaßen offenkundig überhaupt keinen Verstand ... Sie kommt morgen mit dem Nachtzug. Kann jemand sie wohl um die gleiche Zeit, zu der du angekommen bist, abholen?«

»Aber ja, das werden wir schon so einrichten. Wie schnell das ging! Hast du sie etwa eingeschüchtert, Jonathan?«

»Ein bißchen. Offengestanden hab' ich ihr keine Zeit lassen wollen, sich die Sache noch mal anders zu überlegen. Und jetzt kannst du dir eine Platzkarte für deinen Zug besorgen.«

»Ich werde wohl abwarten müssen, wie sie sich macht. Aber nicht lang ... Ach, Jonathan, red doch nicht so. Du weißt genau, daß ich's gar nicht abwarten kann, wieder bei dir zu sein ... Nein, natürlich hat das nicht das geringste mit den Preishüten zu tun. Ich mach' schon für alles und jedes Pläne – eine ganze Woche lang ein himmlischer Einkaufsbummel nach dem andern!«

»Keine Woche. Du mußt vorher bei Angela sein. Drei Tage, nicht länger.«

»Aber drei Tage werden nie dafür reichen.«

»Was macht denn das schon aus? Den Rest kannst du doch erledigen, wenn wir verheiratet sind ... Im Ernst, mein Liebes, wenn du wirklich auf Angela Rücksicht zu nehmen gedenkst, darfst du deine Zeit nicht in der Stadt vertrödeln, so sehr ich's dir auch gönne. Kannst du nicht in Winslow einkaufen?«

»Doch, es ist eine ganz ordentliche Stadt, aber man kriegt da nicht alles. Es wird natürlich genügen, weil ich den Rest ja hinterher besorgen kann ... Doch, ich bestelle meine Platzkarte, sobald ich kann. Wir werden deine so blendend aussehende, nette, verständige Frau abholen. Wie heißt sie?«

»Diana Warren. Groß und blond, hat eine sympathische Stimme. Jedenfalls wird außer ihr wahrscheinlich sowieso keiner an eurer Station aussteigen. Dann, sobald du siehst ...«

Als Jonathan auflegte, war Freddie keineswegs überrascht, Mrs. Evans' Stimme zu vernehmen. Im Gegenteil hatte sie nachgerade damit zu rechnen begonnen und lauerte immer gespannt auf ihre Nebenbemerkungen. An diesem Abend sagte sie in sentimentalem Tonfall: »Na, Liebe, er scheint ja ganz schön ungeduldig, wie? Aber nehmen Sie's nicht tragisch. So sollte ein netter junger Mann nun einmal empfinden.«

Freddie murmelte Zustimmung und beeilte sich, Maxwell und Liz das Neueste von Mrs. Evans zu berichten. Als sie erfuhren, daß Jonathan nun schließlich doch jemanden zum Einspringen gefunden hatte, sagte Liz: »Oh, wie du mir fehlen wirst! Ist es nicht schrecklich, Max?«

Standish machte mit einem Mal einen etwas deprimierten Eindruck. »Ich weiß wahrhaftig nicht, ob ich mich darüber freuen soll, dieser gefährlichen Person auf Gedeih und Verderb ausgeliefert zu sein. Wie bald willst du uns denn schon verlassen, Freddie?«

»Natürlich nicht, bevor ich sehe, was für ein Mensch sie ist und wie du dabei fährst. Das Dumme ist nur, daß wir's ja wegen Angela nicht zu lange hinauszögern können.«

»Diese Mutterschaft!« sagte Standish mit einer Grimasse. »Nun ja, du kannst mich hier ruhig alleinlassen, obgleich ich dich bestimmt missen werde. Und fährst du nun geradewegs zu Angela?«

»Nein, zuerst in die Stadt zurück und dann mit dem Bus weiter. Ich werde aber nur ein paar Tage in der Stadt bleiben, da Jonathan, glaube ich, schon das Datum festgesetzt hat und alles.«

»Sehr vernünftig von ihm. Schade, daß du die doppelte Reise machen mußt. Wenn es jetzt nicht mit der Lammerei losginge und ich nicht gar so untauglich wär', könntest du mit dem Wagen direkt hinüberfahren. Erst zur Stadt zurück und dann dorthin weiter, bedeutet wirklich zwei Seiten eines Dreiecks abfahren.«

Da hatte Liz eine plötzliche Erleuchtung. »Freddie, es gibt einen Weg quer landein, wenn dir Bummelzüge nichts ausmachen. Es gibt einen Güterzug, der abends hier durchkommt und nachts an einen anderen Anschluß hat. Wenigstens glaube ich das. Ich will mal am Bahnhof anrufen und mich vergewissern. Der würde dich unmittelbar nach Winslow bringen. Nur, ich hab' jemand sagen hören, es wäre eine stinklangweilige Fahrt.«

»Das würde mir nichts ausmachen. Es wäre jedenfalls viel besser, als wenn ich zu einer unmenschlichen Zeit den D-Zug erwischen und jemand mich herunterfahren müßte, wenn hier gerade alle sowieso massenhaft Arbeit haben.«

»Das wäre nicht so schlimm«, sagte Liz mit ihrem gewohnten Selbstvertrauen. »Ich kann dich leicht zum Zug bringen, wenn du die Verteidigung willst. Aber die andere wär' lustiger, nicht wahr?«

»Viel, und ich würde einen Teil des Landes kennenlernen, den ich noch nie gesehen hab'.«

»Meiner Ansicht nach ist es eine ziemlich stumpfsinnige Gegend. Nichts Aufregendes. Nur eine Menge komischer kleiner Unterstände, die neben den Gleisen aufgebaut sind, wo sie ihre Milchkannen ausladen und die Wollballen einstellen und alles mögliche andere«, schloß Liz unbestimmt, da sie in Wirklichkeit überhaupt nichts darüber wußte. Dann fuhr sie blitzartig erleuchtet fort: »Du! Laß uns morgen nacht doch den Wagen nehmen und diese Miss Warren abholen. Total überflüssig, daß einer von den Männern aufsteht. Ich fahr' fürs Leben gern bei Nacht, und wenn du mitkommst, wird es ein Riesenspaß werden. Natürlich ist die Stunde ziemlich geisterhaft, weil wir hier um ein Uhr weg müssen, aber es wär' mal was andres. Was hältst du davon?«

Freddie war selbstverständlich Feuer und Flamme, und Liz hatte im Nu ihre Vorbereitungen getroffen. »Wir bitten Paps einfach, daß er herüberkommt und hier schläft, damit du dir um Max keine Sorgen machen mußt.«

Das war eine Bemerkung von der Art, die Standish jedesmal in Harnisch brachte. Diesmal fand er Unterstützung bei Jock Baker, der klarstellte, daß es mitten in der Nacht doch eine sehr einsame Fahrt für zwei Mädels sei. Die ganze Buschstraße, und überall könnten Erdrutsche und Bäume leicht die Straße versperren.

Mit diesen Einwänden wurde Liz sehr rasch fertig: »In Max' Wagen sind wir absolut sicher. Er ist so Spitzenklasse, daß uns mit ihm gar keine Panne passieren kann, und außerdem sind die Reifen neu und noch nie geplatzt. Was Erdrutsche und Bäume betrifft, das ist ja alles Quatsch. Ich kann sehr gut einen Baum zerhacken, während Freddie die Taschenlampe hält. Und wenn's ein Erdrutsch ist, na, ich bin doch praktisch mit einer Schaufel in der Hand zur Welt gekommen. Seid also keine Spießer, meine Süßen. Wir wollen doch so brennend gern fahren.«

Standish lachte. »Können geradesogut gleich nachgeben, Jock. Sie tut ja doch am Ende immer, was sie will, und sie werden vollkommen sicher sein. Sie wissen ja, Sie haben im Augenblick einen Haufen Arbeit, und jeden Morgen sind Sie schon um fünf auf den Beinen. Überlassen wir's also getrost den Mädels. Das Kind ist eine gute Autofahrerin, und die Chance, daß irgendwo was die Straße versperrt, steht eins zu hundert. Und selbst wenn, und sie können nicht damit fertig werden, bleibt ihnen immer noch die Möglichkeit, einfach im Wagen sitzenzubleiben, bis es hell wird, und das wird ihnen eine Lehre sein, einer Sache nicht allzu bombensicher zu sein.«

»Und jetzt müssen wir nur noch Lulu bearbeiten«, sagte Liz am Schluß der Diskussion.

Mrs. Wells aber war der weitaus schrecklichere Gegner.

»Eine Menge dummes Zeug. Zwei Mädels um Mitternacht allein in der Gegend herumkutschieren zu lassen! Ich weiß wirklich nicht, was dir in den Kopf kommt, seit Freddie hier ist. War schon vorher schlimm genug, aber jetzt hält dich überhaupt nichts mehr ... Wieso kann Tom diese junge Frau nicht abholen? Nicht, daß ich etwa nach diesem stillen Wässerchen Sehnsucht hätte. Diese Blondinen! Aber schließlich muß sie ja abgeholt werden ... Was? Dein Vater willigt ein? Das sieht ihm ähnlich! Er ist Wachs in deinen Händen und Mr. Standish ebenfalls. Bei den Männern kann mir doch glatt die Geduld reißen! Und was dich anbelangt, Elizabeth, dir ist ja sowieso nichts heilig, und du würdest deinen Schabernack noch unter meinen eigenen Augen mit mir treiben! Schön, alles, was ich dazu sagen kann, ist ...«

Und, so berichtete Liz: »Auf diese Tour fuhr sie zehn Minuten lang fort zu schimpfen und hörte dann plötzlich auf, nur um mir zu sagen, sie würde uns mit einem heißen Gesöff bei euch daheim erwarten, wenn wir zurückkämen – falls wir zurückkämen. Das ist bei ihr immer das Ende vom Lied, man braucht bloß darauf zu warten.«

Freddie freute sich ungeheuer auf diesen Ausflug. Trotzdem erzählte sie Jonathan, als er abends anrief, nichts davon. Zum Glück erkundigte er sich auch nicht, wie sie Miss Warren abholen wollten, da er viel zu stark mit Vorschlägen zu Freddies Abreise beschäftigt war. Als sie sagte, Liz hätte eine Überlandverbindung angeregt, auf der sie ohne erst den Umweg über die Stadt machen zu müssen direkt nach Winslow käme, zögerte er und erklärte dann: »Kannst du dich auf diese Verbindung todsicher verlassen? Diese Überlandgüterzüge sind sehr langsam und unpünktlich. Du wirst bestimmt nicht um Mitternacht irgendwo stranden wollen.«

»Sie muß schon in Ordnung sein, da Liz am Bahnhof hier angerufen hat, um sich zu vergewissern. Und es ist ja auch wirklich auf diese Art viel bequemer für alle, weil der Zug hier abends um sieben abgeht statt mitten in der Nacht. Alle haben gerade jetzt soviel mit dem Lammen zu tun, und sie arbeiten den ganzen Tag – da fände ich's richtig abscheulich, einen der Männer um diese Zeit heraustrommeln zu müssen. Abends kann Liz mich leicht hinbringen.«

Jonathan klang nicht begeistert. »Also gut«, sagte er, »aber paß auf, daß sie rechtzeitig abfährt, ja? Sie kommt mir reichlich überspannt vor. Ich wünschte wirklich, ich wär' nicht so überlastet. Dann könnte ich 'raufkommen und dich geradewegs hinüberfahren. Mir gefällt der Gedanke keineswegs, daß du da in der Nacht so alleine herumstrolchst.«

Und da war Freddie noch froher, daß sie ihm diese nächtliche Expedition nicht anvertraut hatte. Jonathan hörte sich nicht so an, als setzte er großes Vertrauen auf Liz' Fahrtüchtigkeit. Liz unterhielt sich abends gerade in der Küche mit Freddie, als Ian hereinkam. Er hatte Maxwell besucht und von ihm den beabsichtigten Ausflug der beiden Mädchen erfahren. Er verließ eben das Krankenzimmer, als er auf Liz stieß, die wie gewöhnlich sofort in Angriffsstellung überging.

»Vermutlich fängst du jetzt zu unken an und sagst, wir werden den Tod finden, falls wir heut nacht eine harmlose kleine Spazierfahrt in einem erstklassigen Auto unternehmen?« begann sie kampflustig, aber sein Lachen entwaffnete sie.

»Nichts davon, ich hab' mir nur gedacht, du würdest mich vielleicht diese Pflegerin abholen lassen. Ich – ich würd' ganz gern fahren.«

Eine unsinnige Behauptung, die Liz jedoch auftaute. In einem ihrer jähen Stimmungswechsel sagte sie: »Das ist wirklich lieb von dir, aber du hast deinen Schlaf genauso dringend nötig wie die anderen Männer. Du arbeitest genauso schwer. Und wir möchten so gern fahren, Ian. Es wird lustig werden.«

»Na, wenn du's gern möchtest, wirst du deinen Dickschädel auch bestimmt durchsetzen. Das ist das Schlimme bei dir. Du wickelst jeden um deinen kleinen Finger, sogar Mrs. Wells. Was du brauchst, ist ...«

»Ein guter, treuer Mann, der auf mich aufpaßt«, und das mit einem

Blick aus ihren grünen Augen, der Louisa entsetzt hätte und Ian in Lachen ausbrechen ließ. Er schüttelte den Kopf und trat geschlagen den Rückzug an.

Die beiden Mädchen gingen früh zu Bett, und Freddie stellte den Wecker auf halb eins. Jock schlief in Maxwells Haus, Liz, die keine Nerven zu besitzen schien, blieb allein bei sich daheim, sollte aber auf eine Tasse Tee herunterkommen. Freddie war schon auf und fix und fertig angezogen, als der Wecker rasselte. Sie ging in die Küche und bewegte sich fast geräuschlos, um die schlafenden Männer nicht aufzuwecken. Ein paar Minuten später ließ sich ein leichter Schritt auf der hinteren Veranda vernehmen und Liz schlüpfte in den Raum. Wie üblich trug sie eine grobe Baumwollhose, eine dicke Wolljacke und eine Windbluse, und ihre Augen funkelten vor Abenteuerlust.

»Wir dürfen Paps auf gar keinen Fall wecken, falls er sich's noch mal anders überlegt. Er hat damit schon heute abend vor dem Herunterkommen angefangen, und ich mußte ihm versprechen, daß wir sofort anrufen, wenn wir auch nur in die geringste Klemme geraten, selbst wenn wir dafür ein paar bedauernswerte Leute aus dem Bett holen müßten.«

»Ich glaube gar nicht einmal, daß wir das nötig haben. Ich hab' nur Angst, es könnte vielleicht ein riesiger Baum quer über der Straße liegen.«

»Nein, die ist in Ordnung. Ian hatte den Tierarzt heut nachmittag oben, und er mußte zugeben, daß Jack Grant unterwegs keinen Ärger hatte ... Der Tee ist prima! Ist da Paps am Schnarchen oder Max? Paps, möchte ich wetten. Ich glaube, Max brächte es überhaupt nicht fertig, so was Unanständiges wie schnarchen zu tun. Bist du soweit? Freddie, das ist doch wirklich ein Erlebnis!« Und die beiden tauschten ein triumphierendes Lächeln miteinander, das einfach nur besagen sollte, daß sie letzten Endes doch ihren Willen durchgesetzt hatten.

Der Wagen sprang sofort an, und sie glitten rasch die Zufahrt hinunter und hinaus auf die Straße, während Freddie immer wieder nervöse Blicke über die Schulter zurückwarf, aus lauter Angst, es könnte plötzlich ein Licht angehen. Im Haus indessen blieb alles dunkel, und Liz schöpfte erleichtert Atem, als sie den Hügel hinaufsteuerte und Gas gab. Einen Augenblick später rief Freddie: »Schau doch bloß, im Wardschen Haus brennt Licht. Du glaubst doch nicht etwa, daß Ian hinter uns herfahren will?«

Liz lachte. »Nein, so was würde er nie tun. Wahrscheinlich ist er hinausgegangen, um nach einer kranken Kuh zu sehen. Ich hab' dir doch gesagt, er hatte den Tierarzt heut nachmittag da. Er meint, sie würde schon wieder in Ordnung kommen, aber Ian gehört zu den ganz Gewissenhaften.«

Eine Fahrt in einem dunklen Wagen ist ganz dazu angetan, der Verschwiegenheit den Laufpaß zu geben. Also sagte Freddie: »Ian gefällt mir riesig. Er ist so zuverlässig und na ja – irgendwie schlicht ohne im geringsten dumm zu sein. Viel netter als Derrick.«

Sie dachte, sie kenne Liz inzwischen wirklich gut genug, um sich diese Meinungsäußerung erlauben zu können. Liz' Stimme klang diesmal ernst, als sie zurückgab:

»Ich weiß schon, Ian ist verläßlich und alles, aber mit Derrick ist es lustiger ... Ich meine, man könnte sich ganz und gar darauf verlassen, daß Ian stets gutgelaunt heimkäme und fragte: ›War der Tag schön für dich, Liebes? Wie steht's mit dem Tee?‹ sobald er nur zur Tür hereinschaut. Aber bei Derrick wärst du dir da nie sicher.«

»Bestimmt nicht, und ich finde das nicht besonders schön bei dem eigenen Mann. Jedenfalls kann ich mir nicht denken, daß Derrick überhaupt vorhat, irgend jemandes Ehemann zu spielen. Er wird sich eine lange Zeit herumamüsieren und dann ein Mädchen mit einem Haufen Geld heiraten, oder eine, die Zirkusreiterin ist oder eine, die sonst was Auffallendes und Ungewöhnliches tut.«

Liz schwieg eine Weile und sagte dann: »Er bleibt nicht mehr lange hier. Er ist ja nur für sechs Monate hergekommen, und sobald die Lammzeit vorbei ist, muß er auf seine eigene Farm gehn. Hört sich nach einem phantastischen Besitz an.«

Ihr Ton klang sehnsüchtig, und Freddie sagte lebhaft: »Zweihundert Meilen weit weg. Du würdest nie deinen Vater oder Max oder Mrs. Wells sehen können. Aber Liz, ich glaube einfach nicht, daß Derrick zu den Heiratswütigen gehört. Ich weiß, was ich sage, klingt sehr gescheit, aber ich hab' drei Jahre Krankenhauserfahrung hinter mir, und natürlich sieht eine Pflegerin eine Menge Männer, die sich mit ihr gern eine schöne Zeit machen würden. Im Anfang war ich ein komplettes Unschuldslamm, aber bald schon lernte ich, Männer abzuschätzen, und ich kann die richtigen jetzt ganz schön schnell herausklauben.« Sie lachte kurz auf. »Aber schließlich haben mir die besonnenen Typen immer am besten gefallen, auch wenn sie nicht so lustig sind.« Und das erinnerte sie mit einem leichten Gewissensbiß an Jonathan, weil sie ihm von diesem nächtlichen Abenteuer nichts erzählt hatte.

Es wird Zeit, dachte sie, das Thema zu wechseln. Liz schwieg, steuerte mit der ihr eigenen Sorgfalt und Zuverlässigkeit, und Freddie stellte fest: »Ich glaube fast, ich bin die einzige Zweiundzwanzigjährige in Neuseeland, die nicht fahren kann. Ich wünschte, ich könnte soviel wie du, Liz.«

»Was für ein Blödsinn! ›Du kannst viel, du tust viel.‹ Was denn zum Beispiel?«

»Einen Haushalt führen und Autofahren und eine Menge von Vieh verstehen.«

»Es würde dir nicht viel nützen, was vom Vieh zu verstehen, wenn du in der Stadt lebst. Viel wichtiger, was von Menschen und Krankheiten zu verstehen. Was das Autofahren betrifft, das wirst du schon lernen, sobald du verheiratet bist. Aber laß es dir ja nicht von Jonathan beibringen. Paps versuchte es mir zu zeigen, und ich ging prompt nach Hause. Danach probierte es Bill mit mir, und ich biß ihn.«

»Was?«

»Biß ihn. Ich schäme mich ja ziemlich darüber, aber ich hab's tatsächlich getan. Schau, er fuhr leicht aus der Haut. Ich lernte es auf einer Koppel, und da gab's weit und breit nur einen einzigen Baumstumpf, und irgendwie peilte ich ihn geradewegs an. Oh, ich hätte schon rechtzeitig abgedreht, aber er faßte mir ins Steuerrad mit einer Art Aufheulen und zerquetschte mir beinah die Hand. Also hab' ich ihn gebissen. Ach, nicht arg. Nur zwei kleine Zahnspuren.«

Beide prusteten los, und Freddie sagte: »Jetzt kommen wir in den Busch. Das ist der Teil, der mir Angst macht. Er ist so finster und einsam, nicht?«

»Ich bin dran gewöhnt und mag ihn ... Oh, was ist das?« Sie trat rasch auf die Bremse, gerade noch rechtzeitig, um einem Wagen auszuweichen, der zur Seite gekippt auf der Straße lag. »O je, jemand hat's erwischt. Ich möcht' wissen, ob sich irgendwer dabei verletzt hat.« Und sie hielt an und sprang heraus.

»Schau doch bloß, er ist auf dem lockeren Schotter ins Schleudern gekommen und gegen einen Baum gerast. Gib mir die Taschenlampe, ich will mal hineingucken ... Oh, Gott sei Dank, niemand drinnen. Sie können nicht verletzt sein. Ich wüßte wirklich gerne, ob es Jack Grant war. Sieht wie sein Wagen aus, aber hier herum gibt's so viele von diesem Modell. Ian hat den gleichen. O schön, wer immer es auch war, er ist gut herausgekommen, und wir können überhaupt nichts tun.«

Sie fuhren weiter. Ungefähr zwei Meilen tiefer im Busch stieß Freddie jedoch einen lauten Schrei aus, teils aus Furcht, teils aus Überraschung. »Hast du eben jemand am Rand des Buschs entlangwandern sehen? Das muß der Mann aus dem Wagen sein. Komisch, daß er uns nicht angehalten hat.«

Wiederum bremsten sie, und Liz setzte ein paar Meter zurück. Einen Augenblick später tauchte aus der Dunkelheit ein Mann auf und winkte ihnen zu. »Holla«, sagte Liz, »haben Sie einen Unfall gebaut? Ach, das ist ja gar nicht Jack.« Dann, als der Mann nichts erwiderte, fuhr sie in ihrer herzlichen Art fort: »Ich dachte, es wäre vielleicht unser Tierarzt gewesen. Der Wagen sah genauso aus wie seiner. Sind Sie verletzt?«

Er hatte jetzt den Wagen eingeholt und sagte gelassen: »Nicht der Rede wert. Ein bißchen durchgerüttelt und ein paar Beulen. Der Schotter war locker, und der Wagen rutschte gegen einen verdammten Baumriesen. Ich überleg' grad, ob Sie vielleicht in meine Richtung fahren?«

»Ich denke doch. Wir sind auf dem Weg zum Zug. Sollen wir Sie mitnehmen?«

»Ich könnt's brauchen. Hab' mich nicht sehr über die Aussicht gefreut, meilenweit zu Fuß bis zum nächsten Telefon laufen zu müssen. Macht's Ihnen sicher nichts aus?«

»Sicher nicht, oder, Freddie? Sie haben den ganzen Rücksitz für sich allein.«

Er machte eine Bewegung, als wollte er einsteigen, hielt dann aber inne und beugte sich besorgt über den Vorderreifen.

»Moment mal ... Nein, stimmt schon. Ich dachte, Ihr Reifen wär'n bißchen platt, es sieht aber bloß so aus, weil die Straße ein bißchen abschüssig ist.«

Er kletterte hinein, und Freddie fand, er sähe dünn und erschöpft aus. Ein netter Mann, soweit sie es bei dieser Beleuchtung beurteilen konnte.

»Wir müssen schauen, daß wir weiterkommen«, sagte Liz, »wenn wir uns nicht verspäten wollen. Massig Zeit, solang wir keinen Platten haben oder sonst was. Wissen Sie bestimmt, daß der Reifen in Ordnung war?«

»Ich denke schon, soviel ich sehen konnte. Jedenfalls, wenn wir Ärger kriegen, ich versteh' mich aufs Reifenwechseln«, und beide Mädchen dachten, wie glücklich sie sich doch schätzen konnten, jemanden gefunden zu haben, der mit einer kritischen Situation fertig zu werden vermochte.

Sie waren indessen noch nicht weit gekommen, als der Wagen einen Hopser machte und Liz anhielt. »Donnerwetter! Ich glaub', wir haben tatsächlich einen Platten!« Sie nahm die Taschenlampe und sprang schnell heraus, gefolgt von ihren Passagieren. »Verflixt, der Reifen muß schon platt gewesen sein, als Sie ihn sahen. Wie ärgerlich! Ich kann Reifenwechsel auf den Tod nicht ausstehen, schon gar nicht im Stockdustern.«

»Machen Sie sich darüber man keine Sorgen. Ich bin in diesem Fach beschlagen. Geben Sie nur die Taschenlampe her, damit ich ans Werkzeug 'rankann.«

Er war ein höchst geschickter und gefälliger Mensch, der im Handumdrehen den Kofferraum aufgeklappt und den Ersatzreifen herausgehoben hatte. Liz bot ihre Mithilfe an, aber er bat sie nur, die Taschenlampe zu halten. Auch Freddie stieg aus und stand dabei, kam sich hilflos vor und dachte darüber nach, daß die anderen vielleicht letzten Endes doch nicht so unrecht gehabt hatten. Ihr Fahrgast jedoch war sehr vergnügt und schwatzte nun munter während der Arbeit. Was machte er auf dieser Straße? Nun, er hatte dem Anschein nach Freunde hinter Smithville. Mit Namen Wilson; kannte Liz sie vielleicht zufällig? Liz kannte drei Familien namens Wilson, aber keine davon schien die richtige zu sein. Er hatte sich ziemlich lange dort aufgehalten – »Alte Kriegskameraden, redeten von Griechenland und Kreta« – und kannte die Straße nicht; vielleicht war er auch zu schnell gefahren.

Das Geschäft war bald erledigt, und der Mann sagte: »Ich glaube, er hat genügend Luft, aber wir wollen doch lieber sichergehn. Ich will ihn nur in die Straßenmitte fahren, damit er auf dem Ebenen steht. Wir wollen ja nicht noch eine Panne.«

»Nein, wahrhaftig nicht. Wir bleiben draußen und sehen nach, wenn der Wagen gerade steht.«

Der Mann kletterte hinter das Steuer, während sie den Wagen umrundeten, um besser zu sehen. Er ließ den Motor an – und dann passierte etwas Erstaunliches. Als er weich und rasch den Gang einlegte, lehnte er sich aus dem offenen Wagenfenster heraus, sagte: »Alles Gute! Danke schön fürs Mitnehmen. Tut mir wirklich leid, euch so zurücklassen zu müssen«, und ehe sie noch irgend etwas anderes tun konnten, als vor Staunen zu japsen, glitt der schwere Wagen schon geschwind in die Nacht hinaus. Für den Bruchteil einer Sekunde sahen sie noch den Strahl der Scheinwerfer über die Baumwipfel tasten; dann verschwand auch das, und alles war dunkel und still.

»Er hat den Wagen gestohlen«, keuchte Freddie.

»Max' herrlichen Wagen«, schrie Liz, und für eine Weile sagte sie kein Wort mehr. Die beiden Mädchen standen hilflos da und starrten den schwarzen Busch an, bis Liz plötzlich zu fluchen begann: ausdrucksvoll und einigermaßen ausführlich, während Freddie mit offenem Mund zuhörte.

Als Liz fertig war, gestand sie: »Jetzt fühle ich mich besser. Komisch, hab' vorher gar nicht gewußt, daß ich von solchen Wörtern überhaupt einen Schimmer hatte. Muß wohl eine Art Inspiration gewesen sein . . . Ach, Sapperlot, Freddie, was machen wir jetzt? Bis zum nächsten Haus sind's mindestens fünf Meilen, wahrscheinlich mehr, weil wir noch nicht halb durch den Busch durch sind. Hast du jemals einen solchen Teufel gesehen?«

»Nun, ich hab' ihn nicht sehr gut gesehen«, sagte Freddie. »Aber er schien so nett, und er ist ein Kriegsheimkehrer.«

»Kriegsheimkehrer, du liebe Güte! Ich geh' jede Wette ein, daß der mit dem Krieg überhaupt nicht in Berührung gekommen ist. Kam nicht weiter als bis zum erstbesten traulichen Unterschlupf.«

Hierin täuschte sie sich jedoch. Der Mann, der auch jetzt noch mit sechzig Meilen Stundengeschwindigkeit dahinjagte und längst aus dem Busch heraus war, hatte sich als tapferer Krieger ausgezeichnet. Leider hatte er sich auch auf diversen anderen Gebieten ausgezeichnet.

»Na schön, ich hab' all meine Flüche aufgebraucht, also ist es sinnlos, hier noch länger 'rumzustehen«, sagte Liz traurig.

»Je eher wir uns in Marsch setzen, desto besser. Das Scheusal hat sogar unsere Taschenlampe mitgehn lassen. Nur gut, daß wir beide flache Absätze anhaben.«

Aber selbst flache Absätze können auf die Dauer sehr ermüdend sein. Ehe sie sich noch in der Dunkelheit zwei Meilen weitergeschleppt hatten, auf dem rauhen Schotter immerfort ausrutschend und stolpernd, waren sie schon total erschossen, und hatten alle Namen, die ihnen für ihren Mitfahrer selig nur einfielen, erschöpft.

»Ich nehme an«, sagte Freddie zögernd, »daß es um diese Zeit keine Chance gibt, jemanden anzuhalten? Warten ist wohl sinnlos, wie?«

»Nicht die geringste. Es ist die gute Miss Warren, die zu warten hat. Der Straßenarbeiter wird vermutlich der erste sein, der hier mit seinem Wagen durchkommt ... Ach, Freddie, du bist ein wahrer Engel, daß du nicht auf Maxwells wunderbarem Wagen herumhackst. Er wird ihn sicher genauso in Grund und Boden fahren, wie den andern. Leuten, die einfach mir nichts dir nichts fremde Wagen mitgehn lassen, ist es wurst, was mit den geklauten passiert. Armer Max – ich hoff' wirklich, das haut ihn nicht wieder um.«

»Bestimmt nicht«, sagte Freddie nachdrücklich. »Der Wagen wird ihm keine Kopfschmerzen machen. Er sagt ja dauernd selbst, daß er felsenfest an eine gute Versicherung glaubt. Und vielleicht fährt ihn der Mann ja auch gar nicht zuschanden. Ich glaube, beim letzten Mal kam er tatsächlich ins Schleudern, und er fuhr mit überhöhter Geschwindigkeit.«

»Er wird auch jetzt wie der geölte Blitz dahinsausen. Wenn er Bruch damit macht, hoffe ich allerdings, daß er sich selbst das Genick dabei bricht ... O Freddie, der Busch will scheint's überhaupt kein Ende nehmen, und du humpelst schon.«

»Nicht so schlimm«, sagte Freddie tapfer. »Nur eine kleine Blase an der Ferse, denke ich. Weißt du zufällig, wieviel Busch da noch kommt?«

»Nicht mehr sehr viel, glaub' ich, aber es ist furchtbar schwierig, in der Finsternis die Markierungssteine zu erkennen, und außerdem sieht der Busch überall gleich aus ... Oooo! das war ein verdammt spitzer Stein ... Würde das Lulu nicht entsetzlich finden? Sie sagt immer: ›Keine Kraftausdrücke, Elizabeth! Versuche dich wie eine Dame zu benehmen‹«, und Liz lachte versuchsweise.

»Im Moment wird sie wohl kaum von dir verlangen, daß du dich wie eine Dame benimmst«, antwortete Freddie, und dann hastig: »Liz, ich glaub', ich hab' was gehört ... Ob er zurückkommt? Sollte das nur ein schlechter Witz gewesen sein?«

Sie standen still, atmeten schwer, und dann sagte Liz: »Er nicht. Es kommt aus der entgegengesetzten Richtung – und es ist wirklich ein Wagen. Ach, Freddie, ich kann's nicht fassen!«

Ja, es stimmte schon. Die Nacht war sehr still; nur das gelegentliche Rascheln eines schlafenden Vogels im Gezweig durchbrach dann und wann das große Schweigen. Aber für einen Augenblick war da auch das Geräusch eines Motors zu hören gewesen. Und es war keine Einbildung, denn nun huschten tastende Lichter eines Scheinwerfers hinter ihnen über die Bäume hinweg. »Es ist ein Auto!« schrie Liz. »Renn, Freddie, und mach, daß du von der Kurve wegkommst. Er könnte uns übersehen. Stell dich in die Mitte der Straße und brüll so laut du kannst.«

Jetzt hörten sie den Motor ganz deutlich. Es war ein älteres Modell als der prächtige, geräuschlose Wagen, den sie eingebüßt hatten, aber er wurde in sehr hohem Tempo gefahren. Sie standen weit genug von der Kurve entfernt, und Liz sagte: »Wenn wir doch bloß die Taschenlampe hätten. Falls er sehr schnell kommt, wird er uns überholt haben, eh er uns auch nur sieht.«

»Mir egal«, sagte Freddie, mannhaft ihren Posten beziehend, »ich würde mich lieber überfahren lassen, als mit meinen Blasen an den Fersen noch meilenweit marschieren zu müssen.«

Der Wagen hatte wirklich ein hohes Tempo drauf, aber er wurde vorsichtig gefahren, und als die Scheinwerfer die beiden verlorenen Gestalten mitten auf der Straße ertasteten, wurde schleunigst, aber sicher auf die Bremse getreten. Einen Augenblick später sagte eine ihnen wohlbekannte Stimme: »Was zum Teufel ...?« und Ians erschrockenes Gesicht guckte zu ihnen heraus.

»O Ian, du hast uns das Leben gerettet!« schrie Liz und warf sich ihm vor Erleichterung fast an den Hals. »Wir sind gestrandet. Wir sind Meilen gelatscht. Mir fallen absolut keine Flüche mehr ein, und wir sind verzweifelt.«

»Willst du mir bitte erzählen, was ihr hier eigentlich treibt und wovon du redest?« fragte Ian. »Aber steigt ein, ich muß mich dranhalten. Ich bin hinter einem Autodieb her - und Schlimmeres.«

9

Im Wagen herrschte minutenlang Totenstille; dann sagte Liz mit dünnem Stimmchen: »Ein Autodieb ... Das war doch nicht ... etwa dein Wagen da hinten, der auf der Seite lag?«

»Er war es«, antwortete Ian grimmig. »Der Flegel hat ihn irgendwann heut nacht aus dem Schuppen gestohlen.« Und plötzlich: »Aber was ist eigentlich passiert? Wieso strolcht ihr hier im Busch herum? Wo ist euer Wagen?«

Freddie hörte sich selbst entsetzt in ein hoffnungsloses Gekicher ausbrechen. Liz hatte es ausnahmsweise einmal die Sprache verschlagen, und Ian wiederholte gereizt: »Was ist los? Ihr habt doch nicht etwa Mr. Standishs Wagen zu Schrott gefahren? Wart ihr auf dem Rückmarsch, um Hilfe zu holen?«

Liz schluckte verzweifelt und sagte: »Nein, wir haben den Wagen nicht zu Bruch gefahren. Ein Mann hat ihn gestohlen. Er ist jetzt schon fast eine Stunde auf und davon.«

»Was!« Der Wagen machte einen Seitensprung, aber Ian fand es nicht der Entschuldigung wert. »Red doch vernünftig, Liz«, forderte er statt dessen laut. »In drei Teufels Namen, was ist passiert?«

»Genau das, was ich gesagt hab'. Vermutlich handelt es sich um denselben Mann, der deinen Wagen geklaut hat. Er sagte, er wär' weiter hinten mit seinem gegen einen Baum gefahren.«

»*Sein* Wagen! Hol ihn der Henker! Es stimmt schon, er hat Kleinholz draus gemacht, aber es war mein Wagen ... Wieso habt ihr ihn gesehen?« Er sprach sehr laut, um den Lärm des Motors, dem er das Äußerste abverlangte, zu übertönen.

»Brüll mich nicht so an«, bat Liz kläglich. »Es ist alles so schrecklich gewesen, und unsere Schuld war's nicht.«

»Dann erzähl mir jetzt bitte mal, was eigentlich passiert ist, und fang nicht mit deinen üblichen Ausflüchten an.«

»Na ja, wir gondelten gerade ganz friedlich dahin, als wir den umgekippten Wagen da liegen sehen, und ein paar Meilen weiter wandert dieser Mann auf der Straße entlang. Also hab' ich natürlich gebremst. Wie konnte ich wissen, daß es ein Autodieb war?«

»Er ist noch ganz was andres. Er ist ein entflohener Sträfling.«

Das schien Liz auf seltsame Weise zu befriedigen. »Wahrhaftig? Weißt du auch, daß ich mir immer schon gewünscht hab', mal einem ausgerissenen Gefangenen zu helfen?«

»Nun, das hast du, wenn dich das trösten kann. Wir werden ihn in diesem schnellen Wagen niemals einholen.«

»Was ich meine, ist, man schickt sie doch oft wegen irgendeinem kleinen Vergehen oder vielleicht auch irrtümlicherweise ins Gefängnis.«

»Wirklich? Tun sie das? Das hab' ich noch nicht gewußt.« In seiner Stimme lag beißender Sarkasmus. »Dieser Mann hat fünf Jahre für gewalttätigen Raubüberfall bekommen. Kein kleines Vergehen und auch kein Irrtum.«

Freddie hielt die Luft an. »Wollen Sie damit sagen, er hat jemand weh zu tun versucht?«

»Hat er und obendrein mit Erfolg. Ein Polizist mußte anschließend für einen Monat ins Krankenhaus. Wußtet ihr denn nicht, daß der Mann entwischt war? Hört ihr denn nie Radio?«

»Letzte Nacht nicht, weil wir früh schlafen gingen«, erklärte Freddie. »Haben sie durchgegeben, daß er sich in diesem Distrikt aufhielt?«

»Nein, aber er floh aus dem Eastdale-Gefängnis, als sie ihn eben in ein anderes Gefängnis überführen wollten. Eastdale ist nur etwa hundert Meilen von hier weg. Natürlich stahl er einen Wagen. Oh, was war ich doch für ein Kamel, daß ich die Anlasserkurbel nicht aus meinem herausgenommen hab', aber ich hatte mit dieser kranken Kuh gerade genug zu tun und hab's vergessen.«

»Wie geht es ihr denn?« unterbrach Liz - taktlos, wie Freddie dachte. »Ich hoffe so sehr, daß sie wieder gesund wird.«

Statt Ian damit zu reizen, wie Freddie angenommen hätte, schien es ihn im Gegenteil zu besänftigen. Farmer, überlegte Freddie, waren in bezug auf ihr Vieh sehr leicht zu rühren. »Sie wird schon wieder«, sagte er kurz. »Jedenfalls war ich 'rausgegangen, um nach ihr zu sehen, und zufällig warf ich im Vorbeigehn rasch einen Blick in den Schuppen. Das Auto war weg. Ich hatte den Schlüssel abgezogen und wollte für den Anlasser noch mal zurückkommen. Wie es diese Kerle nun mal verstehen, hatte er ihn einfach ohne Schlüssel angelassen, und der Schuppen steht auf einem Hügel, so daß ich überhaupt nichts spannte. Bis ich nach der Kuh sehen ging, hab' ich mit keinem einzigen Gedanken daran gedacht.«

»Darum also brannte in Ihrem Haus Licht, als wir dran vorbeikamen«, sagte Freddie, »Liz hat sich schon gedacht, daß Sie sicher nach der Kuh schauen würden.«

»Ich hörte euren Wagen, aber ich war grad erst aufgestanden und noch nicht draußen gewesen. Schade, ihr hättet mich mitnehmen können, und dann wär' das Ganze überhaupt nicht passiert. Als ich sah, daß der Wagen weg war, rief ich die Polizei an. Shale ist unter anderem für Kettenautodiebstahl berühmt. Dann nahm ich Vaters Wagen und setzte ihm nach . . . Aber, Liz, wieso hat er sich mit dem Wagen eigentlich ohne euch zwei auf und davon machen können?«

Liz war sehr müde und ziemlich verquer. »Himmel, hättest du denn etwa nicht auch für einen Mann angehalten, der im Finstern mutterseelenallein durch den Busch wandert? Nette Autofahrer benehmen sich Anhaltern gegenüber immer freundlich.«

»Man kann Freundlichkeit auch übertreiben, besonders morgens um zwei Uhr. Schön, du kamst also zum Stehen, und vermutlich band er euch den bekannten Bären auf, wie er meilenweit nach Hilfe laufen müsse, und ihr habt ihm angeboten, ihn mitzunehmen. Genauso was Idiotisches könnt auch nur ihr tun – zwei Mädels allein um diese Zeit auf der Buschstraße. Begreift ihr denn gar nicht, daß er euch leicht eins über den Schädel hätte geben können?«

»Quatsch«, sagte Liz. »Zu der Sorte gehört er überhaupt nicht.«

»Wirklich nicht? Dieser Polizist würde dir nicht zustimmen.«

»Jedenfalls hat er's nicht getan, folglich brauchst du auch nicht weiter ein Geschrei darüber zu machen. Er war äußerst höflich, und als wir einen Platten hatten, wechselte er im Nu das Rad.«

»Einen Platten?« wiederholte Ian scharf. »Die Reifen waren neu, und auf dieser Straße gibt's nichts, was sie durchlöchern könnte. Ich wette, er hat den gleichen Trick angewandt, den er schon einmal ausprobiert hat – das Ventil losgeschraubt, die Luft 'rausgelassen und anschließend gesagt, der Reifen wäre platt.«

Freddie war entsetzt. »Hat er das wirklich getan? Oh, wie gemein!« Liz jedoch hatte sich inzwischen entschlossen, in die Offensive zu gehen. »Na gut, du scheinst ja über alles bestens Bescheid zu wissen. Merkwürdig, daß du deinen eigenen Wagen dann nicht sichern konntest, dann hätten wir nämlich den Mann nie getroffen. Vielleicht hat er's wirklich so gemacht. Wie sollten wir das denn wissen? Wir sind in kriminellen Tricks nicht so bewandert wie du. Jedenfalls hatte ich nach einer Meile so ein komisches Gefühl mit der Steuerung, und da wußte ich, daß wir einen Platten haben mußten, und stell dir doch nur vor, wie hilflos wir dann ganz allein im Busch aufgeschmissen gewesen wären, wenn wir ihn nicht gehabt hätten.«

Ian seufzte vernehmlich. »Wenn ihr ihn nicht gehabt hättet«, sagte er, jedes Wort laut und deutlich betonend, als spräche er zu einem zurückgebliebenen Kind, »wenn ihr Shale nicht im Wagen gehabt hättet, hättet ihr keinen Platten gekriegt. Wie du zugeben mußt, war das sein Machwerk.«

»Dann finde ich wirklich, daß er ein sehr gemeiner Mann war«, sagte Freddie, als ob ihr der Gedanke gerade aufgedämmert wäre.

Mit verzeihlicher Bissigkeit bemerkte Ian, das sei wirklich die Idee des Tages. »Aber auch so, selbst wenn ihr einen Platten hattet, wie zum Teufel hat er es nur fertiggebracht, euch aus dem Wagen zu kriegen?« fragte er reichlich grob.

»Das war ein großer Fehler«, erwiderte Liz betrübt. »Schau, wir standen am Straßenrand, und er wollte sehen, ob der Reifen genug Luft hätte, deshalb fuhr er ihn in die Mitte und bat uns, nachzugucken. Natürlich hätten wir nie gedacht ...«

»Das«, sagte Ian schneidend, »ist die zweite große Idee des Tages. Und dann fuhr er einfach weg und lachte euch aus?«

»Das hat er nicht getan«, sagte Liz empört. »Ich meine, er hat nicht gelacht. Er bedankte sich bei uns sehr höflich fürs Mitnehmen und entschuldigte sich, daß er uns da so zurücklassen müsse.«

Ganz plötzlich brach Ian in ein schallendes Gelächter aus, und als sie so an seinen zertrümmerten Wagen dachte, sich ins Gedächtnis zurückrief, wie sie dem Verbrecher zur Flucht in Maxwells erstklassigem Wagen verholfen hatten – da fand Freddie das wirklich höchst kameradschaftlich von ihm. Als sie das laut verkündete, pflichtete ihr Liz zu ihrer Überraschung bei. »Ich finde wirklich, du hast dich im großen und ganzen wie ein Schatz benommen, Ian, weil es natürlich schon ziemliches Pech ist.«

»Eine Untertreibung. Ich meinerseits würd' es lieber mit sehr viel deftigeren Ausdrücken belegen.«

»Tu's nur«, drängte sie ihn herzlich. »Weil ich's nämlich auch getan hab'. Ich stand da mitten auf der Straße und fluchte, wie – wer immer es ist, der am schlimmsten flucht. Jedenfalls wie ein Mann, der gerade dabei ist, seine Hunde abzurichten, denn dabei muß ich's aufgeschnappt haben. Ich hatte keine Ahnung, daß ich solche Ausdrücke auch nur wußte.«

Ian lachte wieder und nahm die Hand für einen Augenblick vom Steuer, um ihre kleine kalte fest zu drücken. »Das hat dir gutgetan. Am besten, immer den Dampf ablassen. Als ich meinen Wagen sah, hab' ich's auch so gemacht. Aber was mich erstaunt, Liz: Wie seid ihr beiden Mädchen nur darauf gekommen, ausgerechnet einen Mann, der sich um diese Zeit auf der Straße herumtreibt, mitzunehmen? Ihr wußtet doch bestimmt, daß er nichts Gutes im Schild führen konnte.«

»Wie hätten wir's denn ahnen sollen?« fragte Freddie. »Ich meine, es hätte doch irgendwer sein können, Ian. Genau, wie es hinterher wir waren.«

Liz verlieh dem noch mehr Nachdruck. »Papa sagt immer zu mir, ich soll die Leute auf dem Land, die Anhalter spielen, jedenfalls mitnehmen«, sagte sie erhaben. »Er verachtet selbstsüchtige Autofahrer.«

»Leute, die du kennst, nicht fremde Männer«, korrigierte Ian. »Das weiß ich sehr gut, weil ich nämlich selbst dabei war, als er das zu dir sagte. Versuch also bloß nicht, mir das auf die Nase zu binden, kleine Liz. Ihr wart total verrückt, und ihr habt Mordsglück gehabt, daß ihr mit dem Verlust des Wagens davongekommen seid.«

»Willst du damit andeuten, wir könnten jetzt vielleicht bewußtlos und blutend am Straßenrand liegen?« fragte Liz einigermaßen belustigt und hochdramatisch.

Dieses Bild jedoch überforderte Ians Gleichmut um ein Beträchtliches, und er fuhr sie an, den Mund zu halten und ihre Sensationslust hinunterzuschlucken. »Und jetzt ist die Frage, was wir als nächstes tun sollen. Natürlich haben wir nicht die leiseste Hoffnung, Shale noch einzuholen. In Mr. Standishs Wagen merkt man achtzig Sachen überhaupt nicht, und er ist ein erstklassiger Fahrer und völlig rücksichtslos.«

»Gräßlicher Mann«, sagte Liz rachsüchtig. »Er redete über den Krieg. Ich wette, der ist überhaupt nie in seine Nähe gekommen.«

Ian indessen war gerecht. »Ist er tatsächlich und außerdem hat er in seiner Einheit einen erstaunlichen Ruf genossen. Als er heimkehrte, schien er sich jedoch an keinem festen Ort niederlassen zu können, und da schlitterte er dann schließlich von einem Verbrechen ins andere.«

»Wie schrecklich«, sagte Freddie, und ihr weiches Herz schwamm in Rührung, so daß sie darüber sogar die Blasen an ihrer Ferse vergaß. »Wenn doch nur irgendeine nette Frau . . .« Sie verstummte plötzlich und kam sich reichlich albern vor.

Ian schob Shales Vergangenheit beiseite.

»Dann werde ich wohl mal in ein Farmhaus hineingehen müssen und telefonieren. Obwohl mir der Gedanke, um diese Zeit Leute aus dem Bett holen zu müssen, gar nicht behagt. Wann genau läuft der Zug ein? Wir wollen diese Frau doch nicht allzu lange warten lassen.«

»Er kommt um drei an.«

Er warf im Schein des Armaturenbretts einen Blick auf seine Uhr und erklärte: »Wir sind schon ein bißchen spät dran. Ich denke, ich riskier' es ruhig und fahr' bis zum Bahnhof durch und ruf' dann vom Bahnwärterhaus aus an. Er ist ein anständiger Bursche, und eine halbe Stunde macht jetzt wohl auch nichts mehr aus. Shale ist längst über alle Berge, und der Himmel mag wissen, wann Mr.

Standish seinen Wagen wiedersieht. Übrigens, welche Nummer hat er, Liz?«

»Frag nicht so dumm, Ian. Du weißt doch, daß ich mir nicht mal unsere eigene Autonummer merken kann, wie um alle Welt sollte ich dann die von Max wissen? Wenn ich mir doch bloß deine gemerkt hätte, dann hätt' ich deinen Wagen erkannt und gleich gewußt, daß da was faul war.«

»In diesem Fall, fürchte ich, werd' ich wohl anrufen müssen, um deinen Vater zu fragen. Er schläft doch heute nacht drüben? Ich tu's nicht gern. Es könnte Mr. Standish einen ordentlichen Schrekken einjagen.«

Freddie kicherte. Soweit sie sich erinnern konnte, hatte sie ihren Vater noch kein einziges Mal über irgend etwas einen Schrecken bekommen sehen, nicht einmal, als sie versucht hatte, ihn mit Anna Lorimer zu verkuppeln. »Vater ist überhaupt nicht so«, sagte sie deshalb. »Materielle Dinge lassen ihn ganz kalt, und außerdem hält er sich für enorm hoch versichert. Entweder bekommt er diesen zurück oder er kauft sich einen neuen. Fest steht, daß er es wahrscheinlich für einen guten Witz halten wird, und dann hat er wenigstens was, worüber er sich totlachen kann.«

»Jedenfalls kann ich ihm mitteilen, daß ihr heil und munter seid«, meinte Ian; aber Liz unterbrach ihn: »Ich glaube, er wird sogar über uns lachen. Er wird sich schon denken, daß uns nichts Ernsthaftes zustößt, aber er wird uns wie verrückt aufziehen, weil wir die Sache so verkorkst haben, besonders nachdem Paps sagte, wir sollten die Finger davon lassen.«

Nach allem, was er von Max wußte, hielt Ian das zwar durchaus für möglich, billigen indessen konnte er es nicht. Noch immer stand ihm die Erinnerung an diese beiden trostlosen Gestalten, die da traurig winkend auf der nachtdunklen Straße warteten, deutlich vor Augen. Alles und jedes hätte ihnen zustoßen können, und davon waren ein sehr weiter Marsch und vollständige Erschöpfung noch das geringste. So sollten Väter nicht sein, dachte er und beschloß, seine Verpflichtungen, falls er je in diese glückliche Lage käme, weitaus ernster zu nehmen.

Er holte aus der alten Karre das Äußerste heraus und fühlte sich leise schuldig, weil er die Polizei nicht sofort informierte. »Hoffentlich denkt Miss Warren nicht, wir hätten sie versetzt«, sagte er, als sie vor dem stillen Bahnhof anhielten, wo nicht die geringste Spur von einem Zug zu sehen war.

Doch war von Miss Warren ebenfalls keine Spur zu entdekken. Der Beamte kam heraus und begrüßte sie überrascht. Nein, von einer Dame hatte er nichts gesehen; kein Reisender war aus dem Zug ausgestiegen. Die drei standen da und starrten sich entgeistert an. Schließlich stellte Freddie recht unzulänglich fest: »Sie ist nicht gekommen. Das Ganze für die Katz. Ich fand ja schon, daß Jonathan ziemlich skeptisch klang, als hätte er Angst, sie könnte uns versetzen.«

»Schön, das hat sie, und folglich können wir uns wieder auf den Rückweg machen«, sagte Liz schlaff. »Was für eine Jammergestalt von einem Weibsbild. Sie hätte es uns wenigstens mitteilen müssen. Wir hätten in unseren Betten schlafen können, und Max hätte jetzt noch seinen Wagen sicher in der Garage.«

Ian und der Bahnbeamte vertraten einträchtig die Ansicht, daß es überhaupt keinen Verlaß mehr darauf gab, was sich die Leute heutzutage in den Kopf setzten, vor allem, wenn es sich um Stellen drehte. Danach erzählte Ian ihm ihr Abenteuer, und der Beamte nahm starken Anteil. »Wieder dieser Shale! Ich hörte, er war ausgebrochen ... Und er klaute also euren Wagen? Hübsch gerissen, wie? Kein bißchen anständig von ihm, euch so auf dem Trocknen sitzen zu lassen.« Und nach dieser unzureichenden Darstellung wollte er gern Ian zu seinem Haus mitnehmen und ihm zeigen, wo das Telefon stand. »Und dann komm' ich zurück. Nicht, daß die Güter schon so bald fällig wären, aber man kann mit diesem Shale hier herum nie wissen ...«, schloß er unbestimmt.

Ian rief bei Standish an, weckte Jock (und sicher auch alle anderen Mehrsprechteilnehmer) und erkundigte sich nach der Wagennummer. »Sagen Sie Mr. Standish, daß es den Mädchen gutgeht. Jetzt, wo ich die Nummer hab', kann sich die Polizei direkt Shale auf die Fersen heften. In zwei Stunden werden wir dasein. Falls Mrs. Wells durchs Telefon wachgeworden ist, sollten Sie ihr lieber sagen, daß alles in Ordnung ist ... Die Pflegerin? Die ist überhaupt nicht aufgekreuzt. Kriegte eine andere Stelle, nehme ich an, und machte sich nicht mal die Mühe, Dr. Blake davon zu unterrichten ...«

Und das war genau das, was Diana Warren getan hatte.

Selbst Liz machte während der Heimfahrt kaum den Mund auf. Jetzt, da die Aufregung vorüber war, kam ihr die Übermüdung erst richtig zu Bewußtsein. Die Dämmerung brach an, als sie die Hügelkuppe erreichten, und sie sagte: »Ich finde den Gedanken, Max jetzt unter die Augen treten zu müssen, einfach gräßlich. Paps wollte uns nicht fahren lassen.«

Ian hütete sich einzuflechten, er hätte es ja ebensowenig gewollt; statt dessen lenkte er ungefähr eine Meile mit einer Hand, während die andere Liz' Hand umklammerte. »Es wird schon wieder werden«, sagte er. »Mr. Standish ist bestimmt so froh, daß die neue Pflegerin nicht gekommen ist, daß ihn der Wagen überhaupt nicht interessieren wird.«

Damit hatte er recht, trotzdem war es ein kitzliger Moment, als Louisa Wells die Mädchen an der Tür in Empfang nahm. »Nun«, sagte sie unheilverkündend, »diese Geschichten ... O ja, ich hab' das Klingeln gehört und mir gleich gedacht, daß da was schiefgegangen ist, deshalb kam ich herunter. Was hab' ich euch gesagt? Purer Wahnsinn, diese Herumkutschierereien ... Wundert mich wirklich, daß ihr beide nicht totgeschlagen worden seid.«

»Wir hatten ziemliches Glück, nicht?« fragte Liz müde und machte eine Kehrtwendung, um Ian, der sich schon auf französisch empfehlen wollte, gute Nacht zu wünschen. Dann stakste sie ins Haus, und Freddie sah erschocken, wie erschöpft sie aussah. Mrs. Wells bemerkte es ebenfalls, und als Liz sagte: »Schimpf nicht, Lulu. Ich heul' gleich los, wenn du schimpfst. Ian war schon grantig genug zu mir, und wenn du's jetzt auch noch bist, kann ich's einfach nicht mehr ertragen«, legte die Frau rasch ihren Arm um sie.

»Kommt herein und steht nicht so herum. Ihr seid ja richtige Eisblöcke. Ian Ward hätte ich auch mehr Grips zugetraut. Was geschehen ist, ist geschehen, und wer hat damit angefangen, indem er sich nicht ordentlich um sein Auto kümmerte und diesen Häftling damit entwischen ließ?«

»Was sagt Max dazu?«

Sie waren jetzt in der Küche angelangt, und Liz ließ sich auf den nächstbesten Stuhl plumpsen. Mrs. Wells hörte sich beruhigend an: »Mr. Standish? Unnötig, sich seinetwegen aufzuregen. Ganz unerhört, wie er sich vor Lachen einfach ausschütten wollte, als er es erfuhr. Nun, dein Vater benahm sich menschlicher und ging stracks nach Hause, um da zu sein, wenn du zurückkommst. Alles, was Mr. Standish von sich gab, war: ›Solang sie nur gesund und munter sind – was macht's da schon groß? Führen Sie kein solches Theater auf, Jock. Die Geschichte ist großartig, und ich freu' mich schon drauf, alle Einzelheiten darüber erzählt zu bekommen.‹ Ich finde manche Menschen wirklich unbegreiflich, wirklich ... Aber komm jetzt mit heim, Kind. Ich brüh dir einen starken, heißen Tee auf. Freddie hat sicher nichts dagegen. Sie macht sich schon selbst eine Tasse Tee, nicht wahr?«

»Natürlich. Für Liz ist's viel besser, jetzt gleich heimzugehen.«

Mrs. Wells erklärte verteidigend, daß sie schon gerade genug am Hals hatte, auch ohne Elizabeths Kindermädchen zu machen. Dann legte sie ihren knochigen Arm um die Hüfte des Mädchens und sagte: »Jetzt trödle hier nicht herum. Ich hab' dir eine schöne Wärmflasche ins Bett gelegt, und du nimmst ein Aspirin und bleibst für den Rest des Tages hübsch im Bett, also bitte keine Widerreden. Höchste Zeit, daß dich jemand mal fest in die Hand nimmt«, und damit wünschte sie Freddie eine gute Nacht und führte das Mädchen mit fester Hand hinaus.

Freddie kam sich ziemlich vernachlässigt vor, wie sie da so allein in der hellerleuchteten Küche zurückblieb. Schließlich war auch sie todmüde und hatte Blasen an der Ferse. Jemanden dazuhaben, der einen so bemutterte, müßte schön sein. Allerdings hatte sich Alicia niemals einfallen lassen, ein Mitglied ihrer Familie auf diese liebevoll tyrannisierende Weise zu behandeln. Lächerliche Vorstellung, und Freddie gelangte zu dem Schluß, daß man nicht entbehren kann, was man nie besessen hat, und jedenfalls hatte sie Jonathan, und der wog alle Mütter der Welt auf.

Aus diesen schläfrigen und wirren Gedanken schreckte sie ein Ruf aus Maxwells Zimmer auf. »Komm doch herein und erzähl mir das Ganze einmal. Du hast mich gründlich wach gemacht, also sehe ich gar nicht ein, warum du ins Bett gehen sollst, bevor du es mir nicht mit deinen eigenen Worten berichtet hast.«

Mit schleppenden Schritten ging sie zu ihm hinein. »Vater, es tut mir so leid mit deinem Wagen, aber wer hätte gedacht ...«

»Andere schon, aber nicht du oder Liz.« Er hatte sich im Bett aufgesetzt und sah sehr rosig und höchst zufrieden mit sich selbst aus. Dann fiel ihm plötzlich auf, wie blaß und müde seine Tochter war, und da dachte er ausnahmsweise auch einmal an jemand anderen als sich selbst. »Laß jetzt den Wagen! Er spielt keine Rolle. Wahrscheinlich werde ich ihn wiederbekommen, und wenn er gelitten hat, ist das Sache der Versicherung. Mich interessiert im Moment nur, daß du wie ein Häufchen Elend ausschaust . . . Aber ich kann wirklich nicht verstehen, daß ihr Mädels diesem Kerl angeboten habt, ihn mitzunehmen.«

»Wie sollten wir denn wissen, daß es sich um einen entsprungenen Häftling handelte?« und sie erzählte ihm die ganze Geschichte schnell und sehr zerknirscht und schloß: »Das nächste Mal würden wir natürlich niemanden mehr in den Wagen einsteigen lassen, bevor wir nicht selbst drin sind. Wir standen nur da wie die Idioten und sahen zu, wie er davonbrauste.«

»Verdammtes Glück, daß ihr das getan habt. Er hätte euch glatt hinausgeworfen.«

»Dazu wär' er, glaube ich, gar nicht fähig gewesen. Er machte einen ganz freundlichen Eindruck.«

»Sein Sündenregister klingt alles andere als freundlich. Und ich glaube auch nicht an den Platten. Die Reifen sind tadellos. Ich hätte euch gar nicht erlaubt, den Wagen zu nehmen, wenn sie nicht tadellos gewesen wären.«

Todunglücklich gestand ihm Freddie, daß Ian auch nicht daran glaube. »Aber die Polizei wird ihn doch bestimmt bald schnappen, jetzt, wo sie die Nummer des Wagens wissen?«

»Mein liebes Kind, du bist mit den Tricks der kriminellen Schichten nicht vertraut. Inzwischen hat er sicher die Nummer längst vertauscht, beim ersten besten Wagen, der am Straßenrand parkte, oder auch bei der ersten Garage, die geöffnet war, angehalten und sich neue Nummernschilder verschafft. Nicht die geringste Schwierigkeit für ihn. Er hat das alles schon früher praktiziert. Ein Gutes ist dabei – diese Pflegerin ist nicht gekommen. Ich brauche jetzt keine mehr.«

Freddie seufzte. Es war ganz klar, daß sie der Lage einfach nicht mehr Herr wurde. Maxwell sagte herzlich: »Mach dir nichts draus.

Ins Bett jetzt mit dir. Und bleib ruhig liegen. Ich brauche nichts. Bevor Jock ging, hat er mir einen Schlaftrunk gegeben, und Mrs. Wells kündigte an, daß sie für mein Frühstück herunterkommen wolle. Schlaf nur deine zwölf Stunden. Du hast's nötig.«

Von seiner Herzlichkeit aufgemuntert, kroch Freddie in die Falle. Als sie das Licht ausknipste, dachte sie, wie dankbar sie doch sein müsse, daß Jonathan nichts von ihrem Abenteuer wußte. Sie würde es ihm sehr schonend beibringen. Es war schon gerade schlimm genug, ihm überhaupt eröffnen zu müssen, daß die gute, zuverlässige Frau sich weder als gut noch als zuverlässig entpuppt hatte.

Doch machte sie hier die Rechnung ohne den Dorfklatsch und die Schrullen eines Mehrsprechanschlusses. Die Nachricht von diesem Gaunerstück des Häftlings verbreitete sich wie ein Lauffeuer in und um ganz Smithville herum und kam bald schon dem Lokalreporter einer städtischen Zeitung zu Ohren. Er war hocherfreut, denn er hatte weiß Gott selten genug über etwas Interessantes Bericht zu erstatten. Er rief also Jock Baker an, der unglücklicherweise nicht da war. Noch viel unglücklicher traf es sich, daß der Anruf Liz aufweckte, die sich auffallend rasch von ihrem Erschöpfungszustand erholt hatte. Sie befand sich in einer gefühlvollen Stimmung und ließ einen temperamentvollen Bericht über die ganze Misere vom Stapel. Die Story war viel zu gut, um abgeschwächt zu werden.

Und so kam es, daß Jonathan, der sich soeben zu seinem Abendessen niederlassen wollte und flüchtig das Lokalblatt durchblätterte, auf Schlagzeilen stieß, wie: »SHALE WIEDERHOLT SICH. ZWEI MÄDCHEN VERLASSEN IN TROSTLOSER GEGEND UM MITTERNACHT.« Er überflog den Artikel gleichgültig, zuckte dann plötzlich heftig zusammen und ließ Messer und Gabel mit lautem Geklirr fallen. »Miss Standish, Tochter eines hiesigen Viehhalters« (Maxwell würde über diese Beschreibung bestimmt schmunzeln) »und Miss Baker, Tochter des Verwalters dieses Anwesens, wurden in den frühen Morgenstunden von dem entsprungenen Strafgefangenen Shale, in dessen Polizeibericht unter anderem ein Gewaltverbrechen vermerkt ist, angegangen. Die vertrauensvollen Mädchen nahmen ihn in ihrem Wagen ein Stück mit und konnten zum Glück ohne körperlichen Schaden entkommen ...«

Liz freute sich, als sie die Zeitung las, Jonathan aber warf sie mit beachtlichem Ungestüm hin und schritt zum Telefon.

Es war fast das gleiche, dachte Freddie schlapp, was Ian gesagt hatte.

»Dachtet ihr denn gar nicht daran, wie gefährlich es ist, zu dieser nachtschlafenden Zeit einen Unbekannten im Wagen mitzunehmen? Freddie, wirst du denn nie vernünftig werden?«

Der schlimmste Augenblick jedoch kam, als er fragte: »Aber wieso hast du mir von diesem Wahnsinnsvorhaben eigentlich nichts gesagt, als ich gestern abend mit dir telefonierte?«

Die arme Freddie würgte jämmerlich, antwortete aber mit ihrer üblichen Wahrheitsliebe: »Weil ich dachte, du könntest was dagegen haben. Ach, Jonathan, wir hielten es doch für einen Jux.«

»Jux?« Der Ausruf klang wie mit Dynamit geladen, doch dann riß sich Jonathan zusammen. Binnen kurzem würde er ja schon imstande sein, Freddie vor derartigem Jux zu bewahren. Deshalb sagte er sanft: »Laß nur, Liebling. Du bist nicht verletzt, und das ist die Hauptsache. Und was ist mit Miss Warren? Gefällt sie euch?«

Auf diesen Moment hatte Freddie nur gewartet. »Sie ist nicht gekommen«, sagte sie. »Das Ganze war umsonst.«

Eine Sekunde erschütterten Stillschweigens, und dann wiederholte Jonathan: »Ist nicht gekommen! Zum Teufel mit dem Weib! Und kein Sterbenswörtchen davon zu mir oder sonst einem . . . Na schön, dann werde ich eben noch mal von vorne anfangen müssen.«

»Aber Jonathan, Vater sagt nein. Er sagt, er ist vollauf zufrieden mit Mrs. Wells, oder wenigstens wird er's sein, wenn ich weg bin. Der Arzt schien die gleiche Ansicht zu vertreten, als er heute hier war, und es ist auch wirklich einfacher so, weil alles so schwierig ist mit diesem Nachtzug und Einbrechern hier herum, die Autos stehlen.«

Es war zwar nicht sehr einleuchtend, aber Jonathan erwiderte nur kurz: »Soll das heißen, daß du länger dableiben willst?« Denn schließlich war das ja der springende Punkt.

»Nein, nicht länger, als ich sowieso geblieben wäre, wenn deine Miss Warren gekommen wär' und ich sie eingearbeitet hätte. Ich bin ja jetzt im Handumdrehen bei dir, Jonathan, sei also bitte, bitte nicht mehr böse.«

Wie hätte er es danach noch übers Herz gebracht? Trotzdem erinnerte er sich, als er auflegte, empört daran, daß sie diese von Gott und aller Welt verlassene Pflegerin »*Deine* Miss Warren« genannt hatte.

10

Am nächsten Tag hielt Standish mit Ian Kriegsrat. »Aber sie werden Ihren Wagen über kurz oder lang wiederhaben«, wandte Ian ein.

»Das weiß ich. Zu unserer Polizei hab' ich das größte Vertrauen. Aber inzwischen müssen wir irgend etwas anderes haben. Ich kann mich nicht von Jock oder Tom abhängig machen. Auf jeden Fall hab' ich sowieso vorgehabt, ein nettes Kleinauto für Freddie zu kaufen.«

»Ich verstehe. Schön also, morgen fahr' ich zur Stadt und werd' mein Möglichstes versuchen.«

»Ich persönlich kann Kleinautos ja nicht ausstehen, aber für Freddies Zwecke ist es genau richtig, um damit herumzukutschieren, wenn ihr Mann mit seinem unterwegs ist, und soweit ich aus eigener Erfahrung weiß, sind Ärzte dauernd unterwegs. Bringen Sie mir nur keinen an, der schon in einer Woche in tausend Stücke auseinanderfällt.«

»Bestimmt nicht, aber Sie müssen mir angeben, wie hoch Sie im Preis gehen wollen.«

Als das geregelt war, sagte Standish: »Gut, ich gebe Ihnen ganz freie Hand. Wie geht's denn mit Ihrem voran?«

»Sie haben ihn heute abgeschleppt und gesagt, er würd' nicht lang aufgebockt bleiben. Sie sind enorm anständig, und er war auch nicht schlimm beschädigt.«

»Freut mich. Schön, ziehen Sie also sofort einen an Land, wenn Sie können, und ich werde ihn Freddie geben, wenn ich meinen erst wiederhabe.«

Die Mädchen betraten gerade noch rechtzeitig das Zimmer, um diesen letzten Satz mitzuhören, und Freddie stand wie vom Donner gerührt, purpurrot und sprachlos. Liz, die wahrhaftig nicht unter Schüchternheit zu leiden hatte, sauste quer durch den Raum und fiel Maxwell um den Hals. »Du ganz, ganz lieber Schatz! Himmlisch, weil Arztfrauen nie ein Auto von innen zu sehen kriegen. Ich hab' dich so furchtbar lieb, Max.«

Maxwell, zutiefst befriedigt, versuchte sich ein würdevolles Aussehen zu geben. »Laß mich los, Mädchen. Wahrhaftig, wozu das Kranksein einen armen Tropf doch degradieren kann. Du nimmst dir mit jedem Tag mehr heraus.«

»Du weißt sehr gut, daß du's magst. Freddie, sag doch was. Steh nicht bloß so in der Gegend 'rum mit einem dummen Gesicht. Du wirst dir wie im Paradies vorkommen mit einem eigenen Wagen. Nimm nur ja keinen alten, Ian. Denk an die Preise, die Max letztes Mal für die Wolle erzielte. Er muß geradezu in Geld schwimmen.«

»Hören Sie nicht auf sie, Ian. Sie besitzt einfach kein Gewissen. Vielleicht hab' ich wirklich gute Preise erzielt, aber sie übersieht völlig, daß es so unangenehme Kleinigkeiten wie Einkommensteuer und das Ansteigen der Löhne und Lebensmittelkosten gibt. Nehmen Sie sie nur ja nicht mit. Sie würde mich glatt ruinieren.«

Ian lachte schallend. »Ich fahre schon allein. Der Himmel mag wissen, wohin Shale sich verkrochen hat, aber er kann Ihren Wagen nicht lange verstecken. Es ist ja kein so alltägliches Modell wie meins.«

Als er gegangen war, nahm Freddie einen Anlauf, Worte zu finden. »Ach, Vater, das ist schrecklich lieb von dir, aber du hast mir doch schon den Scheck gegeben. Bist du ganz, ganz sicher, daß du dir's auch leisten kannst?«

»Natürlich kann er«, sagte Liz fröhlich, »und du hast eine Belohnung verdient – da du hergekommen bist und ihn gepflegt hast, statt zu heiraten.«

»Oh, aber ich will doch dafür keine Bezahlung«, sagte Freddie bestürzt, und Maxwell gab Liz zu verstehen, daß sie sich selbst nur in die Tinte setzte und viel besser daran täte, sich zu verziehen.

»Das Dumme ist nur, daß ich nicht fahren kann. Ich weiß, das klingt albern. Jeder kann fahren. Aber ich hatte wirklich nie Gelegenheit, weil es immer anderer Leute Wagen waren und man nicht gern darum bittet.«

Von der Haustür her rief Liz sorglos: »Zerbrich dir darüber nicht den Kopf. Ich bring's dir schon bei. Wir werden viel Spaß dabei haben. Und du brauchst nicht so ein sauertöpfisches Gesicht zu machen, Max. Du lobst doch immer meine Fahrkünste.«

»Ich sag' ja gar nicht, daß du nicht fahren kannst; es ist nur dein Begriff von Spaß, der mir einen Schauer über den Rücken jagt. Das letzte Späßchen war kein sehr durchschlagender Erfolg.«

Da sie darauf keine Antwort fand, verschwand sie wie der Blitz, und es blieb Freddie überlassen, stockend ihre Dankbarkeit und Erregung zum Ausdruck zu bringen. »Ein Auto ganz für mich allein zu haben ... Oh, ich wünschte, es bliebe genug Zeit, fahren zu lernen, denn dann könnte ich so leicht zu Angela gelangen. Jonathan scheint nicht sehr begeistert von meiner beabsichtigten Bummelzugreise, und ich glaube, es ist ja auch wirklich eine ziemlich lange Fahrt ... Wie werd' ich denn den Wagen bekommen, wenn du ihn nicht mehr brauchst, Vater?«

»Keine Schwierigkeit, ihn per Bahn zu schicken ... Und da ist Dr. Winter schon. Um Christi willen, Mann, wie lange gedenken Sie mich eigentlich noch in diesem Zimmer eingesperrt zu halten? Zwingen Sie diese Frau, mir endlich meine Hosen herauszurücken, und lassen Sie mich aufstehen. Ich werd' noch so schwach wie ein neugeborenes Kätzchen, wenn das so weitergeht.«

Der Arzt grinste ungerührt: »Jemand, der so kräftig ist wie Sie, wird nach einem Weilchen Bettruhe noch nicht gleich schwach wie ein neugeborenes Kätzchen. Wenn Sie erst einmal wieder auf den Beinen sind, geht's rasch aufwärts, und Sie können heut noch auf die Beine kommen, wenn Sie Mrs. Wells überreden können, Ihre Hosen herauszugeben. Das ist doch wenigstens noch eine Frau mit Charakter.«

Standish brummelte irgend etwas nicht eben Höfliches über Louisas Charakter, von dem er die höchste Meinung hatte, und freute sich sehr, als der Arzt ihm erlaubte, heute könne er sich schon einmal für eine Stunde ins Wohnzimmer begeben, vorausgesetzt, daß er sich warmhielt und damit zufrieden war, in einem Sessel zu sitzen. »Nichts mit draußen herumstrolchen. Behalten Sie ihn im Auge, junge Dame. Und wie geht's uns selbst? Ich erfahre ja phantastische Geschichten von Ihnen: daß Sie entsprungenen Häftlingen helfen, und so fort. Eine scheußliche Erfahrung, wie?«

»Nicht so schlimm«, sagte Freddie munter, »und fast bin ich froh darüber, weil Vater fürs erste ein neues Auto kauft und mir gerade eröffnet hat, daß er es mir gibt, wenn er seines zurückhat. Ist das nicht toll?«

Dr. Winter stimmte bei, betonte jedoch, seiner Meinung nach hätte sie es auch redlich verdient. »Im ganzen sind Sie noch einigermaßen gut davongekommen, aber Sie müssen doch einen furchtbaren Schock bekommen haben?«

»Sicher, und es war ganz schön unangenehm, als wir den ganzen Weg zu Fuß zurückzumarschieren versuchten, aber Ian kam schon ziemlich bald daher, und da ging es uns gleich wieder besser. Und der Mann war uns gegenüber ganz nett und höflich.«

Der Arzt bedachte diese Beurteilung des Täters, den die Polizei so dringend suchte, mit seinem kurzen bellenden Lachen. Darauf wandte er sich an Maxwell: »Ich geb' gern zu, daß Sie als Patient ganz vernünftig waren, obgleich ich das Gefühl habe, daß Sie dieser Ihrer Tochter hier ganz schön zugesetzt haben müssen. Immerhin haben Sie getan, was Ihnen gesagt wurde, und das ist das Wesentliche. Sie machen sich wacker und können sich zu den Glücklichen zählen. Stellen Sie Ihr Glück aber nicht zu sehr auf die Probe!« und schon war er fort, unterwegs zum entgegengesetzten Ende des Distrikts, wo ein Kind, auf Selbstvernichtung aus, auf das Dach seines Elternhauses geklettert und heruntergefallen war.

Mochte Maxwell auch noch so sehr über das Imbettbleibenmüssen murren, so war er doch kein Narr und er hatte auch nicht vor, einen Rückfall zu riskieren. Er befolgte die Verhaltungsmaßregeln wörtlich, indem er sich langsam ins Wohnzimmer begab und dicht an das behagliche Kaminfeuer setzte, das der kühle Frühlingstag rechtfertigte. Jock Baker sah wie gewöhnlich am Spätnachmittag zu ihm herein und berichtete über den Verlauf des Lammens. »Wir hatten Glück mit dem Wetter, so daß es kaum Verluste gab. Nur ein paar wenige, und Liz gebärdet sich wie verrückt mit den Lämmern ... Oh, ich will nicht behaupten, sie wär' kein tüchtiger Schäfer, sie ist wirklich verdammt viel tüchtiger als Derrick, weil sie kaum jemals was versiebt. Das Dumme ist, daß sie so verflixt gewissenhaft ist.«

»Vermutlich kann sie kein einziges Lamm unbemuttert lassen? Hat sie wieder damit angefangen, sie ins Haus zu schleppen?«

»O ja, das Haus ist lausig voll damit, und jetzt besteht nicht mehr die geringste Hoffnung, sie hinauszuwerfen wie früher, wenn sie zur Schule zurück mußte.«

Maxwell lachte laut. »Ich sehe Sie schon eine zweite Kuh für sie melken.«

»Das werd' ich nicht tun«, entgegnete Jock mit aller Bestimmtheit, wie sie ein Schafzüchter entfaltet, sobald es sich um das Melken von Kühen handelt. »Aber es bedeutet, daß ich wohl oder übel Milchpulver für sie kaufen muß, wenn das so weitergeht. Immerhin will ich ja gern zugeben, daß sie es im allgemeinen fertigbringt, sie wiederum zu guten Mutterschafen aufzupäppeln. Sie hält sich die ganze Zeit dran, geht sogar als letzte zu Bett.«

»Sie ist ein tüchtiges Mädchen«, sagte Maxwell mit ungewohntem Ernst. »Sollte eine anständige Prämie am Ende der Lammzeit bekommen. Kein schlechter Gedanke, sie auf Halbtagslohn zu setzen, Jock. Schließlich zahlen wir Derrick gerade genug, und er nimmt die Arbeit ganz schön auf die leichte Schulter.«

»Er ist besessen vom Abrichten seiner Hunde. Ich bin froh, daß wir die Preishüten diese Woche hinter uns haben werden. Danach wär' ich nicht überrascht, wenn er zu seiner eigenen Farm ginge ... Haben Sie übrigens schon etwas davon erfahren, wer zu den Preishüten kommt? Wissen Sie, wieviele wir unterbringen müssen?«

»Keine Spur«, sagte Maxwell fröhlich, »aber sie teilen es uns ja immer erst in der letzten Minute mit. Jedenfalls können wir mit Freddie und Liz und Mrs. Wells' Hilfe den Kampf schon aufnehmen. Schicken Sie nur ein paar von ihnen herunter. Sie können es sich im ganzen Haus bequem machen, und Freddie wird ihren Spaß daran haben.«

Die Preishüten sollten in zwei Tagen losgehen, und es begannen schon Nachfragen nach Unterkunftsmöglichkeiten einzutreffen. Die meisten davon waren an Jocks und Mrs. Wells' Adresse gerichtet, denn die Nachricht von Maxwells Erkrankung hatte sich herumgesprochen, und es wurden Einwände laut, daß »sie Mr. Standish keinesfalls zur Last fallen wollten, aber wäre es vielleicht Jock möglich, ihnen zu verraten, wo sie für zwei Nächte ihr müdes Haupt hinbetten könnten?«

Natürlich war es Jock möglich, und er tat ihnen den Gefallen auch, aber als Freddie entdeckte, daß er sich verpflichtet hatte, sechs Männer mitsamt ihren Hunden unterzubringen, bestand sie darauf, vier müßten unbedingt zu ihr kommen. Sie verschaffte sich die Anschriften und führte zahllose Telefongespräche: »Aber Vater wird sich über Ihr Kommen riesig freuen. Es geht jetzt sehr schnell mit ihm aufwärts, nur daß er sich zu Tode langweilt, und es ist doch mal was anderes für ihn. Er ist uns alle schon gründlich leid.«

»Aber fühlt er sich auch wirklich gut genug? Wir haben gehört, daß er einen sehr bösen Anfall gehabt hat?«

»Hatte er auch, aber jetzt ist er über den Berg und läuft schon wieder im Haus herum und befindet sich gerade in dem Stadium, wo er unterhalten sein will. Es macht Ihnen doch nichts aus, wenn's nur ein Notlager ist, oder? Die Hunde? Oh, dafür ist schon gesorgt. Wir haben massenhaft Schuppen, wo sie an der Kette liegen können, und Jock schlachtet für sie. Bitte, kommen Sie doch. Ich freu' mich schon so sehr auf alles.«

Am Tag vor den Prüfungen schuftete Freddie schwer, suchte Bettzeug aus, richtete Zimmer her, sah Bettwäsche durch, obgleich Mrs. Wells ihr sagte, daß die meisten Männer ihre Schlafsäcke mitbrächten. »Vermutlich müßte ich jetzt eine Menge Kuchen und lauter so Zeugs backen, aber ich kenn' mich wirklich nicht besonders gut damit aus. Sie müssen das verstehen, ich hab' bis jetzt noch keinen Haushalt geführt«, erklärte sie Louisa.

Maxwell, der ihre Worte mitbekam, unterstützte sie sofort. »Davon will ich nichts hören. Der reinste Blödsinn, daß Frauen immer so ein Theater wegen dem Backen machen müssen. In Smithville gibt's einen ausgezeichneten Bäcker, und du wirst schön anrufen und jede Menge Kuchen bestellen.«

Dafür war Freddie ihm sehr dankbar. Sie hatte schon riesengroße Stücke Rinderbraten kommen lassen; »kein Hammelfleisch, denn Angela sagt, daß man Schafzüchtern kein Hammelfleisch vorsetzt«; und diese Stücke kochte sie und entschloß sich, es bei kaltem Abendbrot bewenden zu lassen. Als sie einmal für zehn Minuten hinausgegangen war, wurde Maxwell von der empörten Louisa ertappt: »da stand er wie ein Lord in dem zugigen Durchgang am Telefon«, wie sie es ziemlich verschleiert umschrieb; doch bevor er weggejagt wurde, war es ihm schon geglückt, einen großen gekochten Schinken zu bestellen. »Geht nichts über einen Schinken als Beilage, und die Burschen mögen's. Schneiden sich ein Stück ab und wollen noch mehr und alles, und so bequem für belegte Brote«, sagte er stolz. Er war jetzt, da er nicht mehr länger die verhaßten vier Wände seines Zimmers den ganzen Tag anzustieren brauchte, wieder ganz der alte.

Jonathan hatte an den beiden letzten Abenden nicht angerufen. Für den Augenblick gab er sich mit Telegrammen zufrieden, die eine plötzliche und ziemlich verzweifelte Betriebsamkeit erklärten. Freddie sehnte sich danach, mit ihm zu sprechen und ihm von dem Autochen zu erzählen, und am Abend vor den Preishüten stürzte sie ans Telefon. Den ganzen Nachmittag über waren die Leute eingetrudelt, und drüben auf den Höfen kläfften und jaulten die Hunde ohne Unterlaß.

Jonathans Stimme klang müde und ein wenig niedergeschlagen.

»Ich nehme an, ihr habt jetzt eine höllische Zeit mit diesen Preishüten, auf die du so erpicht bist?«

»Na ja, wir sind ganz schön in Betrieb gewesen, aber ich hab' schon so darauf gebrannt, dir etwas zu erzählen.«

»Ich kann dich nicht sehr gut verstehen. Was macht da so einen merkwürdigen Lärm?«

»Nur die Hunde. Wir haben sechzehn hier.«

»Großer Gott! Wie viele Leute?«

»Sechs, aber das ist jetzt unwichtig. Was ich dir sagen wollte, ist . . .«

»Ihr müßt schrecklich viel zu tun haben. Wie lange dauert denn das Ganze?«

»Nur zwei Tage . . . Jonathan, hörst du eigentlich zu?«

»Ich versuch's gerade, aber da ist ja ein Höllenspektakel im Hintergrund.«

»Weiß ich. Immer wieder kommt jemand heraus und sagt: ›Ich geh' jetzt und bring die Köter zum Schweigen.‹ Aber sie halten nicht lange still. Ich bin dran gewöhnt. Also, worüber ich so aufgeregt bin, ist, daß etwas ganz Tolles passiert ist. Rate mal, was!«

»Der Wagen deines Vaters ist unversehrt wieder zum Vorschein gekommen, ist es das?«

»Ich fürchte, nein; obgleich es etwas damit zu tun hat, ja, in einer Weise ist es sogar deswegen, was nur wieder einmal beweist, daß aus Bösem etwas Gutes hervorgehen kann. Und wie gut ist es doch, daß Liz und ich in jener Nacht Miss Warren abholen fuhren.«

»Ich wünschte wirklich, du würdest dich deutlich ausdrücken. Es ist auch so schwer, dich überhaupt zu verstehen.«

»Na, Jonathan, streng dich mal an. Es hat was mit dem Wagen zu tun.«

»Was denn bloß? Du sagst doch, er ist nicht aufgetaucht.«

»Nein, aber dafür ein anderer, und ich soll ihn haben, wenn Vater seinen zurückbekommt.«

»Du redest wirklich wirres Zeug, Freddie. Was soll das mit diesem anderen Wagen?«

»Nun, Vater sagt, er müsse irgendeinen haben, bis die Polizei den anderen findet, also schickt er Ian los, einen für ihn auszusuchen, und es ist das liebste kleine Autochen – mattgrün mit dunkelgrünen Lederpolstern und nur drei Jahre alt.«

»Fein, imstande zu sein, binnen Tagesfrist mir nichts dir nichts ein neues Auto zu kaufen, wenn man eins will.« Doch Jonathan war ganz bestimmt an diesem Abend reichlich übermüdet.

»Ja, aber der springende Punkt ist doch, daß er ihn gar nicht will, wenn er seinen wiederkriegt. Er mag Kleinautos nun mal nicht. Darum rate mal, was er damit machen will?«

»Mit Verlust verkaufen, würde ich sagen.«

»Ach, Jonathan, du klingst wirklich ein bißchen gereizt, und es ist doch so ein Spaß ... Nein, Vater sagt, ich soll ihn haben. Ganz für mich höchstpersönlich.«

Sekundenlanges Schweigen. Jonathan kämpfte mit sich. Wie konnte er nur so engherzig sein, sich über Freddies Entzücken nicht mitzufreuen? Warum mußte er daran denken – wie er früher schon so manches Mal gedacht hatte –, daß es leicht war, den Großzügigen, den Charmanten zu spielen, wenn man ein wohlhabender Mann ohne Verantwortungsbewußtsein war? Er unterdrückte diese Gedanken und weigerte sich, sie daran zu erinnern, daß er genau dasselbe selbst schon geplant hatte: Freddie einen eigenen kleinen Wagen zu schenken, sobald er es sich leisten konnte. Und jetzt, weil Maxwell ihm mit einer seiner großartigen Gesten zuvorgekommen war, fühlte er sich – nun, entschieden auf den Schlips getreten. Irgendwie gelang es ihm jedoch, herzlich zu sagen: »Glänzend, Liebling. Du wirst glücklich mit einem eigenen Wagen sein, weil meiner ja immerfort unterwegs zu sein scheint. Aber du mußt Stunden von den bestmöglichen Lehrern bekommen.«

»Nun, Liz sagte, sie könnte es mir beibringen, aber es bleiben nur so wenige Tage noch bis zu meiner Abfahrt. Aber wir dachten, wir könnten's zum Spaß ja schon mal probieren.«

Ungefähr das einzige Thema, über das Standish und Dr. Blake die gleiche Ansicht teilten, betraf Liz' Vorstellung von Spaß. »Dazu bleibt keine Zeit mehr«, sagte er darum sehr bestimmt. »Hat keinen Zweck, mit einer Person anzufangen, um dann mit einer anderen weiterzumachen. Außerdem mußt du vor allem das Fahren in der Stadt lernen. Ich werde dich bei der besten Fahrschule anmelden, sobald wir aus unseren Flitterwochen zurück sind.«

»Oh, danke Jonathan. Du bist so schrecklich lieb zu mir.«

Als er den Hörer auflegte, lächelte Jonathan schief. Wenn er seiner zukünftigen Frau schon kein Auto aus dem Boden stampfen konnte, dann konnte er doch wenigstens ihre Fahrstunden bezahlen.

Selig lief Freddie zurück zu ihren Gästen. Es waren inzwischen sechs daraus geworden, denn zu ihrer maßlosen Überraschung und auch ein bißchen zu ihrem Schrecken waren zwei Männer nicht nur mit ihren Hunden, sondern auch mit ihren Frauen erschienen. Liz brachte zwei weitere unter, und Mrs. Wells hatte drei. »Es ist viel lustiger, man hat sie bei sich wohnen«, hatte Liz erklärt, »weil man dann alles über die Hunde erfährt.«

Genau das, erfaßte Freddie, würde höchstwahrscheinlich eintreffen, denn die Unterhaltung drehte sich fast ausschließlich um Hunde und ihre hervorragenden oder aufreizenden Eigenschaften. Maxwell genoß das Ganze offensichtlich aus Leibeskräften. Verschwunden war die Atmosphäre der Krankenstube, des grauenhaften Weiberregiments. Als Freddie mit der Neuigkeit zu ihm hinstürzte, daß außer den vier erwarteten Männern auch noch zwei Frauen mitgekommen wären, wollte er sich vor Lachen ausschütten. »Nie käme es ihnen in den Sinn, ihre Frauen zu erwähnen. Nur die Köter spielen heute eine Rolle.«

»Aber glaubst du, alle werden ihre Frauen mitbringen?« fragte sie verstört. »Ich kann mir nämlich gar nicht vorstellen, wo wir sie noch unterbringen sollen.«

»Mach dir darüber keine Sorgen. Sie werden schon ihr Nachtlager auf dem Fußboden aufschlagen, und die Frauen können das Gästezimmer haben. Weißt du, das ist wie ein großer Familienausflug.«

Freddie dachte, das sei es bestimmt, doch fand sie die beiden ungeladenen Frauen sehr umgänglich und nett. »Wie ich doch diese Preishüten liebe und dieses Unterkriechen bei unseren Freunden und irgendwo kampieren!« rief eine von ihnen aus, und Freddie hielt sie für vollendet höfliche Gäste. Keiner von den beiden Männern, die zuletzt eintrafen, hatte eine Frau dabei. Dafür brachten sie jede Menge Hunde mit. Freddie hatte hauptsächlich von Archie Muirs Meute sprechen hören, und als Mr. Muir eintraf, entdeckte sie in ihm überrascht einen stillen sanftmütigen Mann mit bescheidenem Wesen und einer riesengroßen Hornbrille. Sie hatte einen der Besucher sagen hören: »Ich bin gespannt, ob Archie dies Jahr Fan mitbringt«, und als der andere erwiderte: »Aber ja, sie ist eine prächtige Hündin, wie?« fiel ihr ein Stein vom Herzen. Freddie hätte wirklich nicht mehr gewußt, wie sie noch mehr Ehefrauen unterbringen sollte.

Archie brachte nur drei Hunde mit, und aus seiner zurückhaltenden Art hätte keiner schließen können, daß seine Meute wahrscheinlich der Sieger des kommenden Tages sein würde. Fan war eine kleine, schwarzweiße Hündin mit ebenso sanftmütigem Wesen wie ihr Herr und sehr klaren, intelligenten Augen. Rag, schon alt und weise, war ein zottelhaariger Barb, und der dritte Hund endlich, von dem Archie so unfreundlich als von »dem Schwachsinnigen« sprach, war Fans Sohn. Ganz offensichtlich waren Rag und Fan mit solchen Ereignissen vertraut. Rag marschierte gelassen auf seinen Platz im Schuppen, und Fan folgte ihm und legte en route nur rasch eine kleine Pause ein, um dem aufgeregt kläffenden Schwachsinnigen eine scharfe Lektion zu erteilen. »Bringt ihm nur Manieren bei«, erklärte Archie. »So macht sie's jedesmal, wenn er zu kläffen anfängt. Ich bind' sie nebeneinander fest, und sie wird schon drauf aufpassen, daß er heut nacht still bleibt. Sie hat noch nicht vergessen, daß sie seine Mama ist.«

Schließlich waren alle drinnen, die Hunde gefüttert, der Spektakel in den Schuppen und Zwingern verstummt, und alle versammelten sich mit einem Glas in der Hand um Maxwells Sessel. Er amüsierte sich königlich und rebellierte, als Freddie ihn daran erinnerte, daß der Arzt ausdrücklich befohlen hatte, sein Abendbrot im Bett einzunehmen.

»Aber sie können ja hereinkommen und sich nachher noch eine halbe Stunde mit dir unterhalten, Vater. Sei nicht böse. Du weißt, es geht dir jetzt wirklich wieder ganz gut, und es wär' doch eine Schande, wenn du einen Rückfall bekämst und noch eine neue Pflegerin brauchtest.«

Sie bugsierte ihn in sein Zimmer und machte dann schleunigst, daß sie das Abendessen für ihre Gäste auf den Tisch bekam. Die beiden Frauen halfen ihr tüchtig, und im großen und ganzen war Freddie mit dem Ergebnis ihrer Anstrengungen sehr zufrieden. Rasch verflog der Abend, und alle gingen früh zu Bett. Obgleich Freddie sehr müde war, schlief sie nicht sofort ein. Der Gedanke an die Preishüten war aufregend, aber sie war froh, daß sie von ihrer Vorfreude Jonathan gegenüber nichts erwähnt hatte.

Aus irgendeinem Grunde schien er an diesem Abend ziemlich erschossen und reizbar, während er mit ihr telefonierte. Wahrscheinlich zu viele Babies während des Nachtdienstes, dachte Freddie verständnisinnig. Egal; sehr bald schon würde sie sich um ihn kümmern können und darauf aufpassen, daß er sich nicht allzu sehr übernahm. Sie wünschte, sie hätte daran gedacht, ihm das zu sagen, statt nur die ganze Zeit von dem Wagen zu reden.

11

Zum Glück war der Dienstag schön. In Freddies Augen schien jedermann schon bei Tagesanbruch auf den Beinen zu sein. Hastig stand sie auf, brachte allen ihren Morgentee, und dann verschwanden die Männer. Liz kam heruntergerannt und berichtete, daß die beiden bei ihnen einquartierten Männer bereits draußen wären, um »ihre Hunde schon mal zur Probe laufen zu lassen«. »Paps hat ausdrücklich darauf bestanden, daß wir ein paar Hammel im Haus haben müßten, und jeder schuftet mit Volldampf. Derrick ist mit den Prüfungen viel zu sehr beschäftigt, um sich dran zu erinnern, daß er schließlich Schäfer ist, so daß Paps und Tom die Runde bei den Mutterschafen machen ... Sei doch so lieb und gib mir den Senf, dann sause ich gleich wieder los, um Frühstück zu machen. Haben dich die Hunde in der Nacht sehr gestört?«

»Aber nein. Sie kamen recht schnell zur Ruhe.«

»Ich schlafe ja gewöhnlich wie ein Klotz, aber der einzige Lärm, der mich aufwecken kann, ist ein kläffender Köter.«

»Ich sollte meinen, du wärst daran gewöhnt.«

»Nein, denn Paps hat sehr sture Ansichten, daß an der Kette liegende Hunde keinen Laut von sich geben dürfen. Natürlich haben unsre letzte Nacht wegen all der fremden Köter auch angefangen, aber im allgemeinen schlagen sie nicht an. Schau, wir haben mal eine fürchterliche Zeit durchgemacht, wo uns viele Schafe erwürgt wurden, und keiner von uns hat das vergessen. Ein paar Männer waren auf Schweinejagd im Busch und verloren dabei zwei Hunde, und diese Biester tobten sich einen ganzen Monat lang aus. Zum Glück war einer von ihnen ein richtiger Kläffer. Die stummen Beißer sind natürlich die schlimmsten, weil man von ihnen bis zum Morgengrauen überhaupt nichts merkt. Aber einer dieser Köter kläffte, und Paps konnte ihn schließlich erwischen.«

»Erschoß er ihn?«

»Worauf du dich verlassen kannst! Du weißt, wie gern ich Hunde habe, aber ich würde jeden Beißer auf der Stelle und ohne Erbarmen erschießen. Ich hab' Schafe gerissen gesehen, und das werd' ich mein Lebtag nicht vergessen.«

»Haben sie viele Schafe getötet?«

»Rund dreißig von unsren im hinteren Pferch in zwei Nächten, aber anderswo rissen sie Unmengen. In der dritten Nacht erwischte Paps alle beide. Darum fällt uns das Gebell so auf die Nerven, aber mit so vielen fremden Hunden jetzt hier kann man nichts dagegen machen ... Wie geht's Max?«

»Blendend, und ist ziemlich wütend, weil er nicht mit zu den Preishüten darf.«

»Armes Schäfchen, 's ist ein Jammer«, und sie rannte zu dem Kranken hinein, pflanzte einen Kuß auf seine Nasenspitze und versprach hoch und heilig, ihm über alles hinterher zu berichten.

»Das gibt eine richtige Schlacht zwischen Archie Muirs Fan und

Derricks Flirt. Ich unterstütze Flirt«, erklärte sie Freddie.

»Dann werde ich auf Fan setzen, Archie gefällt mir. Er benimmt sich so ruhig und wohlerzogen. Eher wie ein Pfarrer als wie ein Farmer.«

Liz lachte. »Nicht die Spur von einem Pfarrer, wenn er erst loslegt.«

»Wahrscheinlich fluchen sie ihre Hunde entsetzlich an?«

»Nicht während des Durchgangs. Nicht erlaubt. Du darfst weder deinen Hund anfluchen noch die Schafe scheuchen oder irgendwas mit deiner Schippe berühren. Aber das machen sie hinterher wett.«

»Was ist eigentlich mit dem Mittagessen? Müssen wir eine Riesenportion mitnehmen?«

»Ach nein. Nur ein paar Butterbrote, falls du nebenbei noch was haben willst. Da ist eine Bude, und die meisten Leute holen sich Pasteten und so was. Nimm eine Feldflasche mit. Du kannst da Tee bekommen.«

»Ich geh' nicht für lang. Irgend jemand kann mich sicher mit zurücknehmen. Ich will Vater nicht ganz allein hier lassen.«

Sofort erklang aus dem Krankenzimmer ein empörtes Gebrüll. »Um Christi willen, Mädchen, hör auf, mich wie einen Säugling zu behandeln. Wo mir jetzt das Aufstehen erlaubt ist, will ich keinen mehr die ganze Zeit hier um mich herumwerkeln sehen. Das reicht, um einen Mann . . .«

»Eine Schande, daß es nicht reicht, um einen Mann liebenswürdiger zu machen. Immer dieses Gezeter. Wie ich sehe, hat sich Ihre Stimme immerhin ganz nett erholt«, sagte Louisa schneidend, als sie ins Zimmer kam. Dann blickte sie Liz finster drohend an, befahl ihr, sofort heimzumarschieren und Frühstück zu richten und mit dem Herumtratschen aufzuhören, und wandte sich dann an Freddie: »Meine Leutchen haben ihr Frühstück schon gehabt, deshalb dachte ich, ich könnte geradesogut mal rasch herunterschauen und Ihnen ein bißchen zur Hand gehen. Sie haben so schon alle Hände voll zu tun, auch ohne daß sich Ihr Vater wie ein Wahnsinniger gebärdet. Aber heut morgen sind scheint's alle aus dem Häuschen. Dieser Derrick ist total übergeschnappt. Zu nichts nütze. Tom und Mr. Baker machen die Runde um die Schafherden, was ja immerhin seine Aufgabe wäre. Die beiden sind die einzigen, die ihren Kopf noch beisammen haben, und das nur, weil Mr. Baker dies Jahr keinen Hund mitlaufen läßt, und mein Tom läßt nur Trecker laufen, dem Himmel sei Dank ... Aber was Mr. Standish betrifft, das ist schon alles geregelt. Ich gehe nicht mit zu den Preishüten. Bin sie leid. Hab' sie jahrelang jetzt gesehen. Eine Menge Köter und Männer, die da herumkrauchen und über nichts andres reden als über Hunde, Hunde, Hunde.«

Freddie protestierte, und sogar Liz machte sich mit ungeheurer Selbstaufopferung erbötig, nur für die halbe Zeit hinzugehen. »Dummes Zeug! Wär' besser, du würdest dir das Haar da aus der Stirn streichen und nach Hause gehen und deine hungrigen Mäuler stopfen. Sind höchstwahrscheinlich schon halb verhungert, denn Gott allein mag wissen, welchen Schlangenfraß sie gestern abend vorgesetzt bekommen haben.«

Das forderte Liz heraus, und sie beschrieb das ausgezeichnete Menü, das sie auf den Tisch gebracht hatte, bis in alle Einzelheiten; dann schnappte sie sich den Senf und lief heim, wobei sie über die Schulter zurückrief: »Hat keinen Zweck, sich mit ihr zu streiten, Freddie. Sie ist ein sturer Bock«, und rannte dann um ihr Leben.

Als Louisa und Freddie in Maxwells Schlafzimmer gingen, sagte er mit eisiger Höflichkeit: »Wenn ihr endlich damit aufhören wollt, eure Nasen dauernd in meine eigenen Angelegenheiten zu stecken, dann darf ich vielleicht erwähnen, daß ich die Absicht habe, den Tag friedlich und sinnvoll für mich allein zu verbringen.«

Worauf Louisa scharf erwiderte, daß es keinen etwas anginge, wenn sie ihren täglichen Pflichten in diesem Hause nachkäme, und ihrer Meinung nach sei ein ehrliches Tagewerk ein gut Teil weniger ermüdend, als wenn man sich auf einer aufgeweichten Straße die Beine in den Bauch stände und mit einem Haufen Weiber tratsche. »Also fort mit Ihnen, Freddie. Ich werd' schon darauf aufpassen, daß er keine Dummheiten macht.«

Ein Ächzen von Mr. Standish gestand die Niederlage ein, und Louisa gestattete sich ein Lächeln. In der Küche sagte sie zu Freddie: »Es schadet weder Ihrem Vater noch mir, wenn wir die Preishüten versäumen. Wir werden sie noch oft und oft sehen können, nicht aber Sie. Sie haben genug von diesem Haus und seiner Brummigkeit mitbekommen ... Jetzt kümmern wir uns ums Frühstück.«

Während sie noch damit beschäftigt waren, schrillte das Telefon. Endlich Nachricht von dem Wagen. Er war zweihundert Meilen weit weg verlassen aufgefunden worden, unbeschädigt, jedoch mit leerem Benzintank. Die Autonummer war natürlich ausgewechselt worden und der Ersatzreifen tadellos in Ordnung. Die Luft war herausgelassen worden, genau wie Ian es prophezeit hatte.

Shale hatten sie noch immer nicht geschnappt, aber er war durch Straßensperren in jenem Landstrich aufgehalten worden und war möglicherweise Hals über Kopf wieder in der Richtung geflohen, aus der er gekommen war. An alle Autobesitzer war die Warnung ergangen, auf ihre Wagen aufzupassen. »Wir hätten ihn natürlich schon längst, wenn ihr beiden jungen Damen ihn nicht mit dem schnellen Wagen hättet entkommen lassen«, sagte der Polizeiwachtmeister vorwurfsvoll; gerade so, erklärte Freddie hinterher, als ob sie ihm den Wagen angeboten hätten.

»Wenn wir ihn kriegen, wird er sofort vor Gericht gestellt und eine von Ihnen oder auch alle beide werden wohl erscheinen müssen«, das war der letzte Pfeil des Wachtmeisters.

»Wie schrecklich«, rief Freddie Louisa zu, als sie den Hörer aufgelegt hatte. »Ich bin überhaupt noch nie in einem Gericht gewesen.«

»Durch irgendein Wunder Elizabeth auch nicht – noch nicht. Aber ihr wird's nichts ausmachen. Sie wird es gründlich genießen.«

Als Freddie Standish erzählte, daß der Wagen gefunden worden sei, schloß sie heroisch: »Siehst du, du wirst also dieses Kleinauto gar nicht brauchen. Willst du's nicht zurückschicken? Ich glaube sicher, daß der Mann es zurücknimmt, wenn du ihm die Sachlage auseinandersetzt. Deiner ist ja bald wieder da.«

Er lachte nur. »Schau nicht so großherzig drein. Das paßt wirklich nicht zu dir. Was den Wagen anlangt: Geschäft ist Geschäft. Das kleine Autochen ist nicht schlecht, obgleich es Jonathan vielleicht nicht gut genug für die Frau eines erfolgreichen Arztes finden wird. Aber so, wie es da steht, gehört es nun mal dir. Es ist auf deinen Namen eingetragen.«

Freddie fühlte sich immer noch zu Einwänden verpflichtet. »Vater, ist es, weil ich – nun ja, ich will nichts dafür haben, daß ich – ich herkam und . . .«

»Kurzum, du willst keinen Lohn dafür, daß du mich mit deiner herrschsüchtigen Ader zu Tode gequält hast«, ergänzte er zuvorkommend. »Gut, aber es ist kein Entgelt. Es ist ein Hochzeitsgeschenk.«

Louisa, die diese Unterhaltung mit angehört hatte, sah grimmig erfreut aus, gab aber nur ihrer Hoffnung Ausdruck, Mr. Standish möge sich an solche Dinge wie Schenkungssteuern erinnern und nicht den Staat übers Ohr zu hauen versuchen. Nicht, daß sie selbst große Stücke darauf gäbe, aber sie wollten ja schließlich nicht, daß noch mehr von der Familie vor Gericht erscheinen müßten.

Der Beginn der Preishüten war auf zehn Uhr angesetzt, und sie fanden auf einer sieben Meilen weiter talabwärts gelegenen Farm statt, wo eine Koppel für die Gelegenheit zur Verfügung gestellt worden war. Der Platz war gut gewählt, da sich dort sowohl eine ansehnliche Niederung als auch ein hübsch steiler Hügel befand; auch lag er am Ende einer Sackgasse, so daß die zahlreichen Zuschauer, die sich an der Stelle versammelt hatten, von keinem Durchgangsverkehr gestört wurden. Freddie brachte ihre Gäste zu den verschiedenartigsten Vehikeln; die Junggesellen beförderten ihre Hunde im Fond, die Verheirateten hatten ihre hygienischerweise im Kofferraum verstaut. Dann machte sie sich selbst mit Liz und deren Vater in Jocks Wagen auf den Weg.

Auf dem Rasenstreifen neben der Koppel standen schon alle möglichen Sorten von Autos und eine seltsame Auslese von Pferden, die an den Zaun angebunden waren. Die Wagen reichten von schimmernden neuen Modellen, die sich ein paar vom Glück begünstigte Farmer nach den phänomenalen Preisen bei den letzten Wollverkäufen im November geleistet hatten, über die älteren, aber recht anständigen Autos, deren Eigentümer nicht gar so erfolgreich waren, bis hinunter zu der außergewöhnlichen Sammlung »alter Knatterkisten« im Besitz der jüngeren Generation, die sich unbedingt ihre eigene snobistische Extrawurst braten mußte und alles verachtete, das solide aussah.

Auch eine Menge Pferde war da: Maori-Klepper, oder Kaiporkas, die Säcke statt Satteldecken trugen, und manche hatten auch überhaupt keinen Sattel; Arbeitspferde mit schönem Widerrist und sauberen Fesseln; und ein paar Vollblüter, die sich die wohlhabenderen unter den jungen Leuten hielten, da sie es sich leisten konnten, sie über eine gewisse Entfernung im Viehwagen zur Jagd oder zum Hindernisrennen transportieren zu lassen.

Und überall Hunde – in Autos zurückgelassene Hunde, die ihren Besitz verteidigend andere Köter oder auch Fremde, die sich zu nähern wagten, anknurrten; Hunde, die in sicherer Entfernung von den angepflockten Pferden an der Kette lagen, und ein paar, die dicht bei Fuß ihrem Herrn folgten und sich weder von dem Gewühl, noch von der Angriffslust anderer Köter aus der Ruhe bringen ließen.

Freddie, die noch nie ein großes Treffen auf dem Lande miterlebt hatte, war hingerissen und voller Fragen, die Jock Baker geduldig beantwortete.

»So geht das nun mal vor sich. Sehen Sie, das hier ist ja nur eine kleine Hinterlandaffäre, und ich weiß nicht, wie sie's bei den Bezirksprüfungen halten oder selbst, ob sie unten im Süden anders vor sich gehn. Aber hier haben wir vier Hauptprogramme – zwei Treiben und zweimal weites Gehüt. Wie ich schon sagte, die Regeln mögen unterschiedlich sein, und zum großen Teil hängt's auch von dem Schiedsrichter ab, den man zufällig erwischt – manche ziehen Punkte aus einem Grunde ab, den andere überhaupt nicht beachten, und so weiter.«

»Aber mit den ganzen Hunden muß das ja eine Woche dauern.«

»Gar nicht so schlimm. Nur zwei Tage. Sehen Sie, obgleich in jedem Programm drei Klassen kombiniert sind – die Neulinge, die Neulinge vom Ort und die offene Klasse – hat jeder Hund nur einen Durchgang. Ich meine, der Hund wird nur nach diesem einen Durchgang beurteilt, auch wenn er für alle drei angemeldet ist.«

»Ich könnte mir denken, Neuling ist ein Hund, der noch nie gewonnen hat?«

»Ja . . . Holla, Jim. Was macht dein Hund?«

»Sosolala. Wird heut nicht viel los sein mit ihm.«

Jock fuhr fort: »Zuerst kommt das Weite Gehüt. Das geht den Hügel herunter, und die Schafe laufen bergab morgens am besten. Schaun Sie, sie lagern auf den Höhen, und es ist für sie das Natürlichste, herunterzuwandern, wenn es Tag wird. So sind also die Burschen, die ihre Hunde früh in's Hüten schicken, am glücklichsten dran . . . Holla, Brian. Was macht dein Hund?«

»Ganz verdammt mies, aber ich hab' mir gedacht, ich laß ihn ruhig mal mitlaufen.«

Und auf diese Weise ging das Gespräch weiter, und ständig wurde es von diesen Anfragen unterbrochen. Freddie bemerkte, daß es Jock gelegentlich einfiel hinzuzufügen: »Was macht die Familie?« aber es war nur ein Nebengedanke. Dieser Tag gehörte ausschließlich den Hunden.

Sobald er es anstandshalber konnte, verzog Jock sich, und noch im Weggehen konnten die Mädchen seine Stimme hören: »Holla, Dick. Was macht dein Hund?«

Liz erklärte, daß das weite Gehüt die erste Programmnummer sei. »Es ist nicht so schwierig, und eine Masse Hunde sind dafür angemeldet. Die Schafe sind auf dem Hügel eingepfercht. Siehst du da oben die Männer? Das sind die Helfer, und sie müssen den Pferch öffnen und die drei Schafe geschickt in Stellung manövrieren. Dann, wenn der Schiedsrichter ›Los!‹ sagt, muß der Hund den Hügel hinaufjagen, um die Führung der Schafe zu übernehmen und sie ihrem Schäfer zurückzubringen. Sie müssen zwischen den Pflöcken dort hindurchgehen, und der Schäfer muß in dem Ring da stehen und darf sich nicht daraus wegrühren. Auch der zweite Mann da drüben, der mit dem Hund, ist ein Helfer – aber seine Aufgabe ist, die Bahn freizuhalten – ich meine, falls der Hund, der gerade dran ist, die Kontrolle über seine Schafe verliert, und sie brechen aus oder er kann sie nicht zum Gatter treiben und läßt sie einfach in einen anderen Pferch hineinspazieren, springt der Helfer ein. Alle diese Helfer werden ganz schön auf Trab gehalten. Die Konkurrenten fangen mit hundert Punkten an und verlieren für jeden Fehler einen ganzen oder auch einen Teilpunkt ... Da kommen jetzt die Schiedsrichter.«

Ein Wagen rollte bis zum Gatter heran, das geöffnet wurde, um ihn durchzulassen. Ian, der sich zu den Mädchen gesellt hatte, erklärte Freddie, daß – gewöhnlich – nur den Schiedsrichtern und Teilnehmern der Zutritt zu der Koppel gestattet sei. »Ein Schiedsrichter für das Gehüt und einer für das Treiben.«

»Worin besteht eigentlich der Unterschied zwischen Weitem Gehüt und Engem Gehüt, und dem Pferchen?«

»Im Engen Gehüt müssen die Hunde die Schafe den Hügel herunterbringen, und der Schäfer steht unten am Fuß, das ist das gleiche wie bei den anderen auch. Sie müssen die drei Schafe durch die beiden Pflöcke da drüben durchbugsieren, dann zwischen den Hürden durch und zuletzt in den Pferch hinein.«

»Drei Schafe? Wie entsetzlich schwierig.«

»Es ist schon knifflig. Natürlich muß man eine Menge Glück dabei haben. Enorm viel liegt an den Schafen selbst. Wenn sie ein bißchen verrückt spielen, hat nicht einmal ein guter Hund viel Aussicht. Gehen sie ruhig, wird auch ein nicht so tüchtiger Hund leicht gewinnen.«

»Und braucht der Schäfer nur einfach so dazustehen?«

»Bis die Schafe zu den Hürden kommen. Dann zieht er sie mit dem Hund gemeinsam hindurch, und er muß hinter ihnen durchgehen, die Schafe einholen und das Pferchgatter öffnen. Er darf es nicht zumachen, bevor die drei Schafe drinnen sind und der Schiedsrichter ›Gut!‹ sagt.«

»Wie schrecklich. Nehmen Sie einmal an, sie würden wieder ausbrechen, ehe der Schiedsrichter es gesagt hat.«

»Pech, wenn das passiert. Einmal dachte ich, ich hätte den Schiedsrichter ›Gut!‹ sagen hören, also warf ich das Gatter zu und verlor. Das ist Glücksache ... Holla, Jack. Was macht dein Hund?«

Und es folgte prompt die unvermeidliche Antwort: »Nicht viel los mit ihm«, und Ian wurde von der Menge fortgespült.

»Wie sich die Männer mit ihren Hunden haben!« sagte Freddie. »Dauernd behaupten sie, sie taugten nichts, aber sie würden wahnsinnig, wenn ihnen jemand recht gäbe.«

»Schlimmer als Mütter mit ihren Kindern«, pflichtete Liz bei.

»Also, Freddie, jetzt weißt du ja, wie alles vor sich geht, und das Weite Gehüt fängt jeden Moment an.«

Der erste Durchgang fand Punkt zehn statt. Ein Mann nach dem anderen nahm seinen Platz im Ring ein. Schweigen hersschte während der Vorführung, aber nach jedem Lauf gab es eine Menge Applaus und gutmütige Kritik. In den Pausen erklärte Liz den Unterschied zwischen dem heutigen Programm und dem morgigen. »Das Treiben ist das genaue Gegenteil. Die Schafe sind in der Niederung eingepfercht. Die Helfer bringen sie in Stellung, und auf das Zeichen des Schiedsrichters hin muß der Hund sie den Hügel hinauf und über die Ziellinie hinweg hetzen.«

»Sie hetzen? Das klingt ziemlich einfach.«

»So einfach ist es auch wieder nicht. Siehst du die Stangen da drüben? Der Hund muß die Schafe dicht an sie heranführen und der Schäfer muß unten in der Niederung zwischen diesen anderen beiden Stangen bleiben. Er darf nicht einen Schritt über sie hinausgehen und darf die Schafe weder anfluchen noch scheuchen. Dann gibt's noch die Zickzackverfolgung. Dafür sind die anderen Pflöcke da.«

»Die so im Zickzack aufgestellt sind? Muß der arme Hund die Schafe etwa durch sie hindurchtreiben?«

»Ja, durch drei Paar.«

»Treten auch Frauen mit Hunden an?«

»Hier nicht, aber anderswo schon. Hier gibt's aber ganz zum Schluß eine Prüfung für Frauen. Sie ist mehr als Jux gedacht; nur ein Weites Gehüt, und manche der Mädchen schicken die Hunde ihrer Brüder los.«

»Was ist mit dir, Liz? Du arbeitest doch schon seit einer Ewigkeit mit Hunden und hast mir selbst erzählt, daß du Flirt ganz gut führen kannst. Auch Ians Sam. Warum versuchst du's nicht mit einem von den beiden?«

»Ach, Ian hat mich nicht gefragt, Derrick schon. Ich weiß aber nicht recht. Ich bin nicht sehr gut, und dann wär' ich auch zu schüchtern.«

»Du und schüchtern! Wieso, du kennst doch hier jeden.«

Freddie unterließ es hinzuzufügen: »Und jeder scheint dich zu mögen«; aber an diesem Tag war ihr die allgemeine Beliebtheit des Mädchens erst richtig aufgegangen. Alle, vom alten Moki, der auf einer Farm weiter unten im Tal arbeitete, bis zu dem reichlich snobistischen jungen Mann, der kürzlich eine schöne Farm etwa fünfzehn Meilen weit entfernt gekauft hatte, schienen Liz zu kennen. Man konnte leicht sehen, daß die Alteingesessenen im Distrikt stolz auf das mutterlose kleine Mädchen waren, das vor neun Jahren hergekommen war und sich so vorbehaltlos ins Leben gestürzt hatte. Wie ein bejahrter Farmer es Freddie gegenüber formulierte: »Kann mit jedem vermaledeiten Ding umgehen, wenn sie will, ob sie sich nun auf einen halbzugerittenen Kaiporka setzt oder einem lammenden Mutterschaf in der Not beisteht – oder nur Mrs. Wells dazu herumkriegt, sie in einem selbstgemachten Kleid auf einen Tanz gehen zu lassen.«

Wenn Liz tatsächlich Derricks Flirt führen würde, wäre das bestimmt ein Publikumserfolg. Indessen hätte Freddie es viel lieber gesehen, wenn es Ians Sam gewesen wäre.

Die Zuschauer säumten den Zaun oder kletterten auf ihre Wagendächer oder irgendeinen anderen günstigen Aussichtspunkt. In den Pausen zwischen den einzelnen Läufen fanden die gewaltigen Krüge mit Tee, die Pyramiden von Pasteten und die Batterien von alkoholfreien Getränken, die die Bude verkaufte, reißenden Absatz. Alkoholische Getränke waren theoretisch verboten; in den Kofferräumen der meisten Autos lagen jedoch ein oder zwei Flaschen versteckt, und die Männer standen darum herum und feierten die Gelegenheit, ihre Siege oder auch ihre Niederlagen. Je weiter der Tag voranschritt, desto mehr lockerte sich die Stimmung und die Kommentare wurden gezielter. Wie Liz gesagt hatte: Waren Flüche während der Hütungen auch verboten, so entschädigten sich manche der Männer dafür hinterher um so mehr.

Die jungen Hunde, die für die Prüfung der Neulinge und der Neulinge vom Ort im Weiten Gehüt angemeldet waren, sorgten reichlich für Zeitvertreib. Manche scheuten sich vor der Menge und blieben stehen wie gelähmt, ignorierten die wütenden Befehle und trotteten an die Seite ihres Herrn zurück oder sprangen durch den Zaun, um ihre Schmach unter dem erstbesten Wagen zu verbergen. Mehr als einer schnappte über. Lärm und Aufregung stiegen ihnen zu Kopf, und obgleich während der Durchgänge Ruhe herrschte, hatten sie schon alle Hemmung fahren lassen, ehe sie noch begonnen. Zweimal verlor ein Welpe seinen Kopf, und zwar so vollständig, daß er seine drei Schafe den Hügel hinauf und außer Sicht hetzte. Andere führten ihre Schafe, nachdem sie das Treiben vollendet hatten, gehorsam zu der Koppel auf der anderen Straßenseite. Das galt als wohlerzogen, obgleich es auch den Helfern überlassen werden konnte.

Weder Derrick noch Archie Muir hatten ihre Hunde für diese Prüfung angemeldet. Sie warteten auf das Enge Gehüt. Als Ian wieder zu den Mädchen stieß, sagte Liz vorwurfsvoll: »Warum läßt du Sam nicht im Weiten Gehüt mitmachen? Du weißt doch, wie großartig er ist.« Ian zuckte die Achseln. »Er hat es schon die letzten drei Jahre hintereinander gewonnen. Nur recht und billig, es dies Jahr bleiben zu lassen. Außerdem ...«

»Außerdem was?«

Aber Ian schien der Frage auszuweichen. Er drehte sich zur Seite, um einen Freund mit dem üblichen: »Holla, Tim. Was macht dein Hund?« zu begrüßen.

Zu Freddies Überraschung schlenderte Archie Muir, gefolgt von dem jungen Hund, den er so verächtlich als »den Schwachsinnigen« bezeichnet hatte, auf die Bahn hinaus. Ein Mann, der am Zaun stand, rief ihm zu: »Schätze, er wird sich gut machen, wenn er seiner Mutter nachschlägt«, doch Archie grinste nur. »Er ist ein vollendeter Trottel, aber er kann sich ja mal die Zähne dran ausbeißen.«

Archie machte mit seinem stillen, bescheidenen Wesen und seiner riesigen Hornbrille einen aufgeräumten, aber etwas sonderbaren Eindruck. Freddie hatte seine wegwerfenden Bemerkungen mit Vorbehalt aufgenommen, doch jetzt erkannte sie, daß Archie die traurige Wahrheit gesprochen hatte. Der Schwachsinnige, dessen eigentlicher Name Spot lautete, setzte sich begeistert hügelaufwärts in Bewegung und hielt dabei viel zu gerade auf die Schafe zu. Sie sahen ihn, flohen und suchten dann Zuflucht in einer kleinen Senke, wo sie für einen Mann zwar noch sichtbar blieben, für den Hund indessen nicht. Der Schwachsinnige begann wild nach ihnen zu suchen, jedoch ohne Erfolg. Archie ermutigte ihn mit Stimme und Pfiff, aber plötzlich nahm er mit einer Geste äußerster Erbitterung seine große Brille von der Nase und hielt sie mit ausgestrecktem Arm dem Hund entgegen. »Soll ich dir die verdammten Dinger leihen?« fragte er in stiller Wut.

Als hätte ihm dieses Angebot neuen Auftrieb gegeben, entdeckte Spot plötzlich die Schafe und brachte es irgendwie fertig, den Lauf, wenn auch reichlich ungeschickt, zu beenden. Aus der Menge stieg brüllendes Gelächter auf; sie alle wußten, daß selbst, wenn der Hund je eine Chance gehabt hätte, sein Besitzer sie mit seinem Fluchen auf der Bahn verspielt hatte.

Als Archie auf die beiden Mädchen zukam, zog Liz ihn mit seiner Ausdrucksweise gehörig auf und sagte dann: »Die Vorstellung war fast so gut wie die andere, die Sie damals mit der alten Meg gegeben haben. Wissen Sie noch?«

Archie ächzte. »Als ob ich das je vergessen könnte! Keiner läßt mich ja«, und er wandte sich an Freddie. »Wissen Sie, Hunde sind schon komisch. Ich hatte eine großartige alte Hündin und meldete sie für das Treiben an. Sie gehörte zu dem ruhigen, durch nichts zu erregenden Typ und hatte noch nie in ihrem Leben um sich gebissen. Was mit ihr an jenem Tag los war, fragen Sie mich nicht. Aber sobald sie die Schafe sah, nahm sie einen gemeinen Anlauf und erwischte eins mitten im Rücken. Dann schmiß sie's hin und hetzte die beiden anderen sauber über den Hügel. Ich hab' sie erst nach Stunden wiedergesehen, und da schien sie mächtig zufrieden mit ihrer Leistung. Das Komische ist, daß sie seitdem nie wieder gebissen hat. Momentane geistige Umnachtung, nehme ich an«, schloß er betrübt.

Während sie noch miteinander sprachen, war das Weite Gehüt von einem Hund, der nicht aus dem Distrikt stammte, gewonnen worden.

»Bei Gott!« sagte Ian, »da fängt tatsächlich schon das Enge Gehüt an. Der Hund da macht Mist. Läuft viel zu dicht auf. Die brechen ja aus, ehe sie noch zu den Hürden kommen.«

Es gab einige Versager, und viele Hunde brachten es zwar zuwege, büßten aber für zu dichtes Kurztreten oder andere Fehler Punkte ein. Plötzlich bemächtigte sich neugierige Erregung der Menge, als Derrick mit Flirt bei Fuß hinausging. Es war allgemein bekannt, daß seine Hündin Preishütensiegerin war. Als der Schiedsrichter »Los!« rief, jagte Derrick sie den Hügel hinauf, er arbeitete ausschließlich mit seiner Pfeife.

»Spricht er seinen Hund eigentlich nie an?« fragte Freddie. »Sehr selten nur. Gewöhnlich gebraucht er die Pfeife. Er hat auch eine von diesen merkwürdigen Ultraschallpfeifen. Sie kennen doch sicher diese Art – ein so hoher Ton, daß Menschen ihn nicht hören können, wohl aber Hunde. Aber heute verwendet er sie nicht. Nur die gewöhnliche. Flirt macht seine Sache unwahrscheinlich gut.«

Die kleine schwarzweiß gefleckte Hündin jagte in fehlerlosem Lauf die Hügel hinauf, hielt gerade weit genug Abstand, um die

Schafe nicht zu erschrecken, und stand plötzlich »stockstill«. Dann bewegte sie sich, genau auf Derricks Pfiff achtend, sehr sachte auf die drei Hammel zu und trieb sie langsam den Hügel hinunter. Zusammen arbeiteten Mann und Hund sie durch die Hürden, dann überließ Derrick sie Flirt, ging rasch auf den Pferch zu und warf das Gatter weit auf. Zentimter um Zentimter manövrierte die Hündin die Schafe zum und in den Pferch hinein, und als der Schiedsrichter endlich »Gut!« rief, schloß Derrick das Gatter, und ein Beifallssturm brauste auf. Sein Lächeln war ein klein wenig überheblich, als er lässig den Applaus entgegennahm.

»Er hat's, glaube ich!« schrie Liz aufgeregt. »Bei diesem Lauf kann er unmöglich viele Punkte verloren haben.«

»Da kommt immer noch Archie dran. Er wird auch nicht viele verlieren«, warf Ian ein.

Und Fans Leistung war so tadellos, daß sich der Schiedsrichter nach langem, sorgfältigem Auszählen und Nachrechnen der Punkte gezwungen sah, die Partie für unentschieden zu erklären.

Derrick zog sich schnurstracks mit einer Gruppe von Bewunderern zu seinem Auto zurück; denn wenn schon der Menge sein Selbstvertrauen wenig behagt hatte, so konnte er doch darauf bauen, daß Hundenarren einer erstklassigen Leistung auf jeden Fall applaudieren würden. Da Archie neben seinen anderen kleinen Überspanntheiten auch eine entschiedene Abneigung gegen Schnaps besaß und Bier nur gerade eben noch so hingehen ließ, war er's zufrieden, zu Ian und den Mädchen herüberzukommen und ihnen mitzuteilen, was für eine gute Hündin Flirt doch sei.

Der letzte Durchgang an diesem Tag war um fünf Uhr zu Ende. Nach und nach begann sich die Menge zu verlaufen; Männer, die den ganzen Tag lang glücklich waren, ohne an ihre Frauen zu denken, stiegen jetzt in ihre Wagen, hupten ungeduldig und murmelten etwas von »Weibertratsch« in den Bart. Frauen, die nur zu glücklich gewesen waren, daß niemand an sie gedacht hatte, und die sich mit anderen Frauen höchst vergnügt die Zeit vertrieben hatten, eilten rasch hinüber und bauten jeder Kritik vor, indem sie ihre Männer fragten, ob sie eigentlich nie dieses dauernde Gerede über Köter satt bekämen.

Derrick war mit seinem eigenen Wagen heruntergekommen und

machte Liz dreist den Vorschlag, mit ihm heimzufahren und »laß Freddie und deinen Vater in dieser alten Knatterkiste fahren«. Er erhielt einen Korb, und Freddie dachte, wie viel weniger attraktiv er doch aussähe, wenn er getrunken hatte. Er hatte die Entscheidung des Schiedsrichters ganz anders aufgenommen als Archie und geheimnisvoll vor sich hingeknurrt, er wolle »morgen schon mit Tip siegen oder den Grund erfahren, warum nicht«. Darüber hatte Liz ein ehrlich erschrockenes Gesicht gemacht. So redete man bei Preishüten einfach nicht. Als Freddie sie beobachtete, bemerkte sie froh, wie ihre Augen nachdenklich von seinem erhitzten hübschen Gesicht zu Ians fröhlichem wanderten. Möglicherweise sah sie jetzt den blendenden jungen Mann in einem etwas weniger günstigen Licht.

12

Der zweite Tag der Preishüten brach so klar und sonnig an wie der erste, und an diesem Morgen erlaubte der Arzt, Standish dürfe für eine Stunde hinuntergefahren werden, unter der Bedingung, daß er sich nicht aus dem Wagen rührte. Obgleich all seine Gäste sich herzlich erboten, ihn mitzunehmen, wurden sie von Mrs. Wells ignoriert, die verkündete, sie würde das schon selbst besorgen, denn dann wäre sie wenigstens sicher, daß er nur für die Dauer der erlaubten Zeit dabliebe. »Wir nehmen am besten das neue Autochen, damit Ihr Vater wenigstens sieht, was er Ihnen da zum Geschenk machen will«, sagte sie zu Freddie. »Dann können wir auch dicht an den Zaun heranfahren, und er hat einen schönen Überblick von da, obgleich es meinen Horizont wahrhaftig übersteigt, was er an einem Haufen herumhechelnder Köter so aufregend findet.«

Natürlich hielt Maxwell es für nötig, etwas zu brummeln von: dauernd von einem Drachen gehütet und in einem Kinderwagen hinuntergefahren zu werden; ein Sammelsurium von Gleichnissen, die, wie er sagte, nur den Zustand veranschaulichten, zu dem ihn Louisa degradiert hatte. »Ich kann euch versichern, sie behandelt mich wie ein Baby«, verwahrte er sich, aber wohlweislich nur hinter Louisas geradem, unnachgiebigem Rücken.

Sie hatte recht mit den Vorteilen eines kleinen Wagens. Alle machten sofort Platz, und sie parkten an einer günstigen Stelle. Selbst Maxwell mußte zugeben, daß das Kleinauto, wenn man seine Größe von einem Hühnerkorb nicht in Betracht zog, gar nicht so übel war. Er verbrachte eine höchst vergnügliche Stunde, sah den Läufen zu und genoß das Affentheater, das seine vielen Freunde mit ihm aufführten. Mrs. Wells tauchte auf die Minute pünktlich nach Ablauf der Stunde aus dem Nichts auf und bestand zu seiner Wut hartnäckig darauf, ihn heimzubefördern.

Es war der Tag der Treiben. Dreißig Hunde waren angemeldet, und für jeden standen fünfzehn Minuten zur Verfügung. Es würde ein heißer und aufregender Tag werden.

Unter der Menge wurden endlose Spekulationen über das Gerade Treiben angestellt. Im großen und ganzen war man sich darüber klar, daß die Entscheidung zwischen Derricks Tip, Archies Rag und Ian Wards Toss fallen müsse. Alle drei Hunde waren nur für die offene Klasse eingetragen, da sie alle schon vorher Preise gewonnen hatten. »Ja, eigentlich müßte einer von ihnen siegen«, erklärte Jock Baker den Mädels. »Sie sind sich zwar alle ebenbürtig, doch besteht immer die Möglichkeit, daß sie ein widerspenstiges Schaf dabeihaben oder irgend etwas machen, was dem Schiedsrichter nicht gefällt. Man kann sich wirklich nie darauf verlassen, was passiert.«

Die leichtere Abteilung wurde von den jüngeren Hunden in den Jugendklassen vertreten. Hori, ein Arbeiter von der Wardschen Farm, versuchte einen sehr unerfahrenen Welpen zu führen, der sich mit solcher Begeisterung in seine Aufgabe kniete, daß er die Schafe im gestreckten Galopp den Hügel hinaufhetzte, dabei nicht nur von den Pflöcken, sondern auch von den Befehlen seines Herrn nicht die geringste Notiz nahm, um schließlich mit ihnen über die Kuppe zu verschwinden. Der Helfer brauchte einige Minuten, um die Schafe wieder einzusammeln, aber Lad ließ sich eine halbe Stunde lang nicht mehr blicken, bis er endlich, nachdem er offenbar eingesehen hatte, daß er sich bei Hori nicht besonders beliebt gemacht hatte, in weitem Bogen zurückkam, eine Weile am Rand der Menschenmenge herumlungerte, sich dann unverantwortlicherweise entschloß, sich in einem sehr teuren Luxuswagen zu verkriechen, und allen Bemühungen, ihn daraus zu verjagen, trotzte, bis Hori ihn mit einer Fleischpastete herauslockte.

Die Zuschauer amüsierten sich königlich; Derrick jedoch sagte voller Verachtung: »Wirklich, mir gefällt die Art, wie ihr eure Hunde hier abrichtet! Erst blamiert er sich, und dann wird er auch noch mit einer Pastete belohnt!«

Hori aber bewahrte seinen Gleichmut, grinste nur breit und bemerkte: »Ist ein guter Hund, aber noch'n bißchen jung in der Führung. Wart du's nur ab und erleb ihn nächstes Jahr.«

Aber im nächsten Jahr, dachte Freddie, hätte Derrick längst die Güter seiner Ahnen übernommen, wo offenbar alles – einschließlich Hundedressur – auf einer höheren Ebene vor sich ging.

Als sich die Zeit für die letzten drei Durchgänge näherte, gerieten die Mädchen in einen Zustand höchster Erregung. Zuerst kam Derrick dran; er betrat den Schauplatz mit Tip, Selbstvertrauen und einer Spur gönnerhafter Herablassung in seinem Lächeln. Der Hund zeigte ein gutes Treiben, indem er seine Schafe leidlich dicht bei den Pflöcken hielt. Das einzige, was einen perfekten Durchgang verdarb, war, daß er an einer Stelle die Schafe ein bißchen von der Bahn abkommen ließ.

Als nächster wurde Archie Muir aufgerufen, und Rag, sein Hund, zeigte die gleiche Beherrschung der Schafe und der Gesamtlage und erhielt sogar noch stärkeren Beifall: teils aus örtlicher Voreingenommenheit für einen Mann aus ihren eigenen Reihen, teils weil Derricks Aufgeblasenheit die Menge leicht verstimmt hatte. Doch ließ sich der Schiedsrichter durch Rags Gebell ungünstig beeinflussen und zog darum wieder Punkte ab.

Den Schluß machte Ian mit seinem klugen und erfahrenen Toss. Mann und Hund waren beide beliebt, und als sie nach vorne schritten, wurden ermutigende Randbemerkungen laut. Freddie fiel augenblicklich die vollkommene Übereinstimmung zwischen den beiden auf. Toss kannte keine Nervosität. Er verließ sich so gänzlich auf seinen Herrn, wie Ian sich auf ihn verließ. Sie bildeten eine Einheit, und in Ians Blick, den er auf den schwarzbraunen Hund warf, lag echte Zuneigung. »Sie scheinen sich richtig zu lieben«, flüsterte Freddie Liz zu. »Blöd, aber ich fühl' mich so aufgeregt, daß ich heulen könnte.«

Das gesamte Verhalten von Toss war über jeden Tadel erhaben; sein Lauf war fast fehlerfrei und sein Gang schnell und doch vorsichtig. Der Siegerpreis wurde ihm zuerkannt; der zweite Preis ging an Derrick und den dritten bekam Archie. Als das Ergebnis bekanntgegeben wurde, brandete tosender Beifall auf. Und Ian wurde mit Einladungen bestürmt, mitzukommen und »einen zu heben«.

Derrick steckte seine Niederlage mit mehr Anstand ein, als er den gestrigen Urteilsspruch hingenommen hatte. Immer noch stand die Zickzackverfolgung aus. Außerdem war Toss ein alter Kämpe, und sein Herr nahm seinen Sieg mit großer Bescheidenheit hin. »Unsere Schafe waren gut«, sagte er. »Toss hatte überhaupt keinen Kummer mit ihnen. Das ist Spielerglück.«

»Aber er machte es einfach wunderbar«, rief Freddie aus.

»Er ist ein richtiges Goldstück und so klug.«

»Das ist er. Er könnte leicht allein damit fertig werden«, gab sein Herr zurück.

Liz tätschelte den alten Rüden mit echter Zärtlichkeit. »Er ist der beste Hund im ganzen Distrikt und obendrein der bescheidenste«, sagte sie, und Freddie fühlte sich zu dem Gedanken bewogen, sie meine damit nicht nur den Hund, sondern auch seinen Herrn und Meister. »Aber, Ian, warum hast du Sam heute mit heruntergebracht? Er hätte gestern beim Weiten Gehüt mit dabeisein sollen.«

Ian redete sich heraus. »Dachte, er würde vielleicht mal einen kritischen Blick auf die Sache werfen wollen«, sagte er grinsend. »Kam sich gestern ein bißchen ausgeschlossen vor, weil er an der Kette zurückbleiben mußte.«

Derrick amüsierte sich drüben bei seinem Wagen, und als er zu den Mädchen herüberschlenderte, legte er unbekümmert seinen Arm um Liz. »Nun, mein Herzchen, hast du auf mich gesetzt oder auf deinen kostbaren Freund?« Zum Glück war Ian schon gegangen, aber Liz wurde rot und sagte: »Mir war's egal, wer gewinnen würde, solange es nur eine gute Schau war.«

Er lachte. »Immer das gleiche kleine Sportsmädel. Das kannst du beweisen, wenn du Flirt im Weiten Gehüt der Damen führst. Sie gewinnt bombensicher.«

Liz sah unentschlossen aus, und Freddie ertappte sich dabei, wie ihre Augen zu Sam hinüberschweiften, der dicht bei Fuß mit Ian auf der anderen Straßenseite stand. »Ich weiß nicht. Wird sie überhaupt für mich arbeiten wollen, mit dir hier?«

»Ich verzieh' mich von der Straße. Sie hat schon so oft für dich gearbeitet. Sie kennt dich, und sie ist ganz der Typ, der für mehr als nur für einen Herrn arbeitet.«

»Es kommt mir nicht sehr ehrlich vor. Sie ist nicht mein Hund.«

»Das macht doch nichts. Alle Mädchen führen die Hunde ihrer Brüder oder Freunde. Sei kein Spielverderber – oder würdest du lieber mit einem bestimmten anderen Hund arbeiten?«

»O nein«, sagte Liz rasch, »niemand sonst hat mir seinen Hund angeboten ... Schön, Derrick, ich will's versuchen, aber fluch nicht über mich, wenn ich's vermaßle.«

Derrick erhob laute und reichlich unzusammenhängende Einwände, daß er doch nie, niemals die liebe kleine Liz anfluchen würde. Er hatte doch den Sieg und die Niederlage ganz unparteiisch gefeiert, und Freddie fragte sich, wie er wohl seinen Hund im Zickzack führen mochte, der ein paar Minuten später angesagt wurde.

Nicht sehr viele Hunde waren dafür angemeldet worden, und wieder wurde der Kampf zwischen den drei ersten Siegern im Geraden Treiben ausgetragen. Von den übrigen wurde einer nach dem andern auf die Bahn gebracht, aber es war offenkundig, daß sie Punkte eingebüßt hatten und daß, falls sich das Glück nicht total gegen die drei Sieger wendete, einer von ihnen bestimmt gewinnen würde.

Hatte Freddie einige Zweifel an Derricks Nüchternheit gehegt, so bemerkte sie doch bald, daß dies auf seine Führung des Hundes keinen Einfluß hatte. Er arbeitete ausschließlich mit der Pfeife, und Tip ließ eine gute Verfolgung sehen, indem er die Schafe vorsichtig durch die Pflöcke durchzog und triumphierend die Vorstellung beendete. Als Derrick, nachdem er seine Schafe kunstgerecht außer Sicht geführt hatte, zum Zaun zurückkehrte, empfing ihn eine ehrliche Beifallssalve. Und Archie sagte liebenswürdig: »Ian, wir sind geliefert. Dagegen gibt's keine Hoffnung mehr.«

Rag machte seine Sache ausgezeichnet, hatte aber Ärger an dem zweiten Pfostenpaar, und das kostete ihn gerade so viele Punkte, um ihn auf den zweiten Platz zu verweisen. Ian hatte überhaupt kein Glück. Er erwischte zufällig ein nervenschwaches Schaf, und ausgerechnet in dem Augenblick, als er sie auf den Weg bringen wollte, schlug mit lautem Knall eine Wagentür zu. Die Schafe brachen aus, und seine Hoffnung ging mit ihnen dahin. Sowohl Archie als auch Ian akzeptierten die Entscheidung jedoch fröhlich und waren die ersten, die Derrick gratulierten. »Ich würd's ja gern nächstes Jahr wieder mit Ihnen aufnehmen, aber sicher wollen Sie Tip dann in besserer Gesellschaft laufen lassen«, sagte Archie.

Derrick gab lässig zu, daß er dann bestimmt nicht hier wäre, und schlenderte, Flirt bei Fuß, zu Liz hinüber. Ian aber kam ihm zuvor, und Freddie hörte ihn drängend sagen: »Liz, du weißt doch, warum ich Sam mit herunterbrachte. Ich möchte so gern, daß du ihn führst im Damenhüten. Er kennt dich so gut. Eigentlich müßte er eine gute Chance haben.«

»O Ian«, Liz' Stimme war voll ehrlichen Bedauerns. »Warum hast du das nicht eher gesagt?«

»Aber ich dachte, du würdest es erraten. Vor Wochen hast du schon gesagt, du würdest es gern mit ihm probieren.«

»Ich weiß, aber du hast nichts mehr davon erwähnt, und ich dachte, du hättest es vergessen.«

»Das würd' ich bestimmt vergessen! Darum hab' ich ihn doch gestern nicht teilnehmen lassen.«

»Ach Ian, warum sagst du mir nicht, was du vorhast? Wie kann ich das denn wissen?«

»Na, nach neun Jahren solltest du dir das doch eigentlich selbst denken können.«

»Hab' ich aber nicht, und ich hab' versprochen, Flirt zu führen.«

Sogleich wurde Ians Gesicht verschlossen und seine Stimme genau so gleichgültig wie Derricks. »So ist das also. Wahrscheinlich fährst du mit Flirt ja auch besser. Sie ist eine großartige Hündin.«

Freddie hatte den Ausdruck in seinen Augen wohl bemerkt und blickte rasch zur Seite. Dummerweise wollte es Liz nicht dabei bewenden lassen. Sie sagte: »Oh, Derrick, weißt du schon, daß Ian gedacht hat, ich würde mit seinem Sam arbeiten? Das war eine Art von – von Mißverständnis.«

Derrick sah sehr erhitzt aus und gab arrogant zurück: »Pech – für Ian. Er soll sich doch klar ausdrücken. Jedenfalls kannst du dein Wort nicht brechen.«

»Natürlich kann sie das nicht«, sagte Ian ebenso. »Das erwartet auch gar keiner von ihr. Viel Glück, Liz«, und damit ging er langsam fort. Freddie unterdrückte den starken Wunsch, ihm nachzulaufen und ein ganz unsinniges Verlangen, Liz hätte das Unverzeihliche getan und Flirt zugunsten von Sam abgelehnt. Aber Liz sagte nur unsicher: »Eine Sekunde, Derrick. Ich möchte nur sichergehn, daß Paps es richtig findet, wenn ich einen Versuch mache«; und sie rannte trotz des ungeduldigen Murrens des jungen Mannes zu ihrem Vater hinüber. Freddie folgte ihr gerade noch rechtzeitig genug, um Jock sagen zu hören: »Natürlich mußt du dabei bleiben ... Aber ja, kein Grund, warum du nicht mal einen Versuch machen solltest. Die anderen Mädels sind von außerhalb des Distrikts, und wir wollen doch nicht mit den Händen in den Hosentaschen zusehen, wie sie gewinnen.«

Nachdem Liz gegangen war, vertraute er Freddie jedoch an, er sei »verdammt nervös« und würde vom Wagen aus achtgeben. »Sie hat sich noch nie vor einer Menschenmenge produziert. Mit einem Hund auf der Farm zu arbeiten ist etwas ganz anderes. Mit Sam wäre es besser gewesen. In jeder Beziehung besser, weil ...« und wie gewöhnlich brach sein Satz just am interessantesten Punkt ab.

Derrick sprach eben auf Liz ein und gab ihr augenscheinlich vor Torschluß noch letzte Anweisungen. Freddie sah, wie Ian sie beobachtete, und für den Bruchteil einer Sekunde traten seine Qual und seine Eifersucht offen zutage. Liz indessen schien es nicht aufzufallen, denn als sie auf sie zukam, sagte sie ganz fröhlich: »Ich soll keine Pfeife benutzen, und das ist auch ganz gut so, weil ich mit meiner Stimme besser bin. Aber ich weiß nicht, wie das Flirt gefallen wird. Sie ist an die Pfeife gewöhnt. O Herr, ich hoffe wirklich, daß ich's nicht vermurkse und Derrick und Flirt blamiere.«

Es waren nur sechs Bewerberinnen, und die Programmnummer erfreute sich großer Beliebtheit. Die Männer standen dichtgedrängt am Zaun und trugen eine gönnerhafte Miene zur Schau, die besagen sollte: Natürlich ist's nur als Witz gedacht, aber wir müssen ihnen doch Mut machen. Beifälliges Gemurmel begleitete das Mädchen, das gefolgt von seinem Hund, zuerst hinausging. Die Aufgabe war vereinfacht worden, und von dem Hund wurde lediglich verlangt, die Schafe zu der Wettbewerberin herunterzutreiben. Diesmal waren wieder die erwählten Opfer Geltschafe, die gewöhnlich einfacher zu treiben sind als Hammel.

Die erste arbeitete mit dem Hund ihres Bruders und war mit

ihm vertraut. Auch der Hund war ein alter Praktikus und arbeitete verständig, bis er die Schafe herunterführte, wobei er gerade lang genug abschweifte, um den Schafen eine Chance zu geben. Sie brachen in alle Richtungen aus, und trotz der tapferen Anstrengungen des Mädels, ihn mit Stimme und Pfiff zu ermutigen, schien er die ganze Sache plötzlich gründlich satt zu bekommen und ließ die Schafe einfach im Stich.

Auch die beiden nächsten Bewerberinnen hatten einen guten Start, aber da sich die Schafe indessen als halsstarrig erwiesen, gelang es keiner von ihnen, das Gehüt zu Ende zu führen. Dann ging mit langen Schritten ein sehr hübsches Mädchen in Reithosen in die Koppel hinein, das kundig und erfahren aussah. »Gegen die hab' ich überhaupt keine Aussichten«, murmelte Liz. »Das ist Nan Jackson.« Und das hätte sie auch bestimmt nicht gehabt, wenn der Hund, mit dem Nan arbeitete, nicht unglücklicherweise Laut gegeben hätte, was in einer Führungsprobe Punkte kostet. Doch auch so würde diese Leistung wahrscheinlich den Sieg davontragen, falls Flirt nicht die Situation rettete.

Zwei weitere Mädchen folgten, doch führte keine ihren Hund so gut wie Nan, und schließlich blieb nur noch Liz übrig. Sie marschierte nervös hinaus, und Flirt lief ziemlich widerwillig hinter ihr her. Derrick hatte sich schlauerweise in den Pferch jenseits der Straße verzogen, und Freddie entdeckte ihn, wie er mehr oder weniger verborgen hinter einem Baum stand. Offensichtlich war er fest entschlossen, Flirt nicht abzulenken.

Dieser Durchgang fand erstaunlich großen Anklang beim Publikum. Man hörte ermunternde Zurufe, Ratschläge wie: »Zeig ihnen, wie man's macht, Liz!« und »Gewinn die Trophäe für unsere Distriktseite, Mädel!« Freddie blickte sich rasch nach Jock Baker um, aber er hatte sein Wort gehalten und sich in die hinterste Ecke seines Wagens verkrochen, von wo aus er hervorlugte und närrischerweise seine eigene Person und seine Rührung unbeobachtet glaubte. Sie konnte es ihm nachfühlen, denn sie selbst war ebenfalls so aufgeregt, daß sie wieder einmal das Prickeln der dämlichen Tränen hinter den Augenlidern spürte.

Liz sah sehr klein und ziemlich armselig aus mit dieser lächerlichen Haarsträhne, die ihr in die Stirn hing. Sie hatte offenbar Angst, machte aber einen sehr entschlossenen Eindruck; und Freddie sah, wie sie Ian mit einem flehenden Blick streifte, als ob sie auf Ermutigung hoffte. Wenn sie doch bloß nicht allzu schlecht abschnitte!

Augenblicklich senkte sich Schweigen auf die Szene. Die Helfer hatten die Schafe herausgelassen und in Position gebracht, und der Schiedsrichter rief »Los!« Mit überraschend sicherer Stimme gab Liz das Kommando. Freddie zog scharf die Luft ein, denn Flirt zögerte. Sie stockte, schaute sich um und dann schien sie plötzlich zu begreifen und war fort wie der Blitz, sie holte zu einem wunderbaren weiten Bogen aus. Als sie auf einmal anhielt, rief Liz einen neuen Befehl, und jetzt klang ihre Stimme sehr zuversichtlich; wiederum schien Flirt verwirrt, aber nach einer Sekunde nahm sie ihren Lauf wieder auf, stand plötzlich »stockstill«, hielt die Schafe im Haufen und wartete, merkwürdig zögernd und unsicher. Von neuem rief Liz, und Freddie faltete fest die Hände; irgend etwas schien schiefzugehen; der Hund gehorchte ihren Befehlen nicht.

Aber das war im Nu vorüber, und Flirt führte ihre Aufgabe in tadellosem Stil durch, brachte die Schafe ruhig den Hügel herunter und trieb sie in vollkommen gerader Linie und ohne Zaudern Liz entgegen. Das Mädchen blieb stumm und beschränkte sich vernünftigerweise darauf, das Ganze ohne ungebührende Einmischung ihr zu überlassen. Triumphierend trieb Flirt sie dem wartenden Mädchen entgegen und hielt sie fest, bis der Schiedsrichter »Gut!« rief und ein Beifallssturm losbrach.

Liz war außer sich vor Freude und Stolz. Sie drehte sich zu dem lächelnden Helfer um und sagte keck: »Ich erledige die Aufgabe schon selbst und bring' sie gleich zum Gatter«, und gab Flirt den Befehl. Zu ihrem Kummer nahm der Hund ihn überhaupt nicht zur Kenntnis, sondern hielt die Schafe auch weiterhin. Treib sie in die Richtung, zeigte Liz, aber sie weigerte sich entschieden, ihr zu folgen. Eine Woge der Heiterkeit kam aus der Menge, und einer brüllte: »Sie hat die Nase voll, Liz. Hat ihre Sache erledigt. Kannst sie nicht zum Angeben zwingen!« und der Helfer ritt vor und trieb die Schafe fort. Dann dröhnte die Stimme des Schiedsrichters über den Platz: »Erste im Weiten Gehüt der Damen, Miss Elizabeth Baker. Zweite Miss Nan Jackson!« und beide Mädels gingen hinauf, um ihre Preise in Empfang zu nehmen.

Freddie, die vor Aufregung auf und nieder hüpfte, merkte plötzlich, daß sie Ians Arm wie in einem Schraubstock hielt. »Sind Sie nicht stolz auf sie? War das nicht fabelhaft?« fragte sie und schüttelte den Arm ein bißchen.

Aber Ian gab keine Antwort, und Freddie war von ihm enttäuscht. Er schien immer ein so guter Sportskamerad; er würde sich doch wohl nicht durch Eifersucht vom Klatschen abhalten lassen? Doch wo war Derrick? Sie blickte sich suchend um und entdeckte ihn in dem Pferch jenseits der Straße, mit Flirt jetzt bei Fuß. In diesem Augenblick rannte Liz, blutrot vor Siegerfreude und in den Händen ihre Trophäe festhaltend, zum Wagen ihres Vaters und warf ihm beide Arme um den Hals. Dann kam sie zu Freddie und Ian herüber. Freddie gratulierte ihr in den höchsten Tönen, aber Ian schien sich plötzlich für irgend etwas am äußersten Ende des Spielfelds zu interessieren. Liz streifte ihn nur mit einem kurzen Blick, biß sich auf die Lippen und sagte: »Da kommen Derrick und mein Liebling Flirt. Oh, war sie nicht einfach großartig?«

Derrick hatte jetzt die Straße erreicht und trat zu ihnen. Sein Gang war noch ein bißchen torkeliger und sein Gesichtsausdruck ziemlich leer. Liz jedoch schien das gar nicht zu Bewußtsein zu kommen, und sie sagte eifrig: »Ach, ich bin so froh, daß ich dich nicht blamiert hab'. Flirt war einfach eine Wucht! So restlos gehorsam, bis ich versuchte, mich groß zu tun und sie dazu zu bringen, die Schafe fortzutreiben. Ich möcht' nur wissen, warum sie das nicht getan hat? Wahrscheinlich wußte sie, daß es für die Trophäe nicht mehr ins Gewicht fiel«, und sie lachte glücklich.

Auch Derrick lachte, aber nicht so freundlich. Ein wenig unverständlich sagte er: »Warum hat sie sie nicht fortgeführt? Weil ich's ihr nicht befahl, darum!«

Liz und Freddie sahen verwirrt aus. »*Du* hast ihr's nicht befohlen? Aber sie arbeitete doch für mich, nicht für dich.«

Diesmal war jeder Irrtum über Derricks schwere Zunge und sein unverschämtes Benehmen ausgeschlossen. »Für dich gearbeitet? Dachtest du wirklich, du hättest das gemacht? Na, manche Leute haben wirklich eine hohe Meinung von sich selbst, kleine Liz!«

Liz verfärbte sich plötzlich und flüsterte: »Was meinst du damit eigentlich? Du mußt mir sofort sagen, was du damit meinst.«

Statt einer Antwort brachte er eine kleine Pfeife zum Vorschein und fragte: »Das schon mal gesehen, mein Mädchen?«

Sehr langsam antwortete sie: »Deine Ultraschallpfeife ... Du – du hast sie gebraucht ... Du gingst sofort weg, damit niemand etwas merken sollte. Du hast Flirt von da hinten aus geführt und mich im guten Glauben gelassen ... Alle im guten Glauben gelassen ... Oh, wie konntest du nur?«

In ihrem Gesicht spiegelten sich Schmerz und auch Zorn, und Ian trat einen Schritt auf sie zu. Freddie beobachtete kläglich und sprachlos die Szene. Sie wußte, daß Liz' Triumph ganz ungekünstelt gewesen und ihre Demütigung jetzt ebenso groß war. Derrick aber bemerkte nichts davon. Er legte seinen Arm um sie und sagte flott: »Und warum nicht? Ich wollte, daß du gewinnst, weil du ein verdammt hübsches Mädchen bist. Und ich wollte, daß Flirt siegt, weil sie eine verdammt tüchtige Hündin ist. Na schön, das habt ihr getan, alle beide. Keiner weiß was. Keiner sah was. Ihr habt gewonnen, und zum Teufel mit diesem Gesocks. Das ist ja sowieso nur ein Haufen aufgeblasener Pfauen.«

Liz riß anstelle einer Antwort seinen Arm von ihrer Hüfte und ließ ein Trommelfeuer auf ihn niederprasseln.

»Das war Betrügerei. Ich hab' überhaupt nicht gewonnen. Alles war nur Lüge. Oh, wie ich dich hasse!« und ohne ein weiteres Wort drehte sie sich auf dem Absatz um und stürzte von ihnen allen weg und auf den Wagen des Schiedsrichters zu.

»Wohin will sie denn?« fragte Freddie verwirrt.

Derrick zuckte die Achseln und schlug eine kurze, betrunkene Lache an. »Weg, ihm ihre Trophäe ins Gesicht zu schmeißen. Sie ist eine noch größere Närrin. Blöde kleine Idiotin. War 'n verdammt guter Witz!«

Ian indessen war Liz nachgeeilt, und Freddie wandte sich zornig an Derrick: »Ein Witz? Es war gemein und abscheulich von Ihnen«, und ließ ihn stehen; er sah erschrocken aus und schwankte albern hin und her.

Als Freddie sie einholte, sprach Ian gerade heftig auf Liz ein:

»Nimm es doch nicht so tragisch ... Ja, ich erriet es und wußte beim Teufel nicht, was ich tun sollte. Es war die Art, wie sie stockte und auf irgend etwas anderes zu lauschen schien. Ich hab' Derrick mit dieser Ultraschallpfeife gesehen ... Aber mach kein Theater, Liz. Reiß dich zusammen. Nur ruhig Blut!«

Sie starrte ihn ungläubig an. »Du meinst – es dabei bewenden zu lassen? Die Trophäe behalten und kein Sterbenswörtchen sagen? Du – du willst, daß ich ebenfalls betrüge?«

Er legte seine Hand beruhigend auf ihre Schulter. »Nein, das nicht. Ich möchte, daß du tust, was ich will. Versuch es noch einmal, diesmal mit Sam. Gewinn dir die Trophäe auf ehrliche Weise. Ich weiß genau, du kannst es. Sam kennt dich so gut. Fast so gut wie mich, und im Weiten Gehüt ist sie unschlagbar. Viel besser als die Hunde, die von den anderen Mädels geführt wurden.«

»Aber – aber ich kann nicht. Sie würden's mir gar nicht erlauben.«

»Ich glaube, doch. Komm mit und erklär es dem Schiedsrichter. Du hast schließlich nichts davon gewußt. Du warst nur das Opfer. So wird er die Sache auffassen. Überlaß das nur mir.«

»Ach, ich könnt's ja gar nicht. Ich könnte ihnen allen einfach nicht mehr unter die Augen treten. Er hat mich so lächerlich gemacht. Ich war so stolz, so zufrieden mit mir selbst. Nein, Ian, ich könnt's einfach nicht.«

»Du könntest. Sei ein richtiger Sportskerl. Beweis deinen Mut. Zeig Derrick, daß du dich den Teufel darum scherst.« Dann, als sie immer noch zögerte, grinsend: »Gib dem alten Sam eine Chance. Er hat so darauf gewartet. Er wird so brummig wie ein alter Bär sein, wenn er nicht mitmachen darf.«

Liz lächelte wider Willen, und Freddie fiel rasch ein: »Tu's, Liz! Alle werden es von dir verlangen, wenn sie's erst wissen. Und Derrick geschieht's ganz recht.«

Liz warf ihr einen immer noch wie betäubten Blick zu: »Ich kann's einfach nicht fassen, daß Derrick einen solchen Betrug fertig brachte, mich lächerlich machte ... und dann noch glaubte, ich würd' mir das ruhig gefallen lassen.«

»Ach, daß Derrick doch der Henker hol'!« sagte Ian, der das offenbar schon seit einer geraumen Weile hatte loswerden wollen. »Komm mit und steck ihm ein Licht auf«, und während er ihr auf dem ganzen Weg Mut zusprach, brachte er sie zum Wagen des Schiedsrichters.

Alle sahen, daß etwas nicht stimmte. Die Leute beobachteten sie, und Jock Baker war aus seinem Auto herausgeklettert. Freddie hatte keine Ahnung, was am Wagen des Schiedsrichters gesprochen wurde, sie sah jedoch, wie Liz die Trophäe zurückgab und Ian irgend etwas mit großem Nachdruck sagte. Eine ernsthafte Beratung fand statt, und jeder wartete gespannt und sah zu. Dann sprach der Schiedsrichter, und die Menge lauschte.

»Ich muß etwas bekanntgeben. Miss Baker hat die Trophäe zurückgegeben. Sie sagt, sie wäre nicht ehrlich gewonnen worden. Sie ist einem derben Spaß zum Opfer gefallen, und die Hündin Flirt wurde nicht von ihr, sondern von ihrem Besitzer mit einer Ultraschallpfeife geführt. Ich habe mich unter diesen Umständen entschlossen, Miss Baker noch einen Versuch machen zu lassen, dieses Mal mit dem Hund Sam.«

Eine Minute lang herrschte sprachloses Schweigen, dann brach ein Gebrüll der Zustimmung los. Liz ging sehr nervös vor, von Sam gefolgt, der einen ausgesprochen selbstzufriedenen Eindruck machte. »Sehen Sie, wie der alte Nichtsnutz bereit ist, den andern zu zeigen, wie man's macht?« flüsterte Ian Freddie zu. Er war an ihre Seite zurückgekehrt und gab sich ein betont gleichmütiges Aussehen, aber die Muskeln an seinem Kinn waren straff gespannt.

»Wie sind Sie nur draufgekommen? Ich meine, das mit der Pfeife?« erkundigte sich Freddie leise während der kurzen Pause, in der drei weitere Schafe eiligst eingepfercht wurden.

»Zum Teil durch die Art, wie sich die Hündin benahm. Sie wartete auf irgend etwas und hörte in Wirklichkiet gar nicht auf Liz. Und dann habe ich auch einen Augenblick lang unseren guten Derrick hinter dem Baum da drüben herumlungern sehen. Ach, das ist ja kein neuer Trick. Ich hab' einmal erlebt, wie ein Mädchen einen Hund führte, während ihr Bruder ihn aus einiger Entfernung mit einer dieser verdammten Pfeifen führte. Aha, da fängt sie an!«

Liz stand kerzengerade aufgerichtet und warf ihre Haarsträhne zurück. Dann brachte sie Sam mit einer ein wenig zitternden Stimme auf den Kurs. Er lief ruhig den Hügel hinauf, in weitem Bogen und sehr achtsam, doch ohne Flirts Tempo. Aber wenn er auch reichlich langsam war, so war er doch klug und erfahren; bald schon hatte er seine Schafe unter Kontrolle und richtete seine ganze Aufmerksamkeit darauf, sie den Hügel hinabzubringen. Es war keine fehlerlose Leistung. Er brauchte mehr Zeit als Flirt, auch besaß er weder ihren Stil noch ihren Schliff; aber er gehorchte Liz' Führung und trieb die Schafe sicher zu ihr zurück. Dann hielt er sie ruhig fest, und als der Schiedsrichter »Gut!« sagte, brach der Beifall los. Liz unternahm keinen Versuch, sich wichtigzumachen oder die Schafe wegzuführen; sie bückte sich und tätschelte den alten Rüden, und Freddie entdeckte schimmernde Tränen in ihren Augen, die von dieser unglückseligen Haarsträhne halb verdeckt waren. Dann setzten mehrere Männer mit einem Anlauf über den Zaun und klopften ihr schmerzhaft auf den Rücken, und Jock Baker tauchte mit einem Hechtsprung in seinem Wagen unter und versuchte, ein unbeteiligtes Gesicht zu machen.

Ian befand sich nicht unter den Männern, die sich um Liz drängten. Stumm stand er neben der atemlosen Freddie und lachte ein bißchen gezwungen, als eine betrunkene Stimme grölte: »Tadellose Schau, Liz! Zeig's dem Bastard nur, daß er's beim nächsten Mal wieder probiert!«

Die Stimme des Schiedsrichters übertönte freundlich und belustigt den Tumult. »Ich denke, wir sind uns alle einig, daß die Trophäe an Miss Baker zurückgeht, die in so echtem Sportsgeist auf sie verzichtete. Sie hat sie verdient.«

Als sie endlich wieder zu Hause ankamen und ihre Gäste nach einem Abschiedstrunk fortgefahren waren, schilderte Freddie ihrem Vater alle Ereignisse genau. Louisa war ohne besondere Absicht hereingekommen, und während sie angeblich die Gläser wegräumte, hörte sie begierig zu. »Dieser Derrick«, sagte sie, außer sich vor Zorn. »Jetzt wird er hier nicht mehr so beliebt sein!«

»Ich glaub' nicht, daß ihm das Kopfschmerzen bereitet«, warf Standish ein, und seine Stimme klang belustigt. »In seinen Augen sind wir doch alle bloß Bauernlümmel und aufgeblasene Pfauen, die nicht mal einen Spaß verstehen.«

»Und so hat Ian also endlich gewonnen«, stellte Louisa fest und fügte verächtlich hinzu:

»Manche Leute können auch wirklich an gar nichts andres denken als an Hunde, Hunde, Hunde.«

Schon der folgende Morgen brachte die Nachricht, vor der sich die Mädchen insgeheim schon so sehr gegrault hatten. Shale war geschnappt worden und sollte am nächsten Tag vor den Friedensgerichtshof in Eastdale kommen. Alle beide wie auch Mr. Ward hatten zu erscheinen, für den Fall, daß sie als Zeugen gebraucht werden. Freddie war entsetzt. Sie hatte gehofft, längst schon dem Distrikt den Rücken gekehrt zu haben, bevor es soweit war. Sogar Liz war bange; Ian indessen sagte ganz gemütlich: »Unnötig, sich deshalb die Haare auszuraufen. Da ich sowieso geh'n muß, fahre ich euch hin, und schließlich kommen wir auch nicht alle Tage in eine große Stadt. Betrachten wir's doch als kleine Bummeltour.«

»So könnte ich nie denken«, sagte Freddie bestimmt, und Liz warf Ian an den Kopf, er habe überhaupt kein Herz. »Letzten Endes hat sich dieser Mann im Krieg tapfer geschlagen. Ich glaube, er hatte seither keine gute Gelegenheit mehr.«

»Täusch dich nicht. Gelegenheiten hatte er massenhaft, aber nicht beim Wickel gepackt«, gab Ian unerbittlich zurück.

Freddie seufzte. Immer noch ersehnte sie sich im Geheimen den guten Einfluß einer Frau auf den unglücklichen Shale. Aber sie beschränkte sich auf die Erklärung: »Also schön, wenn Sie uns wirklich mitnehmen wollen, Ian, dann wollen wir in meinem kleinen Auto fahren. Ich möchte brennend gern sehen, wie Sie ihn fahren.«

So wurde es beschlossen, und Max vertrat ohnehin einen für ihn charakteristischen, leichtfertigen Standpunkt in der ganzen Angelegenheit.

»Darüber braucht man doch nicht aus dem Häuschen zu geraten. Die Chancen stehen hundert zu eins, daß sie euch gar nicht als Zeugen aufrufen werden. Auf jeden Fall wäre es einfach genug.«

Mrs. Wells jedoch sah schwarz. »Ich bleibe bei Ihrem Vater, obgleich ich das Gefühl hab', ich sollte lieber dabeisein, nur um ein wachsames Auge auf alles zu haben«, sagte sie mit düsterer Vorahnung in der Stimme. »Junge Mädels wie ihr vor Gericht. Das zeigt nur wieder einmal, was bei euren abenteuerlichen Unternehmungen herausschaut. Nun, Elizabeth, sieh du nur ja zu, daß du dir ein dezentes dunkles Kleid anziehst. Nichts Auffallendes.

Und entweder bindest du das Haar zurück oder läßt mich's schneiden. Es wär' nicht gerade ehrerbietig, den Friedensrichter aus diesem Wust anzugucken, grad so, als ob du ein Drahthaarfox wärst ... Und nimm dir vor, nur dann zu reden, wenn du gefragt bist. Keine Aufschneidereien. Ich kann dir nur sagen, es gibt da auch so was ähnliches wie Mißachtung des Gerichts.«

Doch diesmal rebellierte Liz. »Oh, mecker doch nicht dauernd. Ich fühl' mich so schon elend genug. Es ist einfach gräßlich! Und als ob ausgerechnet ich mich wichtigmachen wollte! Ich werd' bestimmt solche Angst haben, daß ich nur Quietschtöne herausbringe.«

Wie immer tröstete Mrs. Wells Liz sofort. »Unsinn! Es ist unwahrscheinlich, daß sie von einem Kind wie dir überhaupt verlangen werden, auszusagen, und selbst wenn, dann wird dir der Friedensrichter schon helfen, falls er kein Herz von Stein hat. Na schön also, sieh zu, daß du ein sauberes Kleid anhast und deine Schuhe geputzt sind, und mit dem Haar werden wir schon weitersehen dann.«

Freddie war ganz und gar niedergeschlagen. »So ziemlich mein letzter Tag, und was für ein schauderhafter Abschluß ... Hoffentlich fragt uns niemand etwas. Fast könnte ich deswegen den Ausflug bereuen, trotz meines süßen kleinen Autochens, das dabei herausgeschaut hat.«

»Nun gut, es ist ein Segen, daß Ian auch hinfahren muß. Er sagt, er will uns im Gerichtssaal Händchen halten ... Na, Lulu, du weißt sehr gut, daß es nur ein Scherz ist. Er will damit nur sagen, daß er uns moralisch das Rückgrat stärken will – und wir werden's brauchen können!«

Als Freddie Jonathan von dem gefürchteten, bevorstehenden Verhör erzählte, sprach er ihr gehörig Mut zu. »Nichts dabei. Sie werden euch überhaupt nicht fragen. Der Kerl wird einfach nur wieder in die Haft zurückgeschickt werden. Immerhin ist es doch für dich ein netter kleiner Ausflug. Da du in eine Großstadt kommst, könntest du dort cin bißchen einkaufen gehen ... Was ist mit deinem Brautkleid?«

Das kam Freddie wie ganz außerordentliche Gefühlsroheit vor. »O Jonathan, als ob ich dazu fähig wär'! Ich will nichts andres, als mich hinterher so rasch wie möglich nach Hause schleichen ... Ja doch, ich weiß schon, daß die Geschäfte da wahrscheinlich besser sind als in Winslow, aber ich brächte es einfach nicht übers Herz.«

»Kopf hoch, mein Mädel! Du bist ja jetzt bald aus der ganzen Sache heraus ... Du freust dich doch auf die Abreise, oder?« In seiner Stimme schwang plötzlich Besorgnis, denn die letzten Tage war sie ihm ungewöhnlich glücklich erschienen, und da hatten diese Preishüten stattgefunden ...

»Natürlich möchte ich Angela wiedersehen und meine Besorgungen machen, und ich sehne mich so danach, dich bald auch in Winslow zu haben. Wann wirst du kommen?«

Er lachte. »Mein Herz, du läßt ganz die Konvention außer acht. Ich komme am Vorabend der Hochzeit an und bleibe in Winslow über Nacht und sehe dich erst vor der Kirche wieder.«

»Oh, aber das ist doch albern. Ich möchte dir doch all die Sachen zeigen, die ich dann gekauft hab'.«

»Und ich werde sie gern sehen wollen. Wirklich kann mir persönlich die ganze Konvention gestohlen bleiben, aber die Wahrheit ist, daß man schwer davon loskommt. Augenblicklich kriegen alle die Grippe oder Babies. Wenn wir überhaupt unsere zwei Flitterwochen machen wollen, darf ich nicht vor der Hochzeit noch in der Nähe der Farm herumfaulenzen ... Gute Nacht, Liebstes. Mach dich nicht verrückt mit dieser Gerichtsaffäre. Die wird in zwei Minuten erledigt sein.«

Aber Freddie war nicht wirklich getröstet. Es war ihr schrecklich, ihren letzten Tag auf Rimunui mit einer weiten und strapaziösen Fahrt zu einer Großstadt verbringen zu müssen, statt mit Liz zusammen einen Rundritt um die Farm machen zu können. Und am allerschrecklichsten war ihr der Gedanke, gegen irgendeinen Menschen als Zeuge auftreten zu müssen, auch wenn es sich um einen Mann handelte, der sie so herzlos auf der Straße in jener finsteren Nacht stehengelassen hatte.

Beide Mädchen waren während der Fahrt ungewöhnlich schweigsam. Sie machten sich früh auf den Weg, da sie mehr als hundert Meilen zu fahren hatten. Zu jeder anderen Zeit hätte Freddie den Ausflug sehr genossen, denn sie fuhren durch das Tal hinunter, vorbei an den ziemlich wohlhabenden Farmen und hinaus auf die Ebene. Überall machte sich der Frühling endlich doch bemerkbar;

als sie die Hügelkette hinter sich ließen, entdeckten sie Legionen von Blütendolden in allen Bauerngärten, und die Lämmer waren, wie Liz neiderfüllt beobachtete, schon viel größer und älter als ihre eigenen.

»Dennoch würde ich hier nicht leben wollen, obgleich das Land so fruchtbar ist. Ich hasse Asphaltstraßen und Nachbarn, die einem so dicht auf der Pelle sitzen. Die Hügel und der Busch – das ist was für mich, für immer!« Eine Bemerkung, die Ian in eine geradezu fröhliche Stimmung versetzte.

Endlich näherten sie sich Eastdale, nachdem sie meilenweit durch Vorstädte gefahren waren, und wiederum befiel die beiden Mädchen große Nervosität. Plötzlich sagte Liz: »Ich weiß natürlich auch, daß es ganz und gar niederträchtig von ihm war, sich mit dem Wagen aus dem Staub zu machen, aber trotzdem ...«

»Vielleicht, wenn sie ihm doch nur noch eine Chance geben wollten. Schreckliches Gefühl, daß wir einen Mann ins Gefängnis zurückschicken.«

»Sei doch vernünftig«, bat Ian geduldig. »Das tut ihr doch gar nicht. Er entwischte. Er geht also nur dahin zurück, wo er von Rechts wegen hingehört.«

»Aber mir haben die Männer in Gefängnissen immer so leid getan«, sagte Freddie in leicht weinerlichem Tonfall. »Ich möchte wirklich wissen, wie es die Leute über sich bringen, entsprungene Häftlinge anzuzeigen – noch dazu einen Mann, der sein Leben im Feld aufs Spiel setzte.«

»Sehr romantisch«, sagte Ian eisig, »aber er hat seither auch anderer Leute Leben aufs Spiel gesetzt, ganz zu schweigen von dem Polizisten. Und was das Zurückschicken ins Gefängnis betrifft, das liegt ja gar nicht in eurer Hand, und wenn ihr's nicht tätet, würde ich es tun. Denkt daran, er hat auch meinen Wagen gestohlen.«

»O Ian, aber du wirst doch deshalb keine Rache nehmen wollen«, wandte Liz ein. »Schließlich ersetzt dir die Versicherung doch den Schaden, und der Wagen mußte sowieso neu lackiert werden. Ich finde, der hat doch wirklich nur dabei profitiert.«

Aber Ian sah das ganz anders. »Kann sein und kann auch sein, daß er wirklich neu gespritzt werden mußte, aber ich persönlich würde das lieber dann besorgen, wenn ich will. Der Lump schlich sich in meinen Schuppen und klaute den Wagen. Da kommt ihr nicht drum herum. Hernach, als er Bruch damit gemacht hatte, lauerte er auf ein paar Unschuldslämmer wie euch und bekam prompt einen anderen Wagen. Nichts besonders Edles oder Romantisches an einem Kerl, der zwei nette, freundliche Mädels meilenweit von jeder menschlichen Behausung entfernt einfach im Stich läßt, während er in ihrem Wagen entschwebt ... Schön, da wären wir.«

Freddie schien es ein verbotener Ort, und die herumstehenden Polizisten jagten ihr Angst ein. Die Mädchen folgten Ian und wurden in den Gerichtssaal hineingeführt, wo sich bereits eine ansehnliche Menschenmenge eingefunden hatte. Shales erneute Gefangennahme und sein auf diesen Morgen festgesetztes Auftreten hatte eine Menge Neugieriger auf die Bildfläche gerufen, und als die beiden Mädchen ihre Plätze einnahmen, ging ein teilnahmsvolles Raunen durch den Saal.

An diesem Tag standen wie üblich eine Menge Fälle zur Verhandlung – Kraftfahrerdelikte, kleine Diebstähle und Trunkenheit am Steuer –, aber unglückseligerweise kam Shales Fall an erster Stelle auf der Liste, so daß die Mädchen keine Gelegenheit hatten, sich vorher mit dem Verfahren vertraut zu machen ... Als der Gefangene in den Gerichtssaal hineingeführt wurde, war Freddie über sein Äußeres überrascht. Er war viel größer und kräftiger, als sie sich in jener Nacht gedacht hatte, und sein Gesicht hatte einen verschlagenen Ausdruck. Als er so hereinkam, schielte er seitlich zu ihnen herüber, und in seinen Augen stand Wut. »Wenn wir gewußt hätten, wie er aussieht ...«, flüsterte Liz. Aber Freddie gab murmelnd zurück: »Trotzdem hätten wir ihm anbieten müssen, ihn im Wagen mitzunehmen.« Danach trat Stille ein im Gerichtssaal, und die Verhandlung begann.

Es war ein schrecklicher Augenblick, als Freddies Name aufgerufen und sie in den Zeugenstand geleitet wurde. Von Anfang an wurde diese Schicksalsprüfung für sie noch dadurch härter, daß sie die verräterische Stufe nicht bemerkte; sie stolperte prompt und flog mit dem Kopf voran dem in der Nähe harrenden Polizisten in die Arme. Wohlwollend stellte er sie wieder auf die Beine, doch waren ihre Geisteskräfte auf einige Zeit durcheinander geraten.

Ohne vorherige Warnung oder Erklärung näherte sich ihr ein Mann, der ein Buch in seiner Hand trug und irgend etwas sagte. Schon total entmutigt, beugte sich Freddie eifrig vor und versuchte das Genuschel zu verstehen. »Verzeihung?« sagte sie und erschrak, als sie hörte, wie laut ihre Stimme heraustrompetet war. Ihre ganze Art bat so flehentlich um Vergebung, und sie lächelte so liebreizend, daß durch den Gerichtssaal eine Brise gedämpfter Heiterkeit wehte. Der Friedensrichter blickte tadelnd umher; dann besah er sich Freddie und erkannte ihre schmerzliche Verlegenheit. »Miss Standish«, sagte er freundlich, »Sie werden aufgefordert, den Eid abzulegen und zu schwören, daß Sie nur die Wahrheit sagen wollen, die volle Wahrheit und nichts als die Wahrheit.«

Sein freundschaftlicher Ton besänftigte Freddie, und sie entgegnete liebenswürdig: »Ah, ich verstehe. Es tut mir leid. Ja, natürlich werde ich die Wahrheit erzählen, obgleich ich es wirklich nicht besonders gern tue.«

Als sie den entsetzten Ausdruck auf den Gesichtern des Friedensrichters und des Gerichtsschreibers sah, fühlte sie sich zu einer Erklärung verpflichtet: »Ich meine nur, es kommt einem doch schrecklich vor, einen Mann ins Gefängnis zu schicken, nicht?«

Der Friedensrichter schluckte vernehmlich und sagte in gemessenem Ton: »Das gehört nicht hierher. Ihre Aufgabe besteht lediglich darin, als Zeuge die Wahrheit zu sprechen. Der Amtmann wird Ihnen jetzt den Eid abnehmen, und Sie nehmen die Bibel in Ihre rechte Hand und sagen, daß Sie die Wahrheit sprechen wollen.«

»Ah, ich verstehe. Ich konnte mir gar nicht vorstellen, was er eigentlich wollte.« Freddie spürte wohl die Mißbilligung in des Friedensrichters Stimme, die verstohlene Freude auf den Gesichtern der Zuschauer bemerkte sie jedoch zum Glück nicht. Schließlich tat sie dann doch, was man von ihr verlangte.

Der mit der gerichtlichen Verfolgung betraute Wachtmeister begann daraufhin mit der Vernehmung. »Sie sind in der Nacht des 29. mit dem Wagen Ihres Vaters zum Bahnhof gefahren, Miss Standish?«

»Ja. Zum Drei-Uhr-Zug.«

»Und der Angeklagte bat sie, ihn ein Stück in Ihrem Wagen mitzunehmen?«

»Der Angeklagte? Ah, ich verstehe; Sie meinen den Mann da drüben? Doch, ich denke schon, daß er's war. Ich habe ihn natürlich nicht besonders gut gesehen, weil es im Busch sehr dunkel war.«

»An seiner Identität brauchen Sie nicht zu zweifeln. Das beweisen die Fingerabdrücke ... Und Sie nahmen ihn im Wagen mit?«

Freddie erkannte das starke Mißfallen, das sich im Tonfall des Wachtmeisters bemerkbar machte, wieder. Sie hatte es schon so oft gehört und war es gründlich leid. Ein wenig trotzig gab sie zurück: »Natürlich. Er lief doch zu Fuß und war meilenweit vom nächsten Haus entfernt.«

»Sehr freundlich von Ihnen, aber vielleicht ein wenig unüberlegt.« Da war es schon wieder, aber inzwischen hatte Freddie ihre gewohnte Liebenswürdigkeit wiedererlangt und sagte mitteilungsfreudig: »Aber glauben Sie denn nicht auch, daß es einfach gemein gewesen wäre, einen Menschen um diese Zeit ganz allein da einfach stehenzulassen? Und noch dazu im Busch? Ich finde immer, Autofahrer sollten Fußgänger mitnehmen.«

»Möglich, aber eine junge Dame, die zu dieser Stunde allein mit dem Wagen unterwegs ist ...«

»Ich war ja gar nicht allein. Liz war mit mir. Ich meine, Miss Baker.«

»Ich verstehe«, schaltete sich der Friedensrichter nachsichtig ein. »Ich denke, wir rufen vielleicht besser Miss Baker jetzt, Sergeant. Die Zeugin hat bestätigt, daß sie den Wagen ihres Vaters fuhr und diesen Mann hier gesehen hat.«

»Oh, es tut mir leid«, unterbrach Freddie hastig. »Ich hab' ihn nicht gefahren. Ich kann's gar nicht. Ich weiß schon, es scheint ungewöhnlich, wenn einer nicht Auto fahren kann, und ich bin dabei, es zu lernen, aber ...«

»Genau. Ihre Freundin Miss Baker fuhr ihn also«, sagte der Friedensrichter erschöpft. Er war jetzt restlos davon überzeugt, daß der Zeugin, obwohl sie hübsch war, unglücklicherweise ein paar Tassen im Schrank fehlten, und da er nicht den ganzen Morgen in gemütlichem Geplauder mit ihr verbringen konnte, blieb ihm nur die Hoffnung, daß sich das andere Mädchen als zurechnungsfähigere Zeugin entpuppen würde.

Hierin irrte er gewaltig. Gewiß, Liz hatte aus Freddies Schnitzern gelernt und legte den Eid in der herkömmlichen Art ab, trotz des entsetzlichen Dranges, einfach loszukichern, als ihr plötzlich Freddies vertrauliches »Verzeihung?« wieder einfiel. Aber als das erledigt war, stellte sich heraus, daß sie für ein normales Gerichtsverfahren so wenig zu gebrauchen war wie ihre Freundin.

»Sie fuhren den Wagen, Miss Baker?«

»Ja, weil die Männer alle soviel zu tun hatten. Schauen Sie, das Lammen hat gerade angefangen und ...«

Der Friedensrichter griff ein. »Ich muß Sie dringendst ersuchen, beim Thema zu bleiben. Und im Busch fuhren Sie an dem Angeklagten vorüber?«

»Ja. Zuerst kamen wir an einem umgestürzten Wagen vorbei, und wir sahen gleich, da war ein Unfall passiert. Ich hätte natürlich den Wagen wiedererkennen müssen, aber sie sehen bei Nacht alle gleich aus.«

»Dieser Punkt ist unwesentlich. Mr. Ward wird über den Diebstahl seines Wagens später als Zeuge aussagen. Hat der Angeklagte Ihnen ein Zeichen gemacht, daß Sie ihn mitnehmen sollten?«

Liz machte ein sehr ernsthaftes Gesicht und zögerte.

»Haben Sie die Frage gehört, Miss Baker?«

»Ja schon, aber lassen Sie mich bitte eine Minute nachdenken. Schließlich habe ich geschworen, die Wahrheit zu sagen, und ich bin mir absolut nicht sicher, ob er uns ein Zeichen machte oder ob wir ganz selbstverständlich von selbst anhielten. Was davon ist nun richtig?« wandte sie sich mit ihrer Frage an den vom Pech verfolgten Mann auf der Anklagebank, der sich weigerte, ihr in die Augen zu sehen. Plötzlich tat er Liz entsetzlich leid. Ein Mann gegen alle!

»Ich glaube – nein, ich bin absolut sicher, daß wir von selbst bremsten. Ja, jetzt erinnere ich mich, daß ich ihn fragte, ob er mitgenommen werden wolle, denn wir dachten doch, er hätte einen Unfall gebaut, und er war meilenweit von einem Haus weg. Doch, ich habe ihn gefragt, Sie sehen also, es war wirklich meine Schuld, daß ich es vorgeschlagen habe.«

Ein Zucken lief über das Gesicht des Friedensrichters, er sagte jedoch kein Wort, und der Wachtmeister fuhr fort: »Und der Angeklagte stieg also in Ihren Wagen?«

Der hölzerne Tonfall reizte Liz, und sie gab schlagfertig zurück:

»Freilich. Das mußte er wohl, anders hätte er ja schlecht damit wegfahren können, nicht?«

Der Friedensrichter sagte drohend: »Die Zeugin hat sich darauf zu beschränken, die Fragen zu beantworten und nicht zu versuchen, das Gericht zu belustigen.«

Liz klappte den Mund auf, um Einwände zu erheben, aber zum Glück faßte der Wachtmeister gleich nach: »Wollen Sie bitte Seiner Gnaden erzählen, was dann geschah?«

Sie wandte sich zuvorkommend und zutraulich an den Friedensrichter. Obgleich er ziemlich verärgert geklungen hatte, gefiel ihr sein Anblick doch besser als der dieses tierischernsten Polizisten. »Nun ja, wir fuhren gerade so durch den Busch dahin, als der Wagen plötzlich ins Schleudern geriet und jemand sagte: ›Das muß ein Platter sein.‹ Ich weiß nicht mehr genau, ob das eine von uns gesagt hat oder der Mann da drüben.«

Der Wachtmeister unterbrach: »Das ist unwesentlich. Sie bremsten, vermute ich?«

»Natürlich, obgleich wir wütend waren, weil wir uns dadurch verspäten würden. Aber der – der Mann da drüben« (Liz konnte sich nicht dazu aufraffen, »der Gefangene« zu sagen; es wäre ihr vorgekommen, wie sie Freddie später gestand, als ob man einen schon am Boden liegenden Mann schlagen würde), »er war schrecklich nett und wechselte für uns den Reifen und obendrein so schnell, und es war solch eine Erlösung, weil ich mich nicht sehr geschickt dabei anstelle, und Freddie ist überhaupt keine Hilfe.«

»Ich fände es wirklich erfreulich, wenn sich die Zeugin mit ihrer Aussage so kurz wie möglich fassen würde«, bemerkte der schwergeprüfte Friedensrichter. Liz war verletzt. Sie hatte sein Gesicht für gütig gehalten. In beleidigtem Ton sagte sie: »Na ja, Sie haben doch gesagt, ich soll erzählen, wie es passierte. Ich bin nicht daran gewöhnt, als Zeugin aufzutreten, und wollte es auch gar nicht. Ich finde es gräßlich, hier sein zu müssen, und ich bin nur gekommen, weil der Polizist sagte, ich müßte ... Nun gut, der Mann da drüben wechselte den Reifen, und dann – na, dann fuhr er eben mit dem Wagen auf und davon.«

»Und ließ Sie zurück? Wie ging das denn vor sich?«

»Ach, ich weiß, es klingt entsetzlich albern, aber wir standen beide draußen auf der Straße, um nachzusehen, ob das Ersatzrad genügend Luft hatte. Er sagte, er würde den Wagen auf eine ebene Stelle vorfahren, und wir standen nur da und sahen zu, und dann – dann sagte er sehr höflich ›Vielen Dank auch fürs Mitnehmen‹, und das – das war alles.«

»Er fuhr mit dem Wagen davon?« wiederholte der Sergeant unerbittlich.

»Ja, das hab' ich schon gesagt. Und das ist alles – und jetzt würd' ich gerne gehen.«

»Das Gericht gibt Ihrem Wunsch mit dem größten Vergnügen statt«, sagte der Friedensrichter mit einem Anflug grimmigen Humors und wandte sich erleichtert dem nächsten Zeugen zu.

Ian bezog seine Stellung im Zeugenstand; sein Gesicht war rot wie eine reife Tomate. Er war schon für Freddie errötet, aber bei Liz' Auftritt war ihm am ganzen Körper der Schweiß ausgebrochen. Er hatte ja immer gewußt, daß sie sich um Rang und Ansehen einer Person einen Pfifferling scherte, aber im Zeugenstand hatte sie sich richtig frech benommen, und er war sicher, daß es pure Effekthascherei gewesen war. Er schämte sich ihrer.

Er machte seine Aussage kurz und bündig und ohne ein überflüssiges Wort zu verlieren, und Friedensrichter und Wachtmeister schöpften vor Erleichterung tief Atem. Hier gab es keine Schonung, keinen Versuch, den Fall zu mildern. Der Wagen des Zeugen war aus der offenen Garage gestohlen worden, wo er ihn einzustellen pflegte, zehn oder zwölf Meilen weit gefahren worden, hatte sich dann überschlagen und war verlassen worden. Das war alles. Der Angeklagte wurde in die Haft zurückgeschickt, und die Verhandlung wurde für diesen Tag geschlossen.

Draußen vor dem Gericht sagte Freddie: »Es war noch viel, viel schlimmer, als ich's mir vorgestellt hatte. Ich kam mir so dämlich vor mit dem Eid. Warum haben Sie mich nicht vorher gewarnt, Ian? Wie konnte ich denn wissen, daß der blöde kleine Mann mir eine Bibel brachte? Ich konnte einfach nicht herauskriegen, was er da vor sich hin nuschelte.«

»Ihr habt euch beide wie die Schwachsinnigen benommen, und ich hab' mich richtig geschämt, mich mit euch zusammen sehen lassen zu müssen. Und du, Liz, du hast einfach nur mächtig angegeben, und ein Gericht ist dafür nicht gerade der geeignete Ort.«

Zu seiner Überraschung brach Liz in Lachen aus. »Du redest gerade so wie Lulu. Sie warnte mich wie verrückt, mich nicht wichtig zu machen, und ich hab's auch gar nicht getan. Ich hab' nur einfach das getan, was sie von mir verlangten, und ihnen davon erzählt ... Oh, ich möcht' wirklich zu gern wissen, wer von uns beiden schlimmer war, Freddie.«

»Du«, sagte Ian frostig. »Wenn Freddie komisch war, dann war sie's wenigstens nicht mit Fleiß.«

»Jedenfalls waren wir nicht gemein und rachsüchtig wie du«, konterte Liz. »So wie du dauernd auf deiner Karre herumgehackt hast und so pathetisch darstelltest, wie er auf der Seite lag. Grad so, als ob sich's um einen Rolls-Royce oder so was handelte.«

»Er mag nicht viel wert sein, aber es ist zufällig das einzige Auto, das ich besitze, und es ist verdammt peinlich, ohne ihn dazusitzen«, sagte Ian, und sogleich packte Liz die Reue, und sie sagte, es wäre ein riesig guter Wagen, und sie hoffe wirklich, der Unfall hätte ihn nicht ramponiert.

Hierauf wurden sie wieder alle gut Freund miteinander und gingen glücklich ins nächstbeste Restaurant Mittag essen. »Und vergessen wir die ganze schreckliche Sache mit dem Gericht, und erzähl um Himmels willen Tante Louisa nichts davon. Ich hab' ja bloß versuchen wollen, ganz exakt zu sein. Das ist bei Gerichten das Schlimmste. Sie zwingen einen dazu, die Wahrheit zu sagen, und das hasse ich.«

»Das hab' ich gemerkt«, sagte Ian liebenswürdig, und der Friede war endgültig wiederhergestellt.

Sie hatten sogar noch Zeit, sich rasch einmal in den Läden umzublicken. »Denn falls ich ein Kleid entdecke, in dem ich mich bei der Hochzeit sehen lassen kann, könnte ich's gleich kaufen, und wo du dabei bist, Liz, würde das Anprobieren Spaß machen«, sagte Freddie.

Aber das morgendliche Erlebnis hatte ihr doch einen seelischen Tiefschlag versetzt, und sie fühlte sich müde und reizbar. Die Erinnerung an Shales unglückliches Gesicht spukte in ihr weiter, und plötzlich erklärte sie: »Es hat keinen Zweck. Ich bin nicht in Einkaufsstimmung. Ich glaube bestimmt, daß die Geschäfte hier viel besser sind als die in Winslow, aber dort kenne ich alle, und das macht das Ganze so nett und gemütlich ... Fahren wir heim!«

»Ja, wär' mir auch lieber. Irgendwie muß ich dauernd an Shale denken. Ich wünschte wirklich, wir hätten ihm nie angeboten, ihn mitzunehmen. Wahrscheinlich hatten alle recht, und es war dumm von uns, das zu tun; denn wenn wir's nicht getan hätten, hätte er Max' Wagen nicht gestohlen.«

»Hat die Welt schon so ein dummes, sentimentales Gespann gesehen?« fragte Ian aufreizend. »Ein für allemal: Schlagt euch das aus dem Kopf! Wenn er nicht den Wagen gestohlen hätte, hätte er eben den ersten besten, den er kriegen konnte, genommen. Auf jeden Fall war er sowieso fällig. Er war aus dem Gefängnis ausgebrochen. Das ist das Wesentliche. Und als ob das noch nicht genügt hätte, mußte er auch noch meinen Wagen stehlen. Da kam es auf euren überhaupt nicht mehr an.«

»Na ja«, sagte Freddie mit einem tiefen Seufzer, »das ist wenigstens ein Trost. Aber ich wünschte trotz allem, es wäre nicht passiert. Jonathan schien ganz aufgelöst darüber, und es ist ja auch gräßlich, den eigenen Namen in der Zeitung stehen zu haben. Ich glaube, sie werden uns heute auch wieder 'reinbringen.«

»Ganz bestimmt werden sie das«, antwortete Ian grimmig. »Die lassen sich doch die Chance zu einer so guten Story nicht entgehen. Ihr beiden könnt es ja ausschneiden und euren Enkelkindern zeigen: ›Schaut, ihr Herzchen, was für ein böses Mädchen eure Omama einmal war.‹«

Die Vorstellung von Enkeln kam den beiden Mädchen ungeheuer komisch vor und munterte sie für den Rest der Fahrt auf.

An jenem Abend, als Jonathan anrief und sich nach ihren Erlebnissen bei Gericht erkundigen wollte, übte sich Freddie entschieden in Zurückhaltung. »Wir kamen ganz gut weg, aber es war schrecklich. Ich fand es einfach grauenhaft, den Mann zu sehen und genau zu wissen, daß er zurück ins Gefängnis mußte, und der Friedensrichter und der Polizeibeamte schienen sich aus irgendeinem Grund ziemlich über uns zu ärgern.«

»Du hast doch hoffentlich die Wahrheit gesagt?« fragte Jonathan beunruhigt.

»Natürlich, aber Liz versuchte sie ein bißchen zu umschreiben, und sie ließen das nicht zu. Ich finde, die Polizei ist reichlich boshaft, und Gerichte sind gräßliche Gebäude. Ach, Jonathan, hoffentlich brauch' ich nie wieder in eins hineinzugehen. Es hat mich ganz krank gemacht.«

Er lachte. »Bestimmt nicht, besonders wenn du die erstklassigen Fahrstunden bekommst, für die ich dich anmelden will, und falls du nicht mitten in der Nacht Fremde unterwegs aufgabelst, außer ich bin bei dir – was ich dann ja natürlich sein werde.«

»O Jonathan, wie wunderbar das klingt. Das hat mich richtig aufgeheitert.«

Er sagte ein bißchen besorgt: »Hast du etwa schon einen Abschiedskater, weil du jetzt die Menschen, mit denen du dich so angefreundet hast, verlassen mußt? Du hast es genossen, nicht wahr?«

»O ja, aber letzten Endes genieße ich immer alles und jedes, selbst wenn ich vorher gar keine Lust dazu habe. Und natürlich bin ich traurig, Liz und Vater und Mrs. Wells und Ian Adieu sagen zu müssen – ach, überhaupt allen, außer vielleicht Derrick. Aber ich sehne mich schon sehr nach Angela und dir. Wenn ich an die Hochzeit denke, werde ich schrecklich aufgeregt.«

»Ich kann wohl getrost zugeben, daß es mir genauso geht. Aber jetzt – hast du ganz sichergestellt, daß mit dieser Reise alles klargeht? Gibt es bei euch denn überhaupt niemand, der dich hinüberfahren und dir die ganze Umsteigerei und Warterei mitten in der Nacht ersparen könnte?«

»Schau, ich weiß genau, Liz würde es sofort tun, aber dann müßte sie mutterseelenallein zurückfahren und ...«

»Nein, Liz um gar keinen Preis. Weiß der Himmel, was das nächste Mal passiert ... Na gut, ich denke, es ist schon in Ordnung so. Hast du auch wirklich alles geklärt? Bist du sicher, daß kein Haken dabei ist?«

»Nicht der geringste. Ich nehme einfach den Zug hier um sieben, steige dann an dieser komischen kleinen Haltestelle um zehn in einen anderen Güterzug um, und der bringt mich um Mitternacht nach Winslow. Armer Stephen, daß er herauskommen und mich um diese Zeit abholen muß!«

»Das wird ihm nichts ausmachen ... Ich werde dich gleich in

Winslow anrufen. Aber bitte, sei sehr vorsichtig und vernünftig, Liebstes, und stürz dich in keine neuen Abenteuer mehr, bis ich dich wiederhab'.«

Jonathan legte widerstrebend auf, so daß er die Stimme, die sich in die Verbindung einschaltete, nicht mehr hören konnte. »Ist er nicht reineweg vernarrt? Ungeduldig auch ... Und wie ich höre, waren Sie und Liz richtig drollig heute im Gericht. Komisch wie ein Lustspiel, hat jemand gesagt.«

»Liebe Zeit, das waren wir ganz bestimmt nicht – und ich hoffe wirklich, Mrs. Wells bekommt nichts Falsches über die Ereignisse erzählt. Wirklich, wir haben unser Bestmögliches getan.«

»Das nehme ich Ihnen ohne weiteres ab, meine Liebe, und es geschieht ihnen recht. Ich persönlich hab' mir nie viel aus der Polizei oder aus diesen Friedensrichtern gemacht, die nur dasitzen und jedermann zu Geldbußen verdonnern.«

Was Louisa zu Ohren kam von »ihrer Bloßstellung bei Gericht«, wußte Freddie nicht zu sagen. Louisa besprach die Sache nicht mit Liz, und Freddie war geneigt zu denken, daß sie es nur unterließ, weil das Mädchen in dem Gedanken an die Abreise ihrer Freundin bedrückt aussah. »Du wirst mir so fehlen«, sagte sie ziemlich rührselig. »Ich hätt' wirklich nichts dagegen, zu deiner Hochzeit kommen zu können, aber alle haben viel zuviel zu tun, um mit mir zu fahren, und sie würden sich entsetzlich anstellen, wenn ich die Fahrt allein unternehmen wollte ... Macht nichts, ich werd' an dich denken, und heut' abend bring' ich dich zum Zug. Gegen neun bin ich dann wieder zurück, so daß niemand ein Theater machen kann, weil ich allein unterwegs bin.«

Doch hier machte sie die Rechnung ohne Louisa. »Unfug. Davon will ich nichts hören. Euch beiden Mädels allein noch einmal über den Weg trauen? Das wär' Ihrem Freund gegenüber weder recht noch billig, Freddie. Nein, ich komme mit euch. Ich setz' mich hinten hin, und ihr könnt nach Herzenslust schwatzen, aber mitkommen werde ich und zusehen, daß Sie sicher in Ihren Zug kommen und Elizabeth wieder nach Hause zurückfindet.«

Einwände zu erheben wäre unhöflich gewesen, und im ganzen war Freddie auch nur froh. Die Vorstellung, daß Liz die ganze weite Strecke mutterseelenallein nach Hause fahren müßte, gefiel ihr absolut nicht; es war zwar unwahrscheinlich, daß sie noch einem entsprungenen Strafgefangenen begegnen würde, aber sie hatte so eine Art, wie ein Magnet Abenteuer anzuziehen, und bedurfte des Schutzes.

Von Dr. Winter hatte Freddie die Versicherung erhalten, daß sie ihren Vater außer Gefahr zurücklassen konnte. »Er ist sehr vernünftig und wird kein Risiko eingehen wollen. Mrs. Wells hat ein wachsames Auge auf ihn, und Liz wird mal oben und mal herunten sein. Er ist gut aufgehoben, und vielleicht ist's nur von Vorteil für ihn, wenn er nach und nach wieder in sein normales Leben zurückfindet. Sie haben ihn gut gepflegt, und in ein, zwei Wochen wird sein Herz fast so kräftig sein wie zuvor. Ich hab' ihm sogar angeboten, zu versuchen, hier herum jemanden zu finden, aber er blieb dabei. Er liebt seine Lebensweise, und er versteht sich mit Mrs. Wells. Ich hab' schon mit ihr gesprochen. Sie sagt, sie kann's mit Liz zusammen schon deichseln. Also fahren Sie nur, junge Frau. Sie haben Ihren Vater großartig wieder hingekriegt, und ich zweifle keinen Augenblick, daß Sie Ihren Gatten genausogut hinkriegen.«

Als Freddie mit Maxwell darüber sprach, sagte er mit großem Nachdruck: »Nie in meinem Leben hab' ich mich über irgend etwas mehr gefreut als damals, als uns Jonathans prächtige Miss Warren aufsitzen ließ. Fremde Weiber im Haus sind mir ein Greuel ... Ich hab' nicht die geringste Absicht, Dummheiten zu machen oder einen Rückfall zu riskieren und dich von deiner Hochzeit abzuhalten.«

»In gewisser Weise finde ich's schrecklich, abfahren zu müssen, aber ich weiß, daß du in guten Händen bist. Du wirst doch genau befolgen, was der Arzt dir sagt, ja?«

»Mir wird wohl nichts anderes übrigbleiben, mit dieser Frau am Hals, die mich wie ein Adler bewacht und wahrscheinlich Liz drankriegt, ihr über alles Bericht zu erstatten ... Aber ich bin kein Narr und hab' meinen Denkzettel bekommen. Vielleicht war's ganz gut, daß die Warnung kam. Früher hielt ich mich gern für den Allmächtigen höchstpersönlich, wie?«

»Na ja, du warst ja auch immer kerngesund, und die Menschen vergessen eben leicht, daß sie ... Ich meine, daß sie nicht jünger werden.«

Er lachte. »Taktvoll ausgedrückt. Ich glaube, du wirst eine gute

Arztfrau abgeben. Du hast sozusagen aufgehört, dich in die Nesseln zu setzen.« Und als sie rot wurde und verlegen dreinblickte, sagte er herzlich: »Mach dir nichts draus, wenn ich mich über dich lustig mache, mein Liebes. Du bist ein braves Mädchen, und Jonathan kann sich verdammt glücklich schätzen. Nicht als ob er's nicht verdient hätte. Er war und ist der treue Liebhaber und all das. Aber immerhin, du hättest ja auch irgendeinen heiraten können. Du hast jedoch deine Wahl getroffen. Hoffentlich wirst du's nicht eines Tages leid.«

»Aber nein, Vater. So bin ich doch nicht. In Wirklichkeit gehöre ich zu den Menschen, die sich gern behütet fühlen, und Jonathan – na ja, er hat mir eben immer dieses Gefühl gegeben.«

Maxwell zuckte die Achseln. »Auch eine Art von Eheglück und vielleicht nicht die schlechteste, obgleich sie nicht auf meinem Holz gewachsen ist ... Aber du bist wirklich sehr, sehr lieb zu mir gewesen, Freddie. Glaub ja nicht, daß ich das nicht anerkenne. Ich war ein launischer Krüppel, aber jetzt fühle ich mich mit jedem Tag kräftiger, und ich bin mir durchaus bewußt, was für ein gutes Werk du an mir getan hast ... Und du hast dir Freunde gewonnen. Du solltest dir deinen Jonathan schnappen und uns alle bald einmal wieder besuchen.«

Freddie hatte auf der Stelle das Bedürfnis, einfach loszuheulen, wie immer, wenn jemand sie lobte. Auch befand sie sich in jenem Zustand höchster Gefühlsduselei, den das Abschiednehmen immer in ihr hervorrief. Und durch die vor ihr liegende Aufregung und Freude verschlimmerte sich dieser Zustand noch um einiges. Sie zwinkerte eine Träne fort und sagte: »Ach, wie sehr ich doch wünschte, du könntest bei meiner Hochzeit mit dabeisein. Ich wollte dich so gern als meinen Brautführer haben.«

Er gab sehr sanft und diesmal auch ganz ernsthaft zurück: »Das wollte ich auch, aber Stephen wird das ganz tadellos erledigen, und wir stoßen hier alle im richtigen Augenblick auf dein Wohl an und wünschen dir Glück. Irgendwie hab' ich das Gefühl, daß dir das Glück hold sein wird.«

Das war das letzte ernsthafte Gespräch, das Freddie mit ihrem Vater führte. Später entsann sie sich, daß es ungefähr das einzige ernsthafte Gespräch war, das sie je in ihrem Leben mit ihrem Vater geführt hatte, und sie bildete sich ein, er wäre für den Rest des Tages einem Alleinsein mit ihr aus dem Weg gegangen. Dazu gab es aber auch kaum Gelegenheit, denn dauernd kam irgendeiner, um Lebewohl zu sagen. Der erste war Ian. Er tauchte um die Mittagessenszeit auf und sagte:

»Ich wünschte, es wäre nicht gerade Lammzeit und ich hätt' Sie die Strecke nach Winslow hinüberfahren können. Jedenfalls werden Sie den Zug bestimmt gut bekommen, wenn Mrs. Wells das Kommando führt. Aber Sie werden diese biestigen Bummelzüge gründlich satt bekommen.«

»Oh, ich liebe geradezu diese Züge. Sie sind heute so selten geworden, und ich hab' noch nie in einem von diesen komischen kleinen Personenwagen hinten an den Güterzügen gesessen. Mir wird schon nichts abgehen, und in absehbarer Zeit komme ich mit Jonathan zusammen her und sehe euch alle wieder.«

Ian hielt ihre Hand in einer schmerzhaften Umklammerung fest und sagte ernst: »Auf Wiedersehen, Freddie. Es war gut, daß wir Sie hier hatten. Gut für Liz. Sie ist dadurch sozusagen ruhiger geworden.«

Freddie mußte lachen. »Das ist dann das erste Mal, daß durch mich jemand ruhiger geworden ist! Das muß ich Jonathan erzählen ... Aber Liz ist in Ordnung, Ian. Sie weiß jetzt, was sie will.«

Sein ehrliches, sommersprossiges Gesicht überzog sich plötzlich mit Röte. »Meinen Sie wirklich?« fragte er. »Aber ich bin nur ein einfältiger Bauernbursche. Anders als Derrick.«

»Derrick? Pah!« sagte Freddie bestimmt. »Er war viel zu affig. Das hat er doch bei den Preishüten bewiesen. Stellen Sie Ihr Licht nicht unter den Scheffel, Ian. Das zahlt sich nie aus«, und mit diesem weisen Rat trennten sie sich.

Derrick kam wie ein Wirbelsturm herein, um ihr alles Gute zu wünschen. Er persönlich wäre in vierzehn Tagen ebenfalls schon über alle Berge, teilte er ihr mit. Hätte die Nase voll vom Hinterland und würde zur Abwechslung gern mal wieder etwas Zivilisation atmen, und falls sie und ihr Medizinmann je den Fuß in seinen Landstrich setzten – und so fort. Freddie entging es nicht, wie rasch er verschwand, um einem Zusammentreffen mit Liz zu entgehen.

Während der Fahrt schwatzten die Mädchen nicht, wie Mrs. Wells vorgeschlagen hatte. Sie waren ziemlich still, und Liz erklärte: »Nichts Aufregendes an dieser Tour, Freddie. Ich fühl' mich todelend, und wir haben nicht mal den Spaß, ein Wettrennen nach dem Zug veranstalten zu können. Tante Louisa hat uns viel zu früh losgehetzt. Wir werden uns noch eine lange Zeit da die Beine vertreten können.«

Aus dem Fond kam eine scharfe Stimme: »Eine nette Art, so daherzureden, wenn du deiner Freundin auf Wiedersehen sagen mußt. Wenn das alles ist, was du empfindest, wollen wir sie eben einfach nur absetzen und auf der Stelle heimfahren.«

Aber das taten sie dann natürlich doch nicht, und als der Zug schließlich von dem schmalen kleinen Bahnsteig wegkroch, war das letzte, was Freddie sah, Louisa Wells – aufrecht und unnachgiebig, aber majestätisch winkend, und neben ihr stand Liz, sah zu Tode betrübt aus und vergoß ein paar Tränen.

14

Eine Überlandreise in einem Bummelzug kann – selbst als höchstvergnügliche Neuheit – nach einer Weile sämtliche Reize verlieren. Anfangs erfreute sich Freddie der Gesellschaft eines Maori aus der Stadt, und ihre Unterhaltung war beiderseits sehr amüsant. An einer winzigen Station verließ er sie jedoch, und keiner nahm seinen Platz ein. Die Sitze in dem engen Abteil waren hart und unbequem. Das störte sie nicht besonders; wonach es sie verlangte, war jemand, mit dem sie reden konnte. Gewiß, der Schaffner schaute von Zeit zu Zeit herein und brummte etwas über ihr Vorankommen, den Schaffnerdienst im allgemeinen, die Gehälter der Angestellten und den beklagenswerten Zustand der Welt im Ganzen vor sich hin. Aber er war ein ausgemachter Pessimist und alles andere als ein fröhlicher Gesprächspartner. Freddie begann sich nach dem Ende der Reise zu sehnen.

Sie waren schon fast an der kleinen Station fällig, von der aus sie um zehn Uhr den nächsten Bummelzug nach Winslow erreichen sollte. Fünf Minuten vor der Ankunftszeit geriet Freddie in Panikstimmung. Sie wußte, daß es nur eine sehr kleine Haltestelle war, und erwartete, daß sie ganz plötzlich darauf stoßen würden, hingetupft wie sie sein mochte in eine scheinbar vollkommen unbewohnte Landschaft, aber bestimmt waren sie reichlich knapp daran mit der Zeit.

Viel Theater zu machen lag ihr nicht, doch entsann sie sich Jonathans leichter Beunruhigung über die Fahrt. Konnte Liz ein Irrtum unterlaufen sein? Wenn sie Liz auch schrecklich gern hatte, sah Freddie doch ein, daß sie kaum als sehr sorgfältiger oder übertrieben genauer Mensch gelten konnte. Und der freundliche Bahnbeamte, der sich in der Nacht ihrer Ankunft um sie gekümmert hatte und der ihr noch heute abend freundschaftlich Lebewohl gesagt hatte, vermutlich auch nicht. Beide mochten mehr dem Zufall trauen, und vielleicht war es von ihr sehr unvernünftig gewesen, sich auf ihre Auskünfte zu verlassen.

Als der Schaffner hereinkam, vertraute sie ihm ihre Ängste an, und er sah bestürzt und noch kummervoller als je zuvor aus. »Hab' nicht die mindeste Hoffnung. Haben Verspätung. Ärger mit der Lok. Wenn man uns immer das schrottreife Zeug gibt, können Sie nicht von uns verlangen, daß wir pünktlich sind.«

Freddie spürte, daß sie ziemlich herausfordernd geklungen hatte und sagte darum bescheiden, es wäre ja nur, weil sie gehofft hätte, den Vier-Uhr-Zug zu erreichen, der sie weiter nach Winslow bringen würde. Der Schaffner wurde zwischen Mitleid und einer Art düsterer Befriedigung hin und her gerissen. »Kann nicht sein, außer der andre Zug hat auch Ärger gehabt. Kommen nur selten rein, bevor der abdampft, wirklich. Irgendwer hat Ihnen da was Falsches erzählt. Sind immer knapp daran, haben aber sonst keine Fahrgäste, und wir können schließlich nicht nach dem Fahrplan fahren, nur weil jemand 'nen Zug noch kriegn will. Das ist 'n Güterzug, damit müssen sich die Fahrgäste abfinden.«

Schon ertappte sich Freddie bei Entschuldigungen, Erklärungen, daß die Verbindung bestimmt schwierig sei, daß ein Zug wegen eines einzelnen Mitreisenden ganz bestimmt nicht schneller fahren könne, und daß sie schon irgendwie zu Rande käme. Zum Beispiel über Nacht in einem Hotel absteigen.

Betrübt schüttelte der Schaffner sein Haupt. »Da gibt's kein Hotel, drei Meilen weit nicht. Das ist ja nur 'n Haltepunkt für uns arme Kerls, die Güterzüge fahren. Wir haben 'ne Herberge in der Nähe, aber sie nennen's 'ne Männerpension, und sie würden auch 'ne Dame gar nicht aufnehmen ... Ziemliche Klemme für Sie, wie?« Er war, dachte Freddie, wirklich kein sehr netter Mann; gehörte zu jenen, die am Unglück anderer eher ihre Freude haben.

Es war viertel nach zehn, als der Zug schließlich widerwillig in den Bahnhof keuchte und ein einsamer Bahnbeamter zu ihrer Begrüßung erschien. Als sie ihm ihre Lage auseinandersetzte, war er gleich voller Anteilnahme. Der Zug war weg. »Er war diesmal sogar pünktlich. Tut mir ehrlich leid. Manchmal hat er auch Verspätung, und dann haben Sie Anschluß, aber das kommt nicht oft vor. Das ist schlimm für Sie, Fräulein.«

Sein Mitgefühl war echt und eine Erlösung nach dem Leichenbittergeschmack des Schaffners. Freddie warf einen Blick auf das trostlose kleine Gebäude und dann auf die schlafende Landschaft. Was sollte sie nur tun? Natürlich war die Gegend nicht so verlassen, wie sie schien. Bestimmt mußte es hier verstreut liegende Farmhäuser geben, aber die Bewohner würden fest schlafen, und selbst wenn sie einen aufstöberte, der noch wach war, wäre es schwierig, um diese Zeit anzuklopfen und um Unterkunft zu bitten, nur weil sie dumm genug gewesen war, sich nicht mit korrekten Auskünften über Zugverbindungen zu versorgen.

Recht matt fragte sie: »Wie weit ist es bis zur Stadt?« und bekam zur Antwort, daß da, genau gesagt, auf drei Meilen im Umkreis gar keine Stadt war, und auch dann »die Kneipe nur ein Einmannbetrieb sei, wo sie früh in die Falle kriechen«.

Freddie straffte sich und beschloß, die Lage so gut wie möglich zu nützen. »Wann geht der nächste Zug, der direkt bis Winslow durchfährt?« Sie bekam zu hören, daß einer um neun Uhr morgens führe. »Mehr oder weniger«, fügte der Beamte hinzu.

Neun Uhr. Noch elf Stunden. Freddie versuchte, ein fröhliches Gesicht zu machen. »Schön, dann werde ich eben einfach hier den Morgen abwarten, und vielleicht kann ich dann einen Wagen oder irgend etwas auftreiben, das mich zur Stadt mitnimmt, und ich werde mir etwas zu essen besorgen«, sagte sie tapfer und dachte bei sich, daß sie bis dahin ganz schönen Hunger haben würde. Vor der

Abfahrt hatte sie zwar ausgiebig beim Mittagstee zugelangt, aber das war um vier Uhr gewesen, und an einer Station, wo es einen Erfrischungsraum gegeben hatte und wo der Bummelzug in seligen Schlummer versunken zwanzig Minuten stillgestanden hatte, war sie einmal ausgestiegen. Dort hatte sie eine Tasse hellblonden Tee und eine trockene Semmel zu sich genommen. Nun ja, Hungers sterben würde sie schon nicht, und Jammern nützte auch nichts, deshalb fragte sie hoffnungsvoll: »Sie sind doch damit einverstanden, wenn ich hierbleibe?« Der Bahnbeamte blickte sie um Vergebung heischend an: »Ich glaub' ja schon, daß Sie willkommen wären«, begann er zögernd, und Freddie fand, er sähe aus wie ein freundlicher Gastgeber, der sich eben dafür entschuldigt, daß er seinen Gast über Nacht nicht dabehalten kann. »Das Dumme ist bloß, Fräuleinchen, daß ich zusperren muß, wenn ich jetzt gleich geh'. Verstehen Sie, ich geh' zum Schlafen 'rüber in die Pension, und ich fang' mit dem Dienst erst wieder um sieben an, und wir dürfen das Gebäude nicht offenlassen, da es doch Eigentum der Regierung ist und so weiter«, und er sah sich geringschätzig in dem kleinen kahlen Raum um.

»Ich wünschte, ich könnt' Sie mit zur Herberge 'rübernehmen, Fräuleinchen, aber die Vorschriften sind streng, und Mrs. Lorne, die den Laden schmeißt, schätzt es gar nicht, wenn man sie aus dem Bett trommelt, und Damen sind auch gar nicht erlaubt.«

Sie sahen einander bestürzt an, und plötzlich dämmerte eine Erleuchtung auf dem gutmütigen Gesicht des alten Bahnbeamten. »Ich weiß, was ich tun könnte, wenn es Ihnen recht ist. Ich könnte Sie hier drinnen einsperren, und Sie wären gut aufgehoben. Ich hab' die Schlüssel, und niemand würde Sie stören, nur daß es für Sie nicht sehr komfortabel wär'.«

Freddie besah sich die harten Stühle und kam zu dem Schluß, daß es das bestimmt nicht wäre, aber immerhin würde es doch besser sein, als in dieser kalten Frühlingsnacht unter einer Hecke schlafen zu müssen. »Das ist schrecklich freundlich von Ihnen«, sagte sie, »und es ist ja auch wirklich das einzige, was mir übrigbleibt, nicht wahr? Ich werde eben einfach drei Stühle zusammenrücken und mich so behelfen.«

Dem Bahnwärter indessen war plötzlich ein anderer, noch viel großartigerer Gedanke durch den Kopf geschossen, und er war richtig hingerissen davon, so daß sein Gesicht vor Freude strahlte. »Das müssen Sie gar nicht tun«, erklärte er. »Ich weiß, was Sie nehmen können. Oben im Dach is 'ne Zeltbahnbare, und die ist besser als Stühle.«

Freddie erschrak. Was tat eine Zeltbahnbahre im Dach? Sie echote benommen: »Im Dach?«

»Wenn ich Dach sage, mein' ich, sie ist unter der Decke in der Gepäckaufbewahrung aufgehängt. Ist jetzt schon fast ein Jahr hier. Niemand hat sie bisher reklamiert, und die Fracht ist auch noch nicht bezahlt, deshalb haben wir sie zwischen die Sparren gehängt, um erstmal abzuwarten. Ich hol' sie jetzt gleich 'runter und schlag sie hier auf, und Sie haben sicher 'nen Mantel und 'ne Decke dabei und vielleicht noch ein paar warme Sachen in Ihrem Koffer. Damit werden Sie sich bis morgen früh ganz wohl fühlen, wie, Fräuleinchen?« Er war rührend in seinem Eifer, und Freddie fühlte sich verpflichtet, ihm begeistert zuzustimmen. Das war eine grandiose Idee. Natürlich würde sie sich ganz wohl fühlen, und er würde bitte so freundlich sein, und sie so gegen sieben herauslassen, nicht wahr?, und sie würde schon irgend etwas Vierrädriges auftreiben, das sie mit zur Stadt nehmen könnte. Danach würde sie dann frühstücken, in Winslow anrufen und rechtzeitig zum Zug wieder da sein.

»Das woll'n wir dann schon seh'n«, sagte er. »Hängt davon ab, in welcher Laune Mrs. Lorne aufwacht. Falls sie gut aufgelegt ist, werd' ich sie schon nach einer Kanne Tee und so fragen und mit 'rüberbringen, wenn ich komme. Erspart Ihnen die Fahrerei zur Stadt.«

Freddie war von Dankbarkeit erfüllt. Er war der freundlichste aller Menschen, und sie wußte sehr wohl, wie gräßlich schwer es ihm wurde, sie hier in dieser gottverlassenen Station allein zurücklassen zu müssen, denn er wiederholte ständig: mit der zugesperrten Tür und den Schlüsseln in seiner Tasche könnte sie sich geborgen fühlen wie eine Wanze im Teppich.

Der Vergleich erschien ihr unangenehm treffend, als sie der Bahre ansichtig wurde. Sie war sehr alt und starrte vor Schmutz, denn während eines Jahres hatte sich auf ihr ungehindert Staub ansammeln können, als sie in den Dachsparren hing. Trotzdem begrüßte sie begeistert ihre Ankunft und schüttelte sie mit dem Bahnbeamten zusammen aus. Staubwolken stiegen auf, und Freddies Mantel und Rock litten erheblich darunter, aber sie fand sie unvergleichlich viel besser als die Stühle und war fest entschlossen, sich nicht anzustellen. Sie war plötzlich entsetzlich müde geworden, und das Bedürfnis nach Schlaf überwältigte sie geradezu. Gemeinsam bauten sie die Liege im Warteraum auf, und der freundliche Bahnbeamte sagte: »Ich laß' Ihnen meine Sturmlaterne da. Brennt wahrscheinlich vor Morgengrauen 'runter, aber bis dahin kann sie Ihnen ein bißchen Gesellschaft leisten.«

Anschließend ging er, sperrte die Tür von außen hinter sich ab, rief ihr fröhlich eine gute Nacht zu und versicherte ihr hoch und heilig, er wäre zurück, sobald sie aufwachte. Freddie suchte den kleinen Waschraum auf und wusch sich mit kaltem Wasser. Das Becken hatte viele Sprünge und war keineswegs übermäßig sauber, aber darüber wollte sie jetzt nicht nachgrübeln. Dann legte sie sich auf die schmale, knarrende Liege, von der noch immer Staub aufstieg, der sie ein wenig peinigte. Sie war todmüde und wollte schlafen.

Aber gerade das tat sie nicht, weil ihr plötzlich mit Schrecken einfiel, daß sie überhaupt nicht daran gedacht hatte, Angela auf irgendeine Weise zu verständigen. In der Station mußte es ein Telefon geben; wie auf jedem Bahnhof, dachte sie verworren. Und wenn nicht, hätte die Pension auf jeden Fall eins. Wie blöd von ihr, daß sie vergessen hatte, den Bahnbeamten zu bitten, für sie anzurufen. Sie war wütend über sich selbst. Stephen würde um Mitternacht am Zug sein und sich Sorgen machen, wenn er sie nirgends entdeckte. Und schlimmer noch: Angela würde einen schönen Schrecken bekommen, der ihr vielleicht sogar schadete. Was sie überhaupt nicht bedachte, war, daß Jonathan sich eventuell noch viel, viel mehr ängstigen würde, weil sie nicht ahnte, daß ihn eine gewisse Unruhe vielleicht dazu verleiten könnte, Stephen um ein Uhr früh anzurufen.

Sie hätte sich die Haare vor Wut über sich selbst raufen können. Es war dumm von ihr gewesen, den Fehler überhaupt zu machen, und egoistisch, über allem Selbstmitleid vollkommen zu vergessen, sich mit Stephen in Verbindung zu setzen. Alles war ihre Schuld.

Jonathan hatte sie mehr als einmal gedrängt, sich der Anschlüsse genau zu vergewissern, hatte überhaupt den ganzen Plan ziemlich mißbilligt und wie gewöhnlich recht behalten. Da saß sie nun, nur zweihundert Meilen von ihm und der Stadt entfernt, nur einhundert Meilen von Winslow weg, auf dem Scheitelpunkt eines Dreiecks, wie ihr Vater sich ausgedrückt hatte, und war eingesperrt in einen kahlen und reichlich stinkigen Warteraum, wo sie auf einer Bahre mit höchst zweifelhafter Vergangenheit zu schlafen versuchte und sich nicht nur hungrig, sondern auch ausgesprochen unglücklich fühlte.

Es dauerte lange, bis die Müdigkeit als Sieger aus der Schlacht mit den Selbstvorwürfen hervorging, aber endlich glitt Freddie trotz der Kälte, die der Zeltbahn entströmte, der dünnen Bedekkung mit ihrem Plaid und dem ungemütlichen Gefühl, in ihren Kleidern schlafen zu müssen, in unruhige Angstträume, in denen sie fortwährend versuchte, hinter Zügen herzurennen, die ihr immer wieder vor der Nase fortfuhren. Liz lief wie eine Verrückte auf den Schienen voraus, und Louisa sagte am laufenden Band: »Mir hat diese Idee wirklich nie gefallen. Weder recht noch billig gegenüber Ihrem Freund.«

Voller Unbehagen wachte sie des öfteren zwischendurch auf. Sie fror und war steif, und jedesmal dauerte es ein paar Minuten, bis ihr wieder einfiel, wo sie sich befand. Auf einmal kam die Laterne des Bahnmeisters mit einem scheußlichen Petroleumgestank zum Erlöschen, und bei ihrem letzten Aufflackern sah sie, daß es drei Uhr war. Noch drei Stunden bis zur Dämmerung, noch vier, bis sie aus diesem grauenhaften kleinen Raum befreit würde.

Und dann begann die ganze Situation sie plötzlich zu amüsieren. Schließlich würde eine unruhig verbrachte Nacht sie auch nicht gleich umbringen. Wohl würden sich Angela und Stephen Sorge machen, wenn sie nicht im Zug saß, aber sie würden sich ja denken können, daß sie dann eben am Morgen ankäme. So naiv wären sie ja wohl kaum, anzunehmen, sie wäre unterwegs ermordet worden. Züge waren letzten Endes hochachtbare Einrichtungen trotz aller Gruselmärchen, die über sie zusammengeschrieben wurden ... Und welchen Spaß Liz erst daran hätte ... Louisa wäre natürlich entgeistert, genau wie sie es im Traum gewesen war, Liz aber würde bestimmt sagen: »Was für ein Jux! Ich wünschte, ich wär' dabeigewesen!«

Für eines jedenfalls war sie dankbar: Jonathan würde von diesem Abenteuer erst erfahren, wenn es längst überstanden war. Sie würde, wenn er anriefe, längst bei Angela daheim sein. Es gäbe eine köstliche Geschichte, die sie ihm erzählen konnte, wenn sie in Sicherheit war. In Sicherheit? Sie sah sich in dem kleinen Raum mit seinem einen hohen Fenster um, durch das ein Streifen Mondlicht fiel und die Spinnweben zu durchlöchern versuchte, und dachte: Na, und ob ich hier sicher bin! Ich kann nicht 'raus, und niemand kann 'rein, also ist's am besten, ich entschließe mich jetzt endlich einzuschlafen. Ich werde ihnen am Morgen schon klarmachen, wie leid es mir tut, aber es ist Quatsch, heut nacht wachzuliegen und mich darüber totzuärgern. Worauf wie immer bei Freddie prompt der keineswegs lobenswerte Gedanke folgte: Und wirklich, es ist ja auch irrsinnig komisch!

Ein paar Stunden später wachte sie auf, draußen war es schon hell. Was hatte sie nur so aufgeschreckt? Richtig, sie hatte es sich nicht nur eingebildet. Draußen war ein Schritt zu hören. Gottseidank, daß der Bahnbeamte die Tür versperrt hatte. Dann dachte sie: Wie blöd ich doch bin. Als ob ausgerechnet in diesen Raum jemand einbrechen wollte. Zum Stehlen ist nichts da, und wahrscheinlich hab' ich mir die Schritte nur eingebildet.

Aber nein. Irgend jemand marschierte draußen den Bahnsteig entlang. Sie hörte die Schritte jetzt ganz deutlich und machte sich selbst weis, das sei nur ein Mann von der Eisenbahnerherberge, der nachsehen kam, ob alles in Ordnung war: eine Art Nachtwächter, wie man sie in der Stadt einstellte, um sicherzugehen, daß alles vorschriftsmäßig abgeschlossen worden ist. Nur daß jetzt nicht mehr Nacht war und der Bahnbeamte gesagt hatte, daß vor sieben Uhr niemand auf den Bahnhof käme.

Sie hörte das Rappeln am Türgriff nebenan und dachte: Es ist ein Einbrecher! Er versucht hereinzukommen; und Erinnerungen an ihre einzige Begegnung mit der kriminellen Welt kehrten zurück. Was, wenn es wiederum Shale wäre? Doch nein, das wäre selbst für einen Sensationsroman eine höchst merkwürdige Verkettung allzu vieler Zufälligkeiten. Natürlich hoffte sie inständig, es möge nicht Shale sein, als sie sich daran erinnerte, daß er bei Tageslicht keinen sehr freundlichen Eindruck gemacht hatte und der starke Zweifel sich regte, ob ausgerechnet er der Mann sei, der sich durch ein altmodisches Schloß vom Hereinspazieren abhalten lassen würde.

Von neuem setzten sich die Schritte in Bewegung, und jetzt stockten sie vor der Tür zum Warteraum. Der Griff klapperte, und Freddie hielt die Luft an. Würde er standhalten? Dann rief eine Stimme: »Ist da jemand drinnen?« und ihr Herz drehte sich glatt um. Aber natürlich träumte sie nur oder war übergeschnappt. Jonathan war doch nicht hier. Er war zweihundert Meilen weit weg, und sie hatte sich diese Stimme nur eingebildet, weil sie ein bißchen Angst hatte und ihre Gedanken sich in solchen Augenblicken immer zu ihm flüchteten. Hastig setzte sie sich auf und brachte es fertig, die Sturmlaterne, die auf dem Tisch neben ihr stand, umzustoßen. Auf der Stelle sprach die Stimme von neuem: »Wer ist da drinnen? Bitte, machen Sie auf. Ich hätte gern ein paar Auskünfte über eine Reisende, die verschollen zu sein scheint.«

Diesmal war kein Zweifel mehr möglich. Freddies Stimme überschlug sich quiekend vor Aufregung und Erlösung. »O Jonathan, das kannst doch nicht du sein ... Das bist du nicht, oder?«

Einen Augenblick vollkommener Stille, dann sagte Jonathan: »Freddie, was in drei Teufels Namen machst du da drinnen und warum ist die Tür versperrt?« Plötzlich wurde die ungeheure Erleichterung, die sie überkam, einfach zu viel, und sie ertappte sich beschämt dabei, wie ihr die verhaßten Tränen in die Augen stiegen. Auf einmal merkte sie, wie furchtbar müde sie war und auch, daß sie mehr als nur ein bißchen Angst gehabt hatte. Sie sagte: »Ach Jonathan, es ist doch wohl nicht gut möglich, daß du wirklich und wahrhaftig hier bist ... Ich meine, es sind zweihundert Meilen ...«

Jonathan klang ein wenig ungeduldig, ein wenig verärgert: »Das weiß ich. Ich bin die ganze Nacht durchgefahren ... Freddie, was hast du jetzt wieder angestellt? Und schließe um Gottes willen diese Tür auf, bevor ich sie einschlage.«

Die Vorstellung von gewaltsamer Zerstörung durch Jonathan erheiterte Freddie irgendwie, und sie kämpfte mit Lachen und Weinen, so daß ihre Stimme zitterte, als sie erklärte: »Ich kann doch nicht aufsperren. Der Bahnbeamte hat den Schlüssel. Vor sieben Uhr kommt er nicht her.«

Es entstand eine tödliche Stille, während Jonathan diese Tatsachen verdaute. Danach sagte er: »Und warum bist du eingesperrt, und warum warst du nicht im Zug nach Winslow?«

»Weil ich den Zug hier, auf diesem Bahnhof, nicht mehr erwischt hab'. Ehrlich, Jonathan, genaugenommen war es nicht meine Schuld. Liz rief an und erkundigte sich über alles, und sie hat's gesagt.«

»Dieser Teufelsbraten! Aber du hast dich doch bestimmt noch mal vergewissert? Nach allem, was du mir über Liz und ihre Untaten erzählt hast, ist sie der letzte Mensch, der exakte Auskünfte einholt.«

Freddie fand, daß er unnötig hart mit ihrer Freundin verfuhr. Entschuldigend sagte sie: »Oh, aber sie haben ihr doch gesagt, es wär' alles in Butter. Manchmal ist's das auch, und manchmal geht etwas schief, und sie verpassen den Anschluß. Liz hat ihr Möglichstes getan. Sie würde sich schrecklich aufregen, wenn sie es wüßte«, und fragte sich im gleichen Augenblick schuldbewußt, ob das wirklich stimme. Sie fürchtete, Liz würde sich eher totlachen als aufregen.

Jonathan wurde immer ungeduldiger »Ja. Ja. Laß doch das Mädchen jetzt aus dem Spiel ... Du bist also vergangene Nacht zu spät hier angekommen und entdecktest, daß du wieder mal gestrandet warst. Wahrhaftig, Freddie, allmählich wird's dir zur Gewohnheit.«

Das kam ihr ziemlich unfreundlich vor, und sie wünschte, sie bräuchten nicht durch eine verschlossene Tür miteinander zu sprechen. Jonathan würde sich nicht diesen Ton herausnehmen, wenn sie sich erst einmal Aug in Aug gegenüberständen.

Schlaff sagte sie: »Ja, und die Stadt ist drei Meilen weg und der nächste Zug kommt nicht vor neun Uhr heut morgen. So blieb also gar nichts anderes übrig, als hierzubleiben, nur daß sie dieses Gebäude nicht unverschlossen lassen dürfen. Der Bahnbeamte war sehr freundlich und hat mir seine Sturmlaterne dagelassen und eine Bahre auf dem Dach gefunden.«

Das schien dem schwergeprüften Jonathan den Rest zu geben.

»Eine Bahre auf dem Dach? ... Freddie, einer von uns ist auf dem besten Weg zur Klapsmühle. Schließ die Tür auf, und dann kannst du meinetwegen vernünftig reden. Mindestens werde ich dich dann sehen können und wissen, daß dir nichts fehlt.«

Das rührte sie sehr, und sie erwiderte: »Aber mir fehlt nicht das geringste, und ich wünschte nur, ich könnte diese Tür aufschließen und herauskommen. Aber versteh doch, er hat den Schlüssel mitgenommen und wird vor sieben Uhr nicht hier sein, was soll ich also tun? Ich bin auch so hungrig, und ich möchte gern Angela anrufen. Ich mach' mir Sorgen um sie und schäme mich, daß ich überhaupt nicht daran gedacht hab', dem Bahnbeamten zu sagen, er soll sie gestern abend gleich anrufen. Sie hat sich doch nicht aufgeregt, oder? Sie wird sich doch sicher schon gedacht haben, daß ich den Zug verpaßte. Ehrlich gesagt, hat's mir eigentlich nur wegen ihr etwas ausgemacht.«

»Daß ich mir ebenfalls Sorgen machen könnte, ist dir wohl überhaupt nicht in den Sinn gekommen?« Jonathan, der sich wohl bewußt war, wie schäbig er sich benahm, klang jetzt fuchsteufelswild. Außerdem sah er sich zu allem Überfluß noch gezwungen, lauthals zu brüllen, da die Tür, obzwar alt, sehr kompakt war. Dadurch hörte es sich ganz so an, als hätten Freddie und er einen richtigen ordinären Krach miteinander. Da Freddie nicht daran gewöhnt war, bekam sie einen Schrecken und sagte ziemlich zittrig: »Aber ich hab' doch natürlich nie im Traum daran gedacht, du hättest es erfahren. Wie hast du das herausbekommen, Jonathan?«

»Nun, diese Art zu reisen, wie du sie wähltest, war nie nach meinem Geschmack. Weit besser, bei den fahrplanmäßigen Zügen zu bleiben, selbst wenn man sie zu einer ungelegenen Zeit erreichen muß ... Jedenfalls war ich noch spät unterwegs zu einem Patienten«, sagte Jonathan befangen, denn er wußte sehr gut, wie unmöglich er sich aufgeführt hatte, »und da dachte ich, ich könnte gleich mal Stephen anrufen und fragen, ob du wohl und munter bei ihnen angekommen bist. Ich wußte ja, daß er in der kurzen Zeit noch nicht zu Bett gegangen sein konnte. Es war also nicht so, daß ich sie gestört hätte ... Und – na ja, jedenfalls hab' ich dabei erfahren, daß du nicht angekommen bist.«

»Liebe Güte, und waren sie sehr beunruhigt?«

»Stephen war ein bißchen außer sich, aber er schwächte es Angela gegenüber ab, sagte, du hättest wahrscheinlich den Anschluß verpaßt, und auf diese Bummelzüge wäre auch überhaupt kein Verlaß und so weiter. Aber als er's mir mitteilte, war ich ... ich ...« Er zögerte. Wie diese verrückte Panik erklären, die ihn derart gepackt hatte, daß er zu seinem Wagen stürzte, eine Nachricht für seinen Partner hinterließ, und zweihundert Meilen weit durch die finstere Nacht fuhr, um seine Herzallerliebste zu retten. Zum Unglück war sich Jonathan trotz seiner ritterlichen Tat vollauf bewußt, daß er sich jetzt nicht im geringsten wie ein fahrender Ritter anhörte, sondern nur wie ein verquerer, übermüdeter Mann, der die ganze Nacht durchgefahren und sich klar war, daß er sich im Augenblick lächerlich machte. Natürlich war an allem nur die versperrte Türe und diese blödsinnige, in Überlautstärke geführte Unterhaltung schuld ... Etwas gemäßigter sagte er: »Deshalb wollte ich lieber selbst nach dem Rechten sehen. Ich kenne diese kleinen Landbahnhöfe, und, na ja, ich stieg in den Wagen und brauste los.«

»Ach, Jonathan, mein Herz, wie schrecklich lieb von dir, und es tut mir so entsetzlich leid. Mir ging's aber wirklich ganz gut. Der Bahnbeamte war so freundlich. Er fand sogar eine Liege für mich, auf der ich mich ausstrecken konnte. Eine ziemlich schlecht duftende, aber immerhin war sie besser als Stühle ... Aber ich wünschte wahrhaftig, ich könnte hier 'raus, und er wird vor sieben nicht kommen. Das ist noch eine ganze Stunde. Ich hab' gerade mit dem Fenster überlegt. Es ist ja ziemlich klein. Glaubst du, daß ich steckenbleiben würde?«

Jonathans schlechte Laune verflog. Sie war schon in Ordnung, und er liebte sie über die Maßen. Gewiß, sie handelte oft unüberlegt, doch gehörte es nun einmal mit zu der Freddie, die er liebte – und er hatte sie wochenlang nicht mehr gesehen. »Kannst du das Fenster von innen aufmachen?« fragte er.

»Ich glaube schon, obwohl es aussieht, als wär' es seit einer Ewigkeit nicht mehr geöffnet worden. Es ist ganz voll Staub und Spinnweben, aber ich bin sowieso schon ziemlich schmutzig. Ich werd's erst in ein paar Minuten versuchen. Ich muß einfach erst mein Gesicht waschen und mir die Haare kämmen. Ich könnt' es einfach nicht ertragen, wenn ich dir so unter die Augen käme. Ich seh' aus wie eine Schreckschraube.«

»Wie willst du wissen, wie du aussiehst, und was hat das schon zu bedeuten?«

»Ich weiß es, weil hier über dem Kaminsims ein grauenhaft flekkiger Spiegel hängt, und ehrlich, du würdest mich nicht wiedererkennen. Wenigstens hoffe ich das ... Im Waschraum ist ein komisches kleines Becken, und darum geh' ich jetzt und wasch' mir das Gesicht und kämm' mir durch die Haare, und dann werden wir das Fenster in Angriff nehmen. Du kannst ziehen, und ich kann schieben, und dann müßte eigentlich irgendwas nachgeben, nur hoffe ich, daß ich das nicht bin.«

Sie beeilte sich mit ihrer Toilette, nahm sich aber die Zeit, Lippenstift und Puder aufzulegen. Schließlich hatte Jonathan sie seit ein paar Jahrhunderten nicht mehr zu Gesicht bekommen, und Ärzte bekamen bekanntlich auf Schritt und Tritt attraktive Frauen zu sehen ... Seine Stimme drang ungeduldig rufend zu ihr: »Kannst du eigentlich gar nicht begreifen, daß ich mich den Teufel darum schere, wie du aussiehst? Ich will dich endlich draußen haben! Komm und versuch's mit dem Fenster.«

Sie betrachtete ihr Spiegelbild kritisch ein letztes Mal und kam zu dem Schluß, daß es nicht ganz übel war, vor allem, wenn man die unruhig verbrachte Nacht auf der Liege in Betracht zog, die im grellen Tageslicht höchst unappetitlich aussah. Ein paar Minuten lang kämpfte sie mit dem verrosteten Fensterschnäpper, und schließlich glückte es ihr auch, ihn loszumachen. Dann drückte sie verzweifelt gegen den Fensterrahmen, und Jonathan half von seiner Seite aus mit. Er schien hoffnungslos festzusitzen und war vermutlich nie geöffnet worden, aber Entschlossenheit auf beiden Seiten trug am Ende doch den Sieg davon, und er begann mit lautem Geknarre nachzugeben. Es war ein altmodisches Aufziehfenster, kleiner als Freddie je eines gesehen hatte, und lag hoch über dem Boden. Sie betrachtete es mißtrauisch. War es wirklich denkbar, daß sie sich da hindurchquetschen konnte? Jonathan stand und blickte verlangend empor, denn auf der Außenfront war das Fenster gut seine zwei Meter hoch über dem Bahnsteig. Zum Glück war er groß, und mit hochgereckten Armen könnte er sie wohl erreichen. Sie bestieg einen Stuhl und guckte zu ihm hinunter und sagte dann vollkommen wahnsinnig: »Aber Jonathan, ich kann mich hier doch nicht einfach so wegstehlen. Ich hab' doch auch Gepäck, und mein Koffer ist viel zu groß, um durch das Fenster zu gehen. Außerdem war der Bahnbeamte so freundlich. Ich fände es schrecklich, wenn ich seine Gefühle verletzte.«

Insgeheim spürte Jonathan, daß seine Gefühle inzwischen so sehr gelitten hatten, daß er total unempfindlich für die des Bahnbeamten geworden war, laut aber äußerte er nur: »Laß ihm einen Zettel da. Schreib, daß wir wegen des Gepäcks zurückkommen. Schreib, daß wir zum Frühstücken in die Stadt gefahren sind und später hierher zurückkehren. Da hast du einen alten Umschlag. Schreib schnell. Ich hab' die Warterei satt.«

Sie setzte sich an den wackeligen Tisch und schrieb mühselig und dankerfüllt und ließ dann den Umschlag gegen den fleckigen Spiegel gestützt stehen. Danach stieg sie wiederum auf ihren Stuhl hinauf, warf ihre Handtasche Jonathan in die Arme und kletterte trotz ihres athletischen Wagemuts mit einiger Schwierigkeit auf das Fenstersims. Da oben blieb sie erst einmal einen Moment hocken und schaute auf Jonathan herunter, der gereizt sagte: »Komm, mach schon. Worauf wartest du noch?«

Mit beleidigter Stimme gab Freddie zurück: »Ich mußte dich nur mal eben begucken und dachte gerade, wie wunderbar es doch ist, dich wiederzusehen, und wie sehr ich dich liebe, und dann hast du hochgesehen und die Stirn in Dackelfalten gelegt, und ich dachte . . .«

»Du dachtest, was für einen biestigen, miesepetrigen alten Doktor du doch drauf und dran bist zu heiraten, stimmt's?«

»Ich dachte«, sagte Freddie weich, »daß ich dich, wenn du so finster dreinblickst, eher noch mehr liebe . . . Schön, auf geht's! Fang mich nur ja auf!«

Aber das war sehr optimistisch, denn bald schon stellte sich heraus, daß überhaupt nichts Plötzliches passieren würde. Das Fenster war schmal und Freddie wohl schlank, aber groß. Sie kam bis zur Hälfte durch und dachte eine schreckliche Minute lang, sie würde steckenbleiben. »Zieh, Jonathan! Zieh kräftig! Ich will nicht in Hälften herauskommen«, japste sie verzweifelt.

Plötzlich machte es ›Knacks‹, und der wurmstichige Fensterrahmen gab einen Zoll nach. Das genügte schon, und Freddie, so plötzlich befreit, wurde jählings in Jonathans Arme hinabgeschleudert. Er war ein kräftiger Mann, doch war der Einschlag beachtlich, und er taumelte zurück und schwankte einen Moment gefährlich hin und her. Dann gewann er mit bedeutendem Kraftaufwand sein Gleichgewicht zurück und stellte Freddie auf die Füße und hielt sie immer noch fest in seinen Armen.

Dieses Idyll wurde roh gestört. Hinter ihrem Rücken ließ sich eine laute, wütende Stimme vernehmen: »Na, na, was ist denn das? Wer sind denn Sie, daß Sie 'ne junge Dame so grob anpacken dürfen, von der Beschädigung am Eigentum Ihrer Majestät ganz zu schweigen?«

Es war der Bahnbeamte, der mit dem liebenswerten Gedanken, seine freiwillige Gefangene zu befreien, früh aufgestanden und gerade rechtzeitig auf dem Schauplatz erschienen war, um den unheilverkündenden Knacks zu hören und das Mädchen, das er allein und unbeschützt geglaubt hatte, in den Armen eines Mannes liegen zu sehen. Er wäre ja zu ihrer Rettung herbeigestürzt, war aber durch eine riesige Kanne Tee, einen dicken Kanten Brot und Butter, die er trug, stark behindert.

Freddie machte sich, wenn auch ungern, los und drehte sich mit ihrer unveränderlichen Höflichkeit um. »Ach, wie schön von Ihnen, so früh zu kommen ... Und dieser himmlische Tee ... Ich hätte Sie fast verfehlt, aber ich hab' einen Zettel für Sie dagelassen, und ich wär' ja auch sowieso wiedergekommen ... Das hier ist Dr. Blake, und ich werde ihn nächste Woche heiraten.«

Jonathan streckte seine Hand aus. »Vielen Dank, daß Sie sich so gut um sie gekümmert haben. Das hat sie auch nötig«, sagte er und fuhr erklärend fort: »Als sie in Winslow nicht auftauchte, kam ich, um nach ihr zu suchen. Bin die ganze Nacht durchgefahren und dachte mir, es wäre gut, sie herauszuholen und zum Essen mit in die Stadt zu nehmen. Aber zuerst wollen wir Ihren Tee trinken. Wir können ihn beide brauchen.«

Der Bahnwärter sah erfreut aus und strahlte die beiden an, aber er beschränkte sich nun darauf zu sagen: »Die ganze Nacht gefahren ... Ich krieg' die Motten! Na ja, jetzt hat sie ja wenigstens jemand, der auf sie aufpaßt.«

»Sie haben sehr gut auf sie aufgepaßt«, beeilte sich Jonathan zu versichern. »Ich fürchte, wir haben das Fenster ein wenig beschädigt. Wird ein Pfund reichen?«

Der Bahnwärter war sicher, daß es reichen würde und auch noch ein bißchen darüber hinaus, und Freddie sagte: »Ich hätte es nie geschafft, wenn ich nicht halb verhungert gewesen wäre . . .« Und dann plötzlich mit Grausen: »Jonathan, meine Haare sind voller Spinnweben, und auf meinem Nacken krabbelt eine Spinne.«

Später, als sie den heißen Tee getrunken und mit dem Beamten über die Eigenheiten von Bummelzügen gesprochen hatten, fuhren sie in die Stadt, um eine solide Mahlzeit einzunehmen. Als er sie an den Wagen brachte, sagte der Beamte besorgt: »Der Zug geht um neun. Sie wollen ihn doch sicher nicht verpassen«, und Freddie sah klar, daß er sich schon lebhaft ausmalte, wie er sie für einen ganzen Tag auf dem Hals hätte.

»Zerbrechen Sie sich darüber nicht den Kopf«, erwiderte Jonathan. »Ich werde sie keine Sekunde mehr aus den Augen lassen, ehe ich sie nicht in diesen Zug gesetzt habe.«

»Und das ist auch ganz richtig so. Es lohnt sich, auf sie aufzupassen«, sagte der Bahnwärter so inbrünstig, daß Jonathan lächeln mußte, während Freddie, wie gewöhnlich bei Lobpreisungen, sich vollkommen erfolglos um ein bescheidenes Aussehen bemühte.

15

»Da sind zwei Illustrierte«, sagte Jonathan. »Bleib fest auf deinem Platz in diesem Abteil sitzen und schau sie dir friedlich an. Steig nicht aus, bevor du Stephen siehst.«

Freddie lachte glücklich vor sich hin. Sie hatte ein Frühstück verkümmelt, das Jonathan insgeheim baß erstaunte, und war jetzt in bester Laune, nur daß sie erklärte, sie sehne sich zu Tode nach einem Bad. »Wie schrecklich tyrannisch du dich anhörst«, sagte sie. »Geradeso, als ob ich nicht selbst auf mich aufpassen könnte.«

Er schluckte rasch die Erwiderung, die ihm offenkundig auf der Zunge brannte, hinunter und wechselte das Thema. »Falls diese Illustrierten dich langweilen – und sie machen einen ziemlich geistlosen Eindruck –, kannst du ja deine Einkaufslisten durchstudieren und dich am Scheck deines Vaters weiden«, und er brachte beides aus seiner Brieftasche zum Vorschein. Freddie griff danach. »Wie reizend von dir, dich an sie zu erinnern!«

»Ich hielt es für der Mühe wert, sie zu holen, trotz der großen Hetze, in der ich war. Immerhin bestand ja noch eine gewisse Chance, dich am Leben und gewillt zu finden, mich binnen neun Tagen zu ehelichen.«

»Neun Tage! O Jonathan, ich kann's einfach nicht fassen.«

»Ich auch nicht.«

»Aber diesmal kann nichts schiefgehen. Dafür werd' ich schon sorgen.«

Er sah beunruhigt aus. »Laß du nur deine Hände weg! Werd nur ja nicht aktiv. Verhalt dich dies eine Mal wenigstens passiv. Wenn du erst anfängst, den Dingen etwas nachzuhelfen, passiert bestimmt irgend etwas.«

Als ob er seine Befürchtungen erhärten wolle, schaute der Bahnbeamte herein, um zu verkünden: »Er hält hier und da, aber besser, die junge Dame bleibt hübsch sitzen. Man kann nie sagen, was passieren könnt', und früher oder später wird sie auf alle Fälle nach Winslow kommen.«

»Sie haben vollkommen recht. Haben Sie keine Angst ihretwegen. Ich glaube, diesmal ist sie auf dem richtigen Weg«, sagte Jonathan.

In diesem Augenblick ertönte ein Knarren und Rumpeln, und der Beamte sagte Freddie liebevoll Lebewohl und hastete davon. »Es scheint loszugehen«, sagte Jonathan, »Wiederseh'n, mein Herz, bis in neun Tagen!« küßte sie schnell und sprang ab. Er würde das Gaspedal durchtreten müssen, wollte er noch zur Nachmittagssprechstunde zurechtkommen, und außerdem würde es ihm schwerfallen, sich während der ganzen langen Fahrt und der noch viel längeren Krankengeschichten redelustiger Patienten wachzuhalten.

Freddie blätterte die Illustrierten durch, fand sie wie Jonathan stumpfsinnig und widmete sich einer hingerissenen Betrachtung ihrer Einkaufsliste. Eine Stunde verging; der Zug schien dahinzuschleichen und hielt an diversen, am Wege liegenden Stationen, löschte, rangierte und vermittelte alles in allem überhaupt eine gute Vorstellung von seiner Geschwindigkeit. Als er an einem etwas größeren Bahnhof zum Stehen kam, fand Freddie, wenn sie natürlich auch nicht richtig aus dem Zug aussteigen würde, dürfe sie sich doch bestimmt einmal die Beine vertreten, indem sie auf die Plattform des Wagens hinausging.

Sie stand eben dort und beobachtete den rührigen Bahnbeamten, der einen bis oben hin beladenen Karren vor sich herschob, als sie plötzlich einen Schrei ausstieß. Ein kleiner Hund hatte sich in den Weg des Karrens verirrt und war zur Seite geschleudert worden. Er lag einen Augenblick betäubt da, raffte sich dann auf und watschelte geradewegs auf den Rand des Bahnsteigs zu, da er augenscheinlich jeden Orientierungssinn verloren hatte. Freddie machte einen einzigen großen Satz, las das Hundebaby auf, das tatsächlich schon an der Kante schwankte, und vollführte eine Kehrtwendung, um es seinem Eigentümer zu übergeben. Sie konnte niemanden entdecken, der nach einem Welpen Ausschau hielt, wohl aber sah sie zu ihrem Schrecken, wie der Zug sich langsam in Bewegung setzte. Immer noch das Hündchen fest im Arm haltend, rannte sie los und wollte aufspringen, wurde jedoch erwischt und zurückgezerrt, während eine empörte Stimme sagte: »Machen Sie keinen Unsinn! Wollen Sie vielleicht unter die Räder kommen?«

Sie fand sich in der Gewalt eines erbosten Bahnbeamten, der, als er das Entsetzen auf ihrem Gesicht bemerkte, wie sie dem Zug nachstierte, etwas freundlicher sagte: »Sie haben mir aber einen Schreck eingejagt. Wie haben Sie denn den verpaßt? Und wie sind Sie zu dem Hundebaby gekommen?«

Freddie starrte immer noch dem Zug in der Ferne nach. Wie entsetzlich, daß es ihr wieder passiert war, und was würde Jonathan um Himmels willen jetzt sagen? Aber wie hätte sie es denn nur vermeiden sollen? Das Hundebaby wäre bestimmt getötet worden. Niemand konnte da doch einfach nur so herumstehen, ohne einzugreifen.

Als empfinde es Dankbarkeit, kuschelte sich das Hündchen in ihren Armen zusammen, streckte sich und versuchte, ihr übers Gesicht zu lecken. Sie blickte mit einem seltsamen Anfall fast grimmiger Zärtlichkeit auf es herab. Hatte sie seinetwegen auch den Zug verfehlt, Stephen eine Menge Unannehmlichkeiten bereitet und Jonathan in Harnisch gebracht, so hatte sie doch wenigstens sein Leben gerettet. Sie setzte das dem Bahnbeamten auseinander, und plötzlich hatte er Mitleid.

»Ich kann's versteh'n, wie Ihnen zumute war. Ich hab' ja nicht geseh'n, daß ich es angerempelt habe, aber es ist ein Wunder, daß es nicht schon eher überfahren worden ist. Schnüffelt immer auf der Plattform herum. Schätze, es sucht nach seiner Mama.«

»Aber gehört es denn niemandem hier?«

»Nein. Kam vor drei Tagen anspaziert, und weit und breit zeigte sich kein Herrchen. Hab' gar nicht erwartet, daß jemand nach ihm suchen kommt. Sehr wahrscheinlich hat's wer hinausgeworfen, und dann hat sich's eben hierher verirrt.«

Freddie konnte es nicht glauben. »Hinausgeworfen? Sie meinen – es ausgesetzt? So ein kleines Wesen, das sich noch nicht helfen kann, einfach sich selbst überlassen?«

Der Bahnwärter zuckte die Achseln. »Darum scher'n sie sich einen Dreck. So was tun manche Leute nun mal. Ich hab' welche gekannt, die haben Kätzchen an die Luft gesetzt, ehe ihre Augen noch offen waren. Denen ist alles recht, wenn sie sich nur die Mühe sparen können, sie umzubringen. Komisch, wie die Leute so was tun können – machen 'nen Vergnügungsausflug und setzen dabei ein Tierchen aus, lassen es verhungern, und dann geh'n sie nach Haus und machen sich über ihren Sonntagsbraten her. Wir haben grad heut' morgen drüber gesprochen, daß einer von uns wohl 'ne Kugel in den kleinen Kerl da jagen muß.«

»Ihn erschießen? Oh, wie schrecklich!«

»Besser, als wenn er verhungern muß oder von einem Zug überfahren wird. Wir haben ihm Brocken von unsrer Mittagsstulle gegeben, aber langsam wächst er sich zu 'nem richtigen Problem aus. Geben Sie ihn nur her, Fräulein, und ich nehm' ihn mit heim und werd' ihn auf die barmherzige Tour beseitigen.«

Freddie preßte das Hündchen fester an sich. Sie war mit Tieren nicht sehr vertraut und hatte auch noch nie in ihrem Leben ein Haustier besessen. In ihrem Dasein war bisher für solche Dinge kein Raum gewesen. Jetzt indessen wallte in ihr ein Gefühl beschützender Liebe für das hilflose kleine Geschöpf auf, das sich eng an ihren warmen Körper schmiegte. »Aber nein«, sagte sie, »das kann ich nicht zulassen. Ich – ich werde ihn behalten«, und wäre fast losgeprustet, als sie sich Jonathans Gesicht vorstellte, wenn sie ihm vorschlüge, ein Hundebaby mit auf ihre Hochzeitsreise zu nehmen. Aber das wäre auch gar nicht nötig, da Angela sich um ihn kümmern konnte.

Sie schlug sich dieses Problem mit dem für sie so charakteristischen Optimismus aus dem Kopf, um sich gleich dem nächsten zuzuwenden. Wiederum war ihr ein Zug vor der Nase weggefahren, und wiederum saß sie auf dem trockenen, und diesmal hatte sie nicht einmal ein Portemonnaie oder einen Mantel dabei, und ein kleines Hundebaby war ihr einziges Gepäck. Sie erzählte dem Bahnbeamten all ihre Nöte und fragte ihn, ob sie wohl ein Taxi bekommen könnte, da sie inzwischen nur noch dreißig Meilen von Winslow entfernt war. Er kratzte sich den Schädel.

»Da wäre Tim Heal, aber er hat auswärts zu tun, zwanzig Meilen weit weg. Sie werden schon hier warten müssen, Fräulein, bis er zurückkommt. Wie wär's, wenn Sie Ihre Freunde anrufen würden und ihnen Bescheid sagen? Ihre Tasche und das Gepäck? Das werden wir gleich haben. Wir rufen den Schaffner auf der nächsten Station an, und er wird sich bis Winslow drum kümmern.«

Freddie war ihm für seine Hilfsbereitschaft sehr dankbar, setzte ihm aber auseinander, daß sie ja kein Geld habe und deshalb ein R-Gespräch mit Angela anmelden müsse. Als ihr Gespräch kam, konnte sie die überraschte Stimme ihrer Schwester hören: »Miss Standish wünscht die Gebühren zu Lasten meines Anschlusses? Natürlich übernehme ich sie, aber von wo aus ruft sie denn um Gottes willen an?«

Freddie unterbrach hastig: »O Angela, ist Stephen schon weg mich abholen? . . . Gott sei Dank, noch nicht. Hol ihn rasch zurück, weil ich schon wieder einen Zug verpaßt hab'.«

»Das ist doch wohl nicht möglich. Niemand kann so viele Züge . . . Aber von wo aus sprichst du eigentlich, und wie hast du's schon wieder fertiggebracht, ihn zu verpassen?«

Als Freddie es ihr erklärt hatte, konnte sie Angela lachen hören. »Einen Moment«, sagte sie. »Da kommt Stephen gerade. Das Hündchen? Ja, klar, bring es mit . . . Und ich werd's für dich aufheben, während ihr weg seid, Jonathan zuliebe . . . Mach dir keine Sorge, Freddie. Es wird ihm schon nichts abgehen.«

Dann übernahm Stephen den Hörer. »Selbstverständlich brauchst du kein Taxi zu nehmen. Es sind ja nur dreißig Meilen. Ich bin im Handumdrehen bei dir. Bleib um Gottes willen ruhig auf dem Bahnhof sitzen, rühr dich nicht vom Fleck und warte auf mich.«

Er klang, dachte sie, genau wie Jonathan, und weiter mußte sie denken, daß Männer eine fatale Neigung besaßen, über Kleinigkeiten total aus dem Häuschen zu geraten. Sie hob den Welpen auf, den sie für die Dauer des Telefongesprächs hatte absetzen müssen, und hielt ihn dicht an ihr Gesicht. Er war mager und sehr klein, und sie überlegte, welcher Hunderasse er wohl angehören mochte. Sie befragte den Beamten, aber er schüttelte nur den Kopf und antwortete, daß er da so schlau wäre wie sie, aber er würde sagen, diversen Hunderassen. Doch Freddie kümmerte das nicht. Sie hatte sein kleines Leben gerettet, und er gehörte ihr. Jonathan wäre wahrscheinlich anfangs ein bißchen grantig, besonders, weil der elendige Zug ohne sie abgebraust war, aber dann würde er sich sicher mit ihr freuen, daß sie jetzt ein Hündchen besaß. Da er so oft außer Haus war, würde er ihr großartig die Zeit vertreiben helfen. Und Angela wäre bestimmt sehr lieb zu ihm während ihrer vierzehntägigen Abwesenheit. Ein einziger kleiner Welpe würde nicht ins Gewicht fallen auf einer Farm.

In diesem Augenblick sagte Angela just das Gleiche zu Stephen. »Natürlich müssen wir ihn dabehalten. Freddie hat in ihrem ganzen Leben nicht einmal ein Kätzchen ihr eigen genannt. Für ein zweiundzwanzigjähriges Mädchen ist das ja geradezu unnatürlich, noch nie ein Tierchen besessen zu haben.«

»Schön, jetzt hat sie ja eins. Ich freue mich schon auf Jonathans Gesicht. Wahrscheinlich ist's so ein schreckliches Scheusal von einer Promenadenmischung.«

»Die sind aber gerade die liebsten. Ich glaube nicht einmal, daß Jonathan etwas dagegen haben wird. Was ich jedoch sehr hoffe ist, daß es bei Freddie nicht zu einer fixen Idee ausartet. Du kennst sie ja, wie schrecklich rückhaltlos sie sich immer in alles hineinstürzt, und kleine Hunde werden mit der Zeit ungeheuer anhänglich. Vermutlich wird er unsere ganzen Pläne mit dem großen Einkaufsbummel und so weiter vollständig umkrempeln.«

»Sie muß dann eben das kleine Scheusal hübsch zu Hause lassen, und wir können uns die nächsten paar Wochen mit ihm herumschlagen. Freddie ist ein liebes Kind, und mir macht's nichts aus, das für sie zu tun.« Doch klang seine Stimme resigniert, denn wie fast alle Schafzüchter fand er, der Zwinger sei der richtige Platz für einen jungen Hund, und falls er sich in seiner Schwägerin nicht sehr täuschte, wäre das bestimmt nicht im Sinne der Erziehung, die dieser kleine Köter erhalten würde. Laut aber erklärte er nur: »Gut, ich fahr' jetzt los, sie einsammeln. Zum Glück muß Jonathan noch unterwegs sein und wird nicht gut anrufen können. Sollte er aber doch anläuten, dann wimmle ihn irgendwie ab.«

Der Anruf kam indessen erst abends nach der Sprechstunde. Jonathan hatte sich in falscher Sicherheit gewiegt. Diesmal konnte unmöglich etwas mit Freddie schiefgehen.

Sie war extra für seinen Anruf aufgeblieben, obgleich sie entsetzlich müde nach ihrer sonderbaren Nacht in dem Warteraum war. »Nein«, sagte sie, »ich erzähl' ihm lieber gleich alles. Irgendwie hab ich das Gefühl, er würde es keinem andern glauben, daß ich den Zug verpassen und statt dessen zu einem Hündchen kommen konnte.«

Nur der Welpe besaß für Freddie momentan wirkliches Interesse. Sie starrte zärtlich auf das kleine Geschöpf, das zusammengerollt in seinem Körbchen zu ihren Füßen lag: vollgefressen und glücklich. Aus unerfindlichen Gründen war sie darauf verfallen, Barnabas wäre ein hübscher Name für ihn, und es konnte nicht der geringste Zweifel bestehen, daß er jetzt schon ihr ergebener Sklave war. Nach so vielen Tagen der Verlassenheit hatte er endlich jemanden gefunden, den er lieben durfte, und innerhalb von zwölf kurzen Stunden war Freddie sein ein und alles geworden.

So daß sie ganz erstaunt war, als Jonathan ein Theater wegen des Zuges machte. Als das Telefon klingelte, sagte Angela: »Nur zu! Bring's ihm schonend bei«; und Freddie gab leichten Herzens zurück: »Aber es ist doch alles in schönster Butter. Ich bin da. Das Hündchen auch. Alles ist gut!«

»Da bist du ja endlich, heil und munter angekommen«, sagte Jonathans Stimme abgekämpft und fröhlich. »Ich bin schon mit einem Bein im Bett, wollte aber doch zuerst noch lieber sichergehn. Nicht als ob diesmal irgend etwas hätte dazwischenkommen können.«

Das war ein bißchen peinlich. Nach sekundenlangem Schweigen sagte Freddie: »Na ja, ich fürchte, etwas ist gewissermaßen doch dazwischengekommen.«

»Was? Was hätte denn schon groß passieren können?« Die Stimme klang so schneidend, daß sie hastig weitersprach: »Oh, es ist ja alles in Ordnung, Jonathan. Sei bitte nicht beunruhigt oder böse, weil ich nämlich jetzt ein Hündchen hab', das süß ist, auch wenn ich dadurch sozusagen den Zug verpaßte, was Pech war.«

»Du hast *sozusagen* den Zug verpaßt? Freddie, ich weiß, du bist schläfrig, aber bitte, versuche dich vernünftig auszudrücken. Wie kann jemand *sozusagen* den Zug verpassen? Und du hast doch in ihm dringesessen, als ich dich verließ.«

»Weiß ich, aber ich stieg an einer Station aus ... Also, Jonathan, sag doch bitte so etwas nicht. Wart's nur ab und hör zu. Ich stieg aus, nämlich, ich mußte ... Nein, deswegen natürlich nicht, aber weil ich nämlich ein Hündchen sah ... Ja, einen Welpen ... Kannst du mich nicht verstehen? Du weißt doch sicher, was ein Welpe ist?«

Jetzt wurden sie beide wütend, und das entsetzte Freddie maßlos. Es konnte doch nicht möglich sein, daß sie zu streiten anfingen? Sie hatte sich nie mit Jonathan gezankt. Sie riß sich zusammen und erklärte ihm alles langsam und sorgfältig und schloß mit der Feststellung: »Ich versuchte, aufzuspringen, aber der Bahnwärter zerrte mich zurück. Und dem Hündchen geht es gut.«

»Zum Teufel mit dem Hündchen. Du könntest tot sein!«

»Ach Jonathan, wie kannst du nur? Er ist süß, und ich hab' es Barnabas getauft, und du wirst es furchtbar lieb gewinnen ... Wie ich hergekommen bin? Stephen hat mich abgeholt, und der Schaffner sammelte meine Siebensachen ein. Es geht mir ausgezeichnet, und ich kann Barnabas doch behalten, ja? Ich hatte noch nie ein Tierchen, und ich hab' ihn doch so lieb.«

Dem kleinen Tremolo in ihrer Stimme, hervorgerufen durch Übermüdung, konnte Jonathan nicht widerstehen und er beeilte sich zu versichern: »Ja freilich, behalt ihn nur.« Dann kehrten seine geistigen Kräfte wieder, und er fügte angriffslustig hinzu: »Auf unsere Hochzeitsreise kommt er aber nicht mit! Das ist endgültig!«

»Natürlich nicht. Angela will nach ihm schauen, obgleich – wirklich, mit einer Schachtel voll Erde ... Ach, schon gut, Jonathan.

Kein Grund, gleich so ausfallend zu werden, nur weil ich wirklich nicht kapiere, wieso ein kleines Hündchen die Welt auf den Kopf stellen sollte.«

Aber genau das tat er. Unter vier Augen äußerte Angela zu Stephen, es sei doch merkwürdig, daß ein einziger kleiner Hund so vieles durcheinanderbringen könnte, aber natürlich war es nur genauso eingetroffen, wie sie befürchtet hatte. Freddie befaßte sich mit Barnabas so rückhaltlos wie mit allem übrigen.

Da waren zum Beispiel die Besorgungen. Sie erledigten sie, gewiß, aber manchmal wurde Angela den Verdacht nicht los, daß Freddies Herz viel weniger bei der Auswahl von Schuhen war, als bei dem kleinen Köter, der ihre Abwesenheit daheim winselnd betrauerte. Schließlich sagte Angela eines Tages gereizt: »Konzentrier dich doch um Gottes willen mal. Du suchst hier doch letzten Endes dein Brautkleid aus. Wahrscheinlich bleibt's dein Leben lang bei diesem einen. Nun jetzt, ein für alle Mal: Welches von den beiden möchtest du haben? Das Hündchen ist gut aufgehoben.«

Da Freddie eine normalveranlagte junge Frau war, schlug sie sich Barnabas vorübergehend aus dem Sinn und tat, was ihre Schwester von ihr verlangte. Zu ihrer Überaschung und Erleichterung fanden sie ein bezauberndes Kleid; und sie suchten Schuhe, Wäsche und ein Reisekostüm aus. Es ließ sich jedoch nicht leugnen, daß die ursprüngliche Liste um einiges zusammengestrichen worden war. Freddie erklärte das mit den Worten, sie hätte jetzt waggonweise traumhafte Kleider für die Hochzeitsreise, und wenn die Winslower Geschäftsinhaber auch ganz reizend und so mitfühlend wären, würde sie letzten Endes nach ihrer Rückkehr in die Stadt doch noch eine weit größere Auswahl haben. Als der letzte Einkaufstag sich neigte, schritt sie dankbar nach Hause, um hinfort ihre Zeit zwischen Plaudereien mit Angela, Zärtlichkeiten für das Hundebaby und Anprobieren all ihrer neuen Sachen zu teilen.

Am Abend vor der Hochzeit kam Jonathan in Winslow an und brachte Pat mit. Es war verabredet worden, daß Stephen, der ohnehin mit einer langen Liste von in letzter Sekunde zu erledigenden Aufträgen in die Stadt fahren mußte, die Brautjungfer abholen und mit zurück zur Farm bringen sollte. Jonathan begnügte sich damit, seine Braut vom Hotel aus anzurufen.

»Aber warum kommst du denn nicht für die Nacht her?« fragte sie. »Dann könntest du dir Barnabas ansehen, und wir könnten leicht ein paar Stühle ans Sofaende rücken, weil es für dich viel zu kurz ist.«

Er lachte und gab zu, daß er sich nach dem Wiedersehen mit Freddie sehne, auch wenn er es gut erwarten könne, Barnabas kennenzulernen; daß sie sich aber lieber doch nach gutem altem Brauch vor der Kirche treffen wollten.

»Und daß du dich nicht unterstehst, mehr als zehn Minuten zu spät zu erscheinen. Das ist das Äußerste, was einer Braut zugestanden ist.«

»Ich werd' mich nicht einmal um so viel verspäten«, versicherte sie ihm. »Ich brenne nur darauf, dich endlich zu heiraten, mein lieber Jonathan.«

Pat und Angela, die diese letzte unschickliche Bemerkung notgedrungen mitbekamen, sahen einander an und lächelten: »Von Hemmungen kann hier wirklich nicht die Rede sein«, stellte Angela fest, und sie waren sich einig, das wäre typisch Freddie: ohne Maske, ohne Vorbehalte, nur mit einer ehrlichen Freude. Sie kam in diesem Augenblick herein, mit glänzenden Augen und frischer Gesichtsfarbe und sagte: »Bitte, laßt uns eine Generalprobe veranstalten ... Na aber, Barnabas, mein Schätzchen, du mußt brav in deinem Körbchen bleiben ... Ist das nicht eine Schande, daß wir ihn morgen nicht zur Kirche mitnehmen dürfen, Pat?«

Angela bemerkte trocken, die Pfarrersfrau hätte sich zwar bereit erklärt, die Orgel zu spielen, obgleich diese Hochzeit ja völlig im stillen vor sich gehen solle. »Aber wenn du lieber zu den Klängen deines jaulenden Hundebabys Einzug hältst statt zu Händels Wassermusik, kann ich immer noch absagen.«

Sie waren gerade mitten in der Kostümprobe, als Stephens Bruder Nick in einem wunderbar funkelnden neuen Wagen vorfuhr. Mit den Jahren hatte er sich gut herausgemacht und war jetzt Teilhaber einer prächtig florierenden Firma für Spezialmaschinen zur Kopfdüngung von Feldern. Aber er hatte sich nicht verändert; nichts, dachte Angela, als sie ihm einen herzhaften Kuß gab, konnte Nick verderben, nicht einmal die vielen Mädchen, die ihm nachrannten. Herzlich umarmte er Freddie und behauptete, daß sie schließlich miteinander verwandt seien, obgleich er noch nicht herausgefunden habe, inwiefern, aber egal, er würde jedenfalls seine Chance wahrnehmen, solange Jonathan nicht da war.

Als er Pat vorgestellt wurde, sagte er: »Vermutlich habe ich bis morgen zu warten?«, und sie lachte und versicherte ihm, das müsse er ganz bestimmt. Sie war nicht im geringsten verlegen, da sie an heiratswillige junge Männer gewöhnt war. Ob diese betonte Gleichgültigkeit oder ihr angeborener Freimut und ihre Fröhlichkeit die Männer anzogen, darüber war sich Freddie nie schlüssig geworden, doch konnte sie beobachten, daß Nick die Brautjungfer mit einem stärkeren Interesse betrachtete, als er sonst für junge Frauen, die weder übermäßig schön noch besonders verführerisch waren, an den Tag legte.

Still für sich sann Nick darüber nach, daß Pat bestimmt irgend etwas an sich habe, nur was es war, wußte er noch nicht. Später am Abend erkundigte er sich, wo sie als Krankenschwester zunächst anzufangen gedächte, und als er erfuhr, daß sie an eine Klinik verpflichtet worden sei, in derselben Stadt, in der sein Hauptquartier lag, konnte man ihm seine Begeisterung deutlich anmerken. Freddie sah es mit größtem Vergnügen und begann, selige Pläne zu schmieden, denn sie befand sich nun einmal in jener rührenden Gemütsverfassung, in der sie all ihre Freundinnen so glücklich verheiratet sehen wollte wie sich selbst.

Die Hochzeit sollte ganz still gefeiert werden; nicht in der Winslower Stadtkirche, sondern in einer kleinen, nur fünf Meilen von der Farm gelegenen Kapelle. Außenstehende waren nicht geladen, denn obschon Freddie mit sehr vielen Leuten im Distrikt gut bekannt war, so waren es doch die Freunde ihrer Schwester, nicht ihre. »Und ich denke nicht daran, deine Hochzeit in eine billige Gelegenheit zu verkehren, mir meine gesellschaftlichen Verpflichtungen vom Hals zu schaffen. Das ist dein Tag, Freddie, nicht meiner, und wir wollen doch nicht, daß irgendwelche Außenseiter plötzlich hereinschneien. Nur unser eigener kleiner Kreis in der Kirche und anschließend hier, und dann ab mit dir in das, was eine sentimentale Schwester dein wundervolles neues Leben nennen würde, aber wovon ich behaupte, daß es im großen und ganzen eine sehr schöne Zeit sein wird, obgleich es genügend Kabbeleien und Himmelhochjauchzend-Zutodebetrübt geben wird ... Oder wenigstens: geben würde, wenn du ich wärst; aber da du das nicht bist, glaube ich, es wird eher wunderbar schön werden.«

Freddie war, was das betraf, todsicher. Sie hatte nichts von der Nervosität einer typischen Braut an sich; sie schlief traumlos diese letzte Nacht durch, mit Barnabas im Körbchen neben ihrem Bett, und wachte früher auf als sonst, um allen ihren Frühtee ans Bett zu bringen.

»Das ist entsetzlich«, sagte Pat, schüttelte ihr schwarzes Haar zurück und sah im Morgenlicht fast wie ein zauberhafter Elf aus. »Die Braut soll doch im Bett bleiben bis zur letzten Minute und fürsorglich von der Brautjungfer bedient werden.«

»Nicht wenn man Jonathan heiratet. Ich bin nicht ein bißchen erregt oder zappelig. Ich fühle mich nur glücklich und sicher.«

»Glücklich und sicher«, wiederholte Angela, die hereingekommen war, um mit den beiden zusammen den Tee auf Freddies Bettkante sitzend einzunehmen. »Ja, das ist's, was du dir in Wahrheit immer gewünscht hast, Freddie, und jetzt hast du's erreicht.«

Sie machten sich rechtzeitig zu Kirche auf den Weg, trotz Freddies Trödelei, die sich absolut noch vergewissern mußte, ob Barnabas auch wirklich kapierte, daß er nicht wieder verlassen, sondern bald schon mit Hochzeitskuchen getröstet werden würde. Jonathan und Nick waren lange vor ihnen da, spazierten in dem kleinen Landfriedhof auf und ab und hielten alle naselang ängstlich auf der Straße Ausschau nach Stephens Wagen. Sobald sie ihn erblickten, sagte der Brautführer hastig: »Verziehen wir uns lieber nach drinnen. Bißchen schrecklich für eine Braut, als erstes den Bräutigam zwischen Grabsteinen herumstelzen zu sehen. Könnte sie für den Tag schwer niederschlagen.«

Jonathan lächelte. Er hatte eine flüchtige Minute lang das strahlende Gesicht seiner Braut gesehen; von der Seite aus stand wenig Niedergeschlagenheit zu befürchten. Trotzdem gingen sie in die Kirche hinein und warteten dort und sahen deshalb auch nicht einen zweiten Wagen in rasendem Tempo die Straße heraufjagen und dicht neben dem Brautwagen am Tor scharf bremsen. Stephen machte eine Kehrtwendung, um die ungebetenen Gäste mit finsterer Miene abzublitzen, als von Freddie ein Freudenschrei kam.

Dann flog die Wagentür auf, und ein zierliches Mädchen in zerknautschtem Kleid und einer Haarsträhne, die ihr ins Auge hing, sprang heraus und stürzte auf Freddie zu.

»Geschafft«, japste Liz. »Grad noch geschafft! Hatte einen richtigen Rappel. Ich versuchte, Ian zu schnellerem Tempo anzutreiben, aber er blieb so gräßlich kaltblütig.«

»Liz!« schrie die Braut und warf beide Arme um das Mädchen. »O wie herrlich. Aber wie hast du das nur fertiggebracht?«

»Es war in Wirklichkeit Ian. Er sagte gestern plötzlich: ›Laß uns fahren und Freddies Hochzeit mitmachen, weil wir da nämlich vielleicht ein paar Tips bekommen können‹, und da wurde Lulu ganz aufgeregt und sagte: ›Dich allein fahren lassen mit deinem Schatz?‹ – weil er nämlich, glaube ich, wirklich mein Schatz ist. Also kam sie auch mit ... Und Maxwell geht's prima, und er läßt dich tausendmal grüßen und ist ganz schön in Rage, daß er nicht dabeisein kann ... Und, ach Freddie, ist dir wirklich noch ein anderer Zug vor der Nase weggefahren?«

»Ja, und ich hab' so ein süßes kleines Hündchen und ...«

In diesem Augenblick entstieg dem Wagen eine steifaufgerichtete Gestalt, und eine strenge Stimme sprach: »Elizabeth und Freddie, hört sofort mit dem Geschnatter auf! Und gib auf dein Kleid acht. Du verknitterst es noch ganz, wenn du nicht aufpaßt ... Und, Mädel, streich dir endlich um Himmels willen diese gräßliche Strähne aus den Augen.«

Freddie lachte laut und sagte: »Das war das einzige, was mir zu meinem Glück noch gefehlt hat!« und umarmte Mrs. Wells, die Protest erhob, es sei ein Jammer und eine Schande, daß Freddie so gar nicht an ihr Brautkleid dächte. Aufgeregt wurde nach allen Seiten hin vorgestellt, und dann setzte sich die kleine Gruppe in die Kirche in Marsch, wo die Orgel nun schon leise zu intonieren begann. Sehr energisch übernahm Louisa die Kontrolle über die Lage und stellte sie alle in Reih' und Glied auf.

»Nimm den Arm deines Schwagers, Freddie, und laß deinen armen Mann nicht länger warten. Schließlich hat er jetzt glücklich drei Jahre lang gewartet!«

ENDE

Goldmanns GELBE Taschenbücher

ROBERT TIBBER

Unter dem Pseudonym Robert Tibber verbirgt sich die temperamentvolle Engländerin Rosemary Friedman. Als Frau eines Arztes hat sie selbst all die Nöte und Freuden eines Arzthaushalts kennengelernt, die sie in ihren Romanen so lebensnah schildert. Die genannten Preise entsprechen dem Stand vom Herbst 1971 und können sich nach wirtschaftlichen Notwendigkeiten ändern.

Heirate keinen Arzt. Auf keinen Fall will das Mannequin Sylvia, das sich in einen Arzt verliebt hat, eine Arztfrau werden. Wie sie nach langem Widerstreben dann aber doch »Frau Doktor« wird, erzählt dieser amüsante Roman. Band 1912. DM 3.–

Kleiner Kummer, großer Kummer. Eine erfrischende Plauderei aus der Praxis eines vielbeschäftigten Vorstadtarztes, in der nicht nur die Patienten, sondern auch seine junge, tüchtige Frau eine Rolle spielen. Der Roman ist eine in sich abgeschlossene Fortsetzung von ›Heirate keinen Arzt‹. Band 1950. DM 3.–

Die lieben Patienten. Als der vielgeplagte Familiendoktor einen Assistenzarzt und ein Dienstmädchen zu seiner Entlastung anstellt, wird sein Leben dadurch keineswegs ruhiger. Dieser vergnügliche Roman setzt die turbulenten Ereignisse der beiden vorhergehenden Bände fort, ist aber trotzdem in sich abgeschlossen. Band 1996. DM 3.–

WILHELM GOLDMANN VERLAG MÜNCHEN

Goldmanns GELBE Taschenbücher

P. G. WODEHOUSE

Die Geschichten des Autors, die meist im typisch englischen Milieu spielen, sind humorvolle Darstellungen kleiner menschlicher Schwächen und der daraus resultierenden Verwicklungen voll Komik und Witz. Die genannten Preise entsprechen dem Stand vom Herbst 1971 und können sich nach wirtschaftlichen Notwendigkeiten ändern.

Pass auf, Berry. Eine heitere Verwechslungsgeschichte, in der ein hübscher, junger Mann die Braut seines Freundes liebt und sie am Ende, nach vielen Komplikationen und verzwickten Situationen, auch bekommt. Roman. Band 1672. DM 3.–

Vertauschte Rollen. Ein englischer Landsitz und ein Frisiersalon in London sind die Schauplätze des aufregenden Geschehens um einen echten und einen falschen Lord. Liebenswürdige Ironie und Sinn für Situationskomik geben diesem typisch englischen Roman seinen fröhlichen Charme. Band 1715. DM 3.–

Die Feuerprobe und andere Geschichten aus dem Drohnenclub. Mit Witz und Ironie erzählt der englische Humorist köstliche Episoden aus dem mitunter recht turbulenten Leben seiner Landsleute – einem Leben voll herrlich unfreiwilliger Komik. Band 2339. DM 3.–

WILHELM GOLDMANN VERLAG MÜNCHEN

Goldmanns GELBE Taschenbücher

EUGEN SKASA-WEISS

Als Meister des Feuilletons erwarb sich der Autor viele begeisterte Leser, die seine überschäumende Phantasie und seine freche Fabulierkunst auch in seinen hintergründig-heiteren Büchern immer wieder bewundern. Die genannten Preise entsprechen dem Stand vom Herbst 1971 und können sich nach wirtschaftlichen Notwendigkeiten ändern.

Die skurrilen Abenteuer des Grafen Erlenbar. Heiter-amouröse Erzählungen. Band 1486. DM 3.–

Wo versteckt man Liebesbriefe? Die Unmöglichkeit, Verstecke für Liebesbriefe zu finden, ist nur eine der vielen alltäglichen Tücken, die der Autor unter die Lupe nimmt. Erzählungen. Band 1739. DM 3.–

Das sind Lausbuben. Die vier Buben des Autors, eine fröhliche Lausebande, halten ihn und die Leser in Atem. Band 1910. DM 3.–

Selbst in den besten Tierkreisen. In dieser heiteren astrologischen Plauderei belächelt der Autor die kleinen menschlichen Schwächen und Tugenden, für die man die Sterne verantwortlich macht. Band 2355. DM 3.–

Zimmerherr mit schwarzer Katze. Heitere und nachdenkliche Skizzen und Plaudereien über Katzen. Band 2600. DM 3.–

Amors fliegender Mantelknopf. 15 heiter-skurrile Geschichten. Band 2856. DM 3.–

WILHELM GOLDMANN VERLAG MÜNCHEN

Goldmanns GELBE Taschenbücher

Robert Tibber: Heirate keinen Arzt. Herzensnöte eines jungen Doktors. Band 1912. DM 3.–

Wie es einem netten jungen Arzt gelingt, ein hübsches Mannequin für den Beruf der Arztfrau zu erwärmen, erzählt Robert Tibber im ersten der drei fröhlichen Romane.
Die beiden folgenden Plaudereien aus dem turbulenten Arzthaushalt sind in sich abgeschlossen: **Kleiner Kummer, großer Kummer.** Band 1950. DM 3.– **Die lieben Patienten.** Band 1996. DM 3.–

Nicholas DiMinno: Ja, das kommt davon. Ein amerikanischer ›Don Camillo‹. Band 1997. DM 3.–

Der unbeschwerte Roman von den seltsamen Abenteuern eines Klosterbruders in der Riesenstadt New York ging bereits als Musical über den Broadway und brachte dem Autor begeisterte Kritiken und stürmische Erfolge.

Rideamus: Ein heiteres Leben, Band 1670. DM 3.–

Rideamus – Laßt nur lachen! – war nicht nur das Pseudonym des witzigen Satirikers und Autors so bekannter Operetten wie ›Der Vetter aus Dingsda‹, sondern auch die Devise seines heiteren Lebens. In Szenen von umwerfender Komik erzählt er seine fröhlichen Memoiren und belächelt seine Mitmenschen, aber in erster Linie sich selbst.

WILHELM GOLDMANN VERLAG MÜNCHEN

Mary Bard: Setz dich über alles weg. Ehejahre – heiter ertragen. Band 1483. DM 3.–

Mit viel Mutterwitz und frisch von der Leber weg schildert die Autorin die Freuden und Sorgen eines Lebens an der Seite eines Arztes. Ein durch und durch vergnüglicher Roman, der es einem schwermacht, von der fröhlichen Familie am Ende Abschied zu nehmen.

Hanna Demetz: Tochter aus Amerika. Nach Europa mit Koffer und Kind. Band 1588. DM 3.–

Ein Roman, ein Reisebericht, eine heitere Ferienlektüre! – Alles in einem serviert die Autorin, zusammen mit vielen Erfahrungen, die sie in Amerika und Europa gesammelt hat. Dabei wird so manches Vorurteil von hüben und drüben fröhlich weggelacht.

Karl Hans Leiter: Vera im Bade und andere heitere Filmepisoden. Band 1861. DM 3.–

Wie es damals zuging, als der Film noch in den Kinderschuhen steckte, beschreibt dieses Brillantfeuerwerk herzerfrischender Episoden. Der Darsteller, Kameramann, Regisseur und Drehbuchautor K. H. Leiter hat mit seinem Wiener Humor und Charme auch die Griesgrämigsten als Lacher auf seiner Seite.

Goldmanns GELBE Taschenbücher

Heinrich und Alexander Spoerl: Der eiserne Besen. Eine heitere Geschichte um schwarze Geschäfte. Band 1827. DM 3,–

Spoerl-Vater und Spoerl-Sohn – jeder berühmt für seinen Humor und sein Erzähltalent – haben hier einmal gemeinsame Sache gemacht, was diesen köstlichen Episoden aus der Nachkriegszeit hinreißend gut bekommt.

Die Preise entsprechen dem Stand vom Herbst 1970 und können sich nach wirtschaftlichen Notwendigkeiten ändern.

Cecily Sidgwick: Mutterherz auf Reisen. Eine heitere Familiengeschichte. Band 1877. DM 3,–

Aufgeregt pendelnd zwischen London, München, Paris und Berlin nimmt Mama mit nie versiegendem Humor, viel Selbstironie und Verständnis an allem Anteil, was ihren vier temperamentvollen, bereits erwachsenen Kindern im Leben so alles passiert.

Horst Wolfram Geißler: Der unheilige Florian. Eine heiter-melancholische Liebesgeschichte. Band 1712. DM 3.–.

Die anmutige Heiterkeit und romantische Melancholie seiner Romane bestätigen die große Beliebtheit des Autors. Humorvoll und graziös sind auch die Prädikate des zauberhaften Romans aus dem Rokoko: **Die Glasharmonika.** Band G 2717. DM 4.–

WILHELM GOLDMANN VERLAG MÜNCHEN

Marlis Straub: Wer nie in fremden Betten lag. Eine keinesfalls unmoralische Geschichte. Band 1401. DM 3.–

›Wer schmunzeln und immer wieder herzhaft lachen will, der greife zu diesem Buch‹, so urteilte der Reutlinger Generalanzeiger über diese entzückende heitere Moritat vom stellungs- und wohnungssuchenden Nachkriegsdeutschen.

Joachim W. Hartnack: Das Dekolleté der Madame Cerise. Ein heiterer Roman aus Südfrankreich. Band 1810. DM 3.–

Ein Aktfoto bringt den Stein ins Rollen und die Politik einer französischen Kleinstadt ins Wanken: Eine amüsante Kettenreaktion ebenso heiterer wie delikater Ereignisse und Entdekkungen ist die unvermeidliche Folge.

Winifred Wolfe: Gefrühstückt wird zu Hause. Wie man einen Ehemann erzieht. Band 1594. DM 4.–

Die vergnügliche Komödie über die etwas ungewöhnliche Art, einem jungen Ehemann zarte Fesseln anzulegen, feierte als Farbfilm große Triumphe. Ebenfalls erfolgreich verfilmt wurde der würzig-heitere Roman: **Fragt lieber uns Mädchen.** Band 858. DM 3.–

George Mikes

Bunter südamerikanischer Jahrmarkt

Reiseerlebnisse Brasilien-Uruguay-Argentinien-Peru-Chile-Kolumbien-Venezuela

Band 2443 DM 3.–

Platzkarten für den Himmel?

Ungewöhnlich geht es manchmal auf dem Kontinent der Zukunft zu. Das entging dem bekannten englischen Humoristen George Mikes natürlich nicht. Mit spitzer Feder spießte er all die großen und kleinen Besonderheiten der lateinamerikanischen Länder auf, den Gaucho hoch zu Roß beim Dentisten, den Pater, der gegen klingende Münze Platzkarten für den Himmel verkauft oder die allgemeine Leidenschaft für Kaffee und Revolution.
Aus vielen Impressionen setzt sich das Bild eines bunten Jahrmarkts der Lebensfreude zusammen.

WILHELM GOLDMANN VERLAG MÜNCHEN

Goldmann-Bücher erhalten Sie in allen Buchhandlungen, in vielen Kaufhäusern und an den meisten Bahnhofskiosken überall in der Welt, wo deutsche Bücher verkauft werden.

Aus dem WILHELM GOLDMANN VERLAG
8 München 80, Postfach 80 07 09 bestelle ich
durch die Buchhandlung

Anzahl	Titel bzw. Band-Nr.	Preis

Datum: Unterschrift:

2697 · 7011 · 3.000

Bitte mit Postkarten-Porto frankieren.

Wilhelm Goldmann Verlag

8000 MÜNCHEN 80

Postfach 80 07 09